3
じゃき jaki
Illust.fame
最凶の支援職【話術士】である俺は世界最強クランを従える
The most notorious "TALKER", run the world's greatest clan.

CONTENTS

KEYWORD

探索者協会《シーカーギルド》

全ての探索者《シーカー》と正規クランを管理下に置く組織。任務は深淵《アビス》の調査および悪魔《ビースト》討伐依頼の斡旋など多岐にわたり、探索者《シーカー》と密接な関係にある。中でも監察官はクランの管理を任せられ、荒くれ者である探索者《シーカー》たちを相手にすることから、職能《ジョブ》は最低でもAランク以上ないと務まらないとされている。

魔工文明

悪魔《ビースト》から得られる素材をもとに生み出された数々の発明――“魔工文明”の発達によって、現在の世界は繁栄の絶頂を迎えている。ウェルナント帝国は深淵《アビス》が発生しやすい地域のため、長い歴史の中でより多くの悪魔《ビースト》を狩る必要があった。その結果、帝国では悪魔《ビースト》の素材を利用した魔工文明が他国よりも発展している。

ロダニア共和国

ウェルナント帝国南西部と国境を接する共和制国家。深淵《アビス》の発生しやすい帝国では、実現の難しかった「鉄道」が開通したことにより、急速な経済成長を遂げた。

恐怖の匂いがした。今の俺は、恐怖の匂いに敏感だ。
「人がどこまで狂暴になれるか、その身で知るがいい」

レオン・
コウガ・ツキシマ
ゼロ・リンドレイク
アルマ・イウディ
ヨハン・アイスフェルト
ノエル・シュトーレン
ヒュー

THE MOST NOTORIOUS "TALKER",
RUN THE WORLD'S GREATEST CLAN.

characters

登場人物

《嵐翼の蛇《ワイルドテンペスト》》

話題に事欠かない新進気鋭のクラン。
創設して間もないが、七星に最も近いクランと評される。

ノエル・シュトーレン 話術士

嵐翼の蛇クランマスター。祖父の遺志を継ぎ、最強の探索者を志す。

アルマ・イウディカーレ 斥候

伝説の暗殺者の血を引く者。
稀有な戦闘センスを持つ。

コウガ・ツキシマ 刀剣士

極東出身の元剣奴。
剣術に長け、前衛を務める。

レオン・フレデリク 騎士

元天翼騎士団リーダー。
嵐翼の蛇サブマスターを務める。

ヒューゴ・コッペリウス 傀儡師

元死刑囚のAランク探索者。
ノエルにスカウトされる。

《幻影三頭狼《ミラージュ・トライアド》》

紫電狼団、拳王会、紅蓮猛火が合併したクラン。

ウォルフ・レーマン 剣闘士

幻影三頭狼マスター。

ヴェロニカ・レッドボーン 魔導士

幻影三頭狼サブマスター。

ローガン・ハウレット 闘拳士

元拳王会リーダー。

リーシャ・メルセデス 鷹の眼

長命種のエルフ。
何かとノエルを気にかける。

ヴラカフ・ロズグンド 召喚士

元天翼騎士団メンバー。
狼獣人の大男で、ドライな性格。

《暴力団《ヤクザ》》

帝都を裏から取り仕切る非合法組織。

フィノッキオ・バルジーニ 断罪者

バルジーニ組の組長。ノエルの良きビジネスパートナー。

アルバート・ガンビーノ 彫金師

ガンビーノ組の元組長。失脚し、奴隷に堕とされる。

《人魚の鎮魂歌《ローレライ》》

七星の三等星。
悪魔を利用した
極秘計画を進める。

ヨハン・アイスフェルト 魔天槍

人魚の鎮魂歌マスター。
対『冥獄十王』の主導権を握るべく暗躍。

ゼロ・リンドレイク 暗黒騎士

人魚の鎮魂歌サブマスター。ヨハンに絶対の忠誠を誓う。

《覇龍隊》

七星の一等星。
帝国最強のクラン。

ジーク・ファンスタイン 剣聖

覇龍隊サブマスター。
帝都に三人しかいない
EXランクの一人。

ヴィクトル・クラウザー ???

覇龍隊マスター。
EXランクの一人で、『開闢の猛将』の異名を持つ。

シャロン・ヴァレンタイン 銃使い

覇龍隊ナンバー3。弟子のジークを鍛え上げた実力者。

《探索者協会《シーカーギルド》》

全ての探索者と
クランを管理する組織。

ハロルド・ジェンキンス 銃使い

探索者協会の監察官。
嵐翼の蛇を担当する。

《冥獄十王《ヴァリアント》》

深度13に属する史上最強の悪魔。その目的は人類を滅ぼすことにある。

第一界・骸界のリンボ
詳細不明。

第二界・愛蝕のフランチェスカ
詳細不明。

第三界・星喰のプルートン
詳細不明。

第四界・禁呪のステュクス
詳細不明。

第五界・黒死のディーテ
詳細不明。

第六界・偽神のフォティヌス
詳細不明。

第七界・凶飢のフレジェトンタ
詳細不明。

第八界・渾沌のマーレボルジェ
理を外れた方法で帝都に現界。
探索者を共喰いさせるべく暗躍する。

第九界・銀鱗のコキュートス
数十年前、ノエルの祖父によって
討伐された。

第十界・炎獄のプルガトリオ
詳細不明。

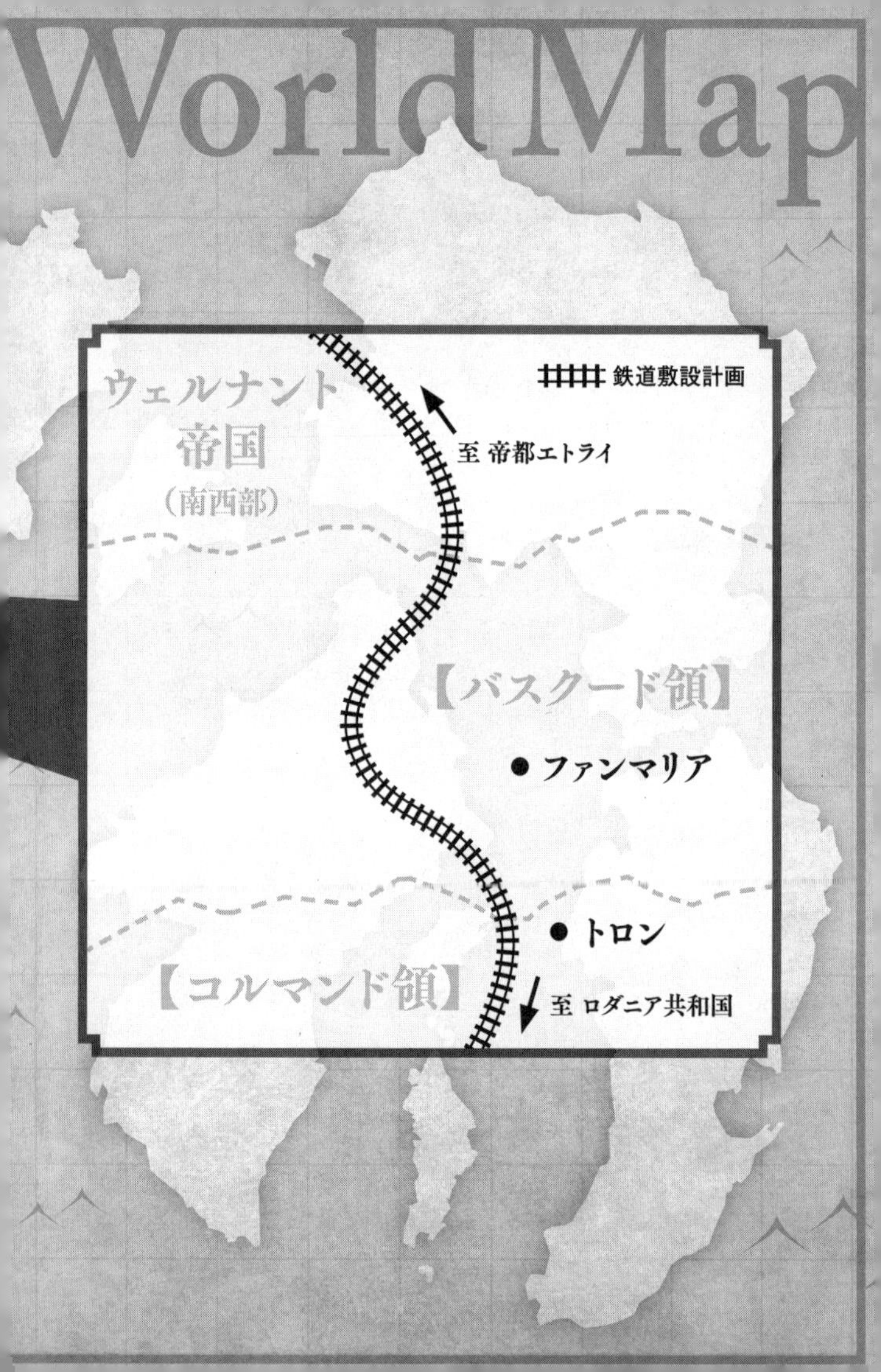
WorldMap
鉄道敷設計画
ウェルナント
帝国
（南西部）
至 帝都エトライ
【バスクード領】
ファンマリア
トロン
【コルマンド領】
至 ロダニア共和国

帝国領
ウェルナント帝国
旧アルキリオ
大公国
帝都：エトライ
旧メディオラ王国
旧自由都市
メンヒ
港湾都市：ソルディラン
ロダニア共和国
N
E

序章

「ブランドン、本当に探索者《シーカー》を辞めるつもりなのか？」

夕焼けに染まる街、二人の男の影法師が、色濃く、そして細く伸びている。燕尾服《えんびふく》を着た紳士――ハロルドの問い掛けに、巨大な戦斧《せんぷ》を背負った甲冑《かっちゅう》姿の大男――ブランドンが振り返った。

「ああ、そのつもりだ。……おまえには、これまで世話になったな」

ブランドンのらしくない言葉に、ハロルドは眉を顰《ひそ》める。

「冥獄十王《ヴァリアント》の一柱を葬った稀代《きたい》の大英雄の言葉とは思えないな」

「俺一人の力じゃない。共に戦った全員の成果だ」

「……おまえ、一体どうしたんだ？　探索者《シーカー》の聖地であるこの帝都で、最強にして最凶と恐れられた不滅の悪鬼《オーバーデス》が、女一人のために全てを投げ出すだって？　正気か？」

ハロルドの問いに、ブランドンは答えない。重い沈黙だけが張り詰めている。

ブランドン・シュトーレン、またの名を不滅の悪鬼《オーバーデス》。帝都最強のクラン、七星《レガリア》の一等星、血刃連盟に所属するこの大男は、間違いなく破格の大英雄だ。人類史を紐解《ひもと》いても、最上位に君臨するだろうことを、ハロルドは確信している。

だからこそ、冥獄十王《ヴァリアント》の一柱を葬るという前人未踏の奇跡を起こすこともできた。ブランドンは自分一人の力ではないと言ったが、ブランドンがいなければ確実に敗北していた。ハロルドもまた戦場に立っていたので断言できる。この男は帝国だけでなく、人類そのものを救ったのだ。

初めて会った時は、気に入らない男だと思った。粗野で粗暴、狡猾《こうかつ》で残忍、女にだらしなく、一日中酒浸りのろくでなしだ。とうてい尊敬できる類の男ではない。

だが、ブランドンは強かった。どんな過酷な戦いでも、必ず勝利を収めた。その強さに、ハロルドは心から震えた。恐怖したからではない。ブランドンの圧倒的な強さに感動したからだ。こんなにも強い男がいるのか、と胸が熱くなった。

ハロルドは探索者協会《シーカーギルド》の監察官だ。腕っ節の強さを認められ、十五という若さで監察官に就くことを認められて以降、数多くのクランや探索者《シーカー》を見てきた。単に強いだけでなく誠実な心を持った者や、誰かのために自分を犠牲にできる博愛の精神を持った者もいた。彼らと接する中で、ハロルドの人間性は磨かれてきた。

だが、そんなハロルドが心の底から感動した探索者《シーカー》は、ブランドンだけだったのだ。血刃連盟の担当となり十年。未《いま》だにブランドンより優れた探索者《シーカー》には出会えていない。何故《なぜ》、こんなにも心惹《ひ》かれるのか？　その答えは〝信頼〟だ。ブランドンなら、どんな敵にも勝つ、という揺るぎない信頼。高潔さや善性なんて関係ない。決してハロルドを裏切ることのない強さこそが、ブランドンに惹かれる理由だった。

冥獄十王《ヴァリアント》の一柱、銀鱗《ぎんりん》のコキュートスが現界し、帝国周辺の三カ国を瞬く間もなく滅ぼした時、誰もが人類の滅亡を確信し、絶望に打ちひしがれていた。だが、ハロルドは違った。ブランドンなら冥獄十王《ヴァリアント》にも勝つ、と信じていた。

そして、そうなった。

今やブランドンは、皇帝すらも認める大英雄だ。地位、名声、富、欲しいものは何だって手に入るだろう。その資格がある。誰も否定できない。

なのに、当のブランドンは、冥獄十王《ヴァリアント》との戦いの後、突如として探索者《シーカー》を引退すると言ったのだ。青天の霹靂《へきれき》とは、まさにこのことである。同じクランの仲間たちはもちろん、全ての関係者が驚愕《きょうがく》した。ハロルドもまた、その一人だ。

しかも、引退の理由が惚《ほ》れた女のためだと聞いた日には、もはや自分が覚めない悪夢の中にいるのかと疑ったほどだ。

たしかに、ブランドンが一人の女にぞっこんなのは知っていた。妻帯者であるハロルドは、ブランドンから、遊びではない本当の恋愛について指南を乞われたこともある。だが、だからといって、こんな結末になるなんて思いもしなかった。

聞けば、彼女は身体《からだ》が弱く、空気の悪い帝都での暮らしが負担になっているらしい。だから、彼女の健康のために探索者《シーカー》を引退し、帝都を離れて田舎で暮らしたいそうだ。

納得できる理由ではある。だが、安易には認められない感情があった。仲間たちも同じ想《おも》いらしく、必死にブランドンを引き留めたそうだ。にも拘《かかわ》らず、ブランドンは帝都を離れようとしている。苦楽を共にしてきた仲間たちよりも、惚れた女の方が大事らしい。

いよいよ打つ手が無くなった血刃連盟のクランマスターは、最後の手段としてハロルドを頼った。ブランドンにとって、ハロルドが一番の親友だからだ。

「行くな、ブランドン。帝国には、おまえが必要だ。冥獄十王《ヴァリアント》との戦いには勝ったが、人々の心には恐怖と不安が残っている。彼らには勇気を与えてくれる象徴が必要なんだ。その役目を果たせるのは、おまえしかいない」

ハロルドは真摯に語り掛ける。だが、ブランドンは首を振った。

「……もう決めたんだ。俺は探索者《シーカー》を辞める」

瞬間、ハロルドは怒りで何も考えられなくなった。

「ふざけるなッ!!　おまえはどこまで身勝手なんだ!?　惚れた女を心配するのはわかる！　だが、今でなくてもいいだろ！　皆がおまえを必要としているんだぞ!?　なのに、後足で砂をかけて去るつもりか!?　そんなことが認められると思っているのか!?　答えろ、ブランドン・シュトーレン！　いや、不滅の悪鬼《オーバーデス》ッ!!」

感情に任せて叫んだ。叫ばずにはいられなかった。

「……すまない」

だが、ハロルドの想いは届かなかった。申し訳なさそうに頭を垂れるブランドンの姿に、ハロルドは拳を握る。そうじゃないだろ、不滅の悪鬼《オーバーデス》がそうやって頭を下げてどうする。理不尽な感情であることは、自分でもわかっている。だが、ハロルドは気が付くと、ブランドンの顔を全力で殴っていた。ブランドンの口から血が流れる。ハロルドは反撃に備えて身構えるが、ブランドンは拳も握らずに佇《たたず》んでいる。その顔に殴られたことへの怒りは無く、ただただ寂しい笑みだけがあった。

「おまえ、本気なんだな……」

ブランドンの固い決意を、ハロルドは察するしかなかった。呆然《ぼうぜん》と立ち竦《すく》むハロルドに、ブランドンがゆっくりと歩み寄る。そして、懐から紅色のペンダントを取り出した。ペンダントは二本の剣と一本の斧《おの》が重なった形状をしている。血刃連盟のクランシンボルであり、またメンバーであることを証明するペンダントだ。

「これ、おまえにやるよ。マスターに返そうとしたら受け取ってくれなかった。だが、今の俺に持っている資格は無い。だから、おまえに託す」

「……俺だっていらねえよ」

ハロルドが年甲斐《としがい》も無く拗《す》ねた口調で言うと、ブランドンは困ったように笑った。

「そう言うなよ。こんなことを頼める奴《やつ》は、おまえしかいないんだ」

強引に握らされるペンダント。ハロルドはふざけるなと抗議しようとしたが、ブランドンは逃げるように踵《きびす》を返して去っていく。

「じゃあな、ハロルド。嫁さんと子どもを大事にしろよ」

背中越しに手を振るブランドン。そのあまりにも酷《ひど》い身勝手さに、ハロルドは握っていたペンダントを投げ捨てようとした。――だが、できなかった。

「……馬鹿野郎」

強く握り締めた手から血が流れる。この日以降、ハロルドがブランドンと会うことは無かった。


あの別れから数十年の月日が流れた。

老いたハロルドは、行きつけの喫茶店で紅茶を味わいながら、ぼんやりと昔のことを思い出していた。その手には、かつて友から託されたペンダントがある。白星銀《ミスリル》製のペンダントは、数十年の時を経ても輝きを失うことはない。

だが、血刃連盟はとっくに解散しており、このペンダントの持ち主であったブランドンもまた、魔王《ロード》との戦いで死んだ。時の流れは残酷だ。大切だった物を全て奪っていく。残されたハロルドに待っているのは緩やかな死だけだ。

つい最近まで、そう決めつけて塞ぎ込んでいた。だが、今は違う。

「長生きすれば、良いこともあるものですね」

ハロルドは呟《つぶや》き、口元を緩めた。頭の中には、一人の少年の姿があった。〝蛇〟と呼ばれる黒衣の少年が、不敵な笑みを浮かべている。

「なんだか嬉《うれ》しそうですね？」

不意に隣から声を掛けられた。この喫茶店でアルバイトをしている少女だ。ハロルドは常連客であるため、彼女と親しい関係にあった。といっても、世間話を交わす程度だが。

「わかりますか？」

「わかりますよ〜。ハロルドさん、ついこないだまでずっと寂しそうにしていたのに、最近はとっても元気じゃないですか。ひょっとして、恋人でもできました？」

「惜しい！　残念ながら、私は亡き妻に永久の愛を誓っているんですよ」

「ええ？　そうなんですか？　ハロルドさんカッコ良いからモテそうなのになぁ」

「ふふふ、そんなことを言ってくれるのはあなただけですよ、お嬢さん」

ハロルドは笑いながら煙草《たばこ》の箱を取り出し、紫煙を燻《くゆ》らせた。

「あ、それって、血刃連盟のクランシンボルだ！」

ペンダントを机の上に置くと、少女が眼《め》を輝かせた。

「おや、詳しいですね。ずいぶん昔のクランですよ？」

「へへへ、実は私、こう見えて探索者《シーカー》オタクなんです。昔のクランでも詳しいですよ。とっても良いクランでしたよね。冥獄十王《ヴァリアント》を初めて討伐したクランでもありますし。ハロルドさんもファンなんですか？」

「ファン？……そうですね。たしかに、私もファンですよ」

穏やかに微笑《ほほえ》むハロルドに、少女も明るい笑顔を見せた。

「やっぱり！　良いですよねぇ、探索者《シーカー》。私もなりたかったんですけど、才能が無くて。職能《ジョブ》は戦闘系だったんだけどなぁ」

少女は溜息《ためいき》を吐《つ》いた。戦闘系の職能《ジョブ》に生まれたからといって、必ずしも戦闘を生業《なりわい》にできるわけではない。少女が言うように、何事にも才能が関わってくる。特に命を懸けなければいけない探索者《シーカー》業は顕著だ。並の才能の持ち主では、すぐに命を落として終わりである。

「まあ、おかげで頑丈なんですけどね。小さい頃、馬車に轢《ひ》かれたことがあるんですけど、擦《かす》り傷だけで済んじゃいました」

「ははは、戦闘系に生まれて良かったですね。そうでなかったら、今頃ここにはいなかったかもしれない」

「本当ですよ。頑丈な身体に感謝です」

戦闘を生業にしなくても、職能《ジョブ》の恩恵は得られる。少女の話から察するに、彼女の職能《ジョブ》は近接戦闘系なのだろう。頑丈で疲れにくい身体は、日々の生活だけでなく、仕事でも役立っているはずだ。

「ハロルドさんは、最近の探索者《シーカー》にも興味があるんですか？」

少女に話を振られて、ハロルドは苦笑した。探索者《シーカー》オタクというのは本当らしい。

「そうですねぇ、最近の探索者《シーカー》にはあまり詳しくないんですが、嵐翼の蛇《ワイルドテンペスト》の話はよく聞きますね。だから、彼らについてなら少しだけ知っています」

「嵐翼の蛇《ワイルドテンペスト》！　私、大ファンなんです！」

興奮した少女は、右腕の袖を捲《まく》った。彼女の腕には、翼の生えた蛇のタトゥーがあった。翼の生えた蛇は、嵐翼の蛇《ワイルドテンペスト》のクランシンボルだ。

「ず、ずいぶんと、気合が入っていますね……」

「本物のタトゥーに見えました？　これ、シールなんですよ。こういうの、最近流行《はや》っているんです」

「ほう、ファングッズというやつですね」

「ですです。嵐翼の蛇《ワイルドテンペスト》は凄《すご》く人気があって、すぐに売り切れちゃうんですよ」

「大人気なんですね」

「話題性のあるクランですから。……悪い噂《うわさ》も多いですけど」

「悪い噂？」

ハロルドが首を傾《かし》げると、少女は声を低くした。

「気に入らないライバルをリンチしたりとか、暴力団《ヤクザ》と関係があるとか……」

「それは良くないですね」

「まあ、出る杭《くい》は打たれるって言いますし、嵐翼の蛇《ワイルドテンペスト》の活躍に嫉妬している同業者が流した嘘《うそ》の可能性が大ですよ。実際はボランティア活動もしていて、とっても親しみやすいクランだって話もあります」

「なるほど、そういう事情ですか」

ハロルドは煙草を吹かしながら頷《うなず》く。紅茶を飲もうとしたが空だった。

「……昔、私の知り合いに素晴らしい名医がいましてね。薬や治療スキルでは治せない病に侵されている患者を、神がかり的な外科手術で救っていました」

「へえ、そうなんですか」

　突然の話題に、少女は曖昧な相槌《あいづち》を打った。

「ある日、私は彼に質問しました。あなたはどうして、そんなにも素晴らしい名医なのか、と。彼、どう答えたと思います？」

「え？　う〜ん、たくさんの人を救いたいから努力したとか？」

　少女の答えに、ハロルドは首を振った。

「違います。彼は私にこう言いました。ただ人を切るのが好きだから、と」

　ハロルドが答えを明かすと、少女は呆然とした顔になる。

「何事も適材適所、ということですよ。常識では悪人側に立つ者も、ある分野では偉人となることもある」

「な、なるほど……」

　引き気味に頷いた少女に、ハロルドは空のティーカップを指差した。

「御《お》替《か》わり、頂けますか？」

「あ、わかりました。すぐにお持ち致しますね」

　笑顔を残して去っていく少女を見送った後、ハロルドは窓の外に目を向けた。

「さて、あなたはこのまま常識の外に立っていられますかな？」

　答える者はここにいないが、ハロルドには確信があった。彼は決して自分の期待を裏切らないだろう、と。かつての親友が、そうだったように。

俺が早朝の走り込みを終えて街に入ると、見知った人影が近づいてきた。

「よお、大将。毎日毎日飽きないね」

情報屋のロキだ。俺は呼吸抵抗のために付けていたマスクを外す。

「トレーニングは毎日やるから意味があるんだよ」

「大手クランのマスターともあろう者が殊勝なことだな」

「大手クランのマスターだろうと、駆け出しの新人だろうと、やることに変わりはない。日々の研鑽《けんさん》だけが今日と明日を支えてくれるんだ。ちょっとばかし偉くなったからって努力を怠るようじゃ底が知れる」

「ふふふ、それでこそ、ノエル・シュトーレンだな」

「上から語ってんじゃねえよ。――それで、今日は何の用だ？」

俺が先を促すと、ロキは意味深な笑みを浮かべた。

「大将の好きそうな話を持ってきた。聞くか？」

「へえ、面白そうじゃないか。場所を移してから聞こう」

こっちだ、と俺は路地裏に入る。建物の陰は空気が冷たい。季節は冬。まだ雪は降っていないが、気象予報士の予想だと今年は大雪になる可能性が高いそうだ。

「それで、どんな情報なんだ？」

「俺が持ってきたのは、七星《レガリア》の三等星、人魚の鎮魂歌《ローレライ》に関する情報だ」

やはり、七星《レガリア》関係か。ロキには役立つ情報があれば報《しら》せるよう頼んでいた。俺たちがもりだ」

「人魚《ローレライ》の鎮魂歌のマスター、ヨハン・アイスフェルトは、この帝国に鉄道会社を起こすつもりだ」

七星《レガリア》になるためには、今の七星《レガリア》を排除する必要がある。敵の情報は多ければ多いほど良い。

「鉄道会社……だと？」

予想外の答えに、俺は思わず目を見開いた。

鉄道会社を創設するということは、この帝国に鉄道を通すのが目的だ。鉄道技術自体は既に存在するため、決して不可能ではない。悪魔《ビースト》を素材にした魔導機関《エンジン》で走る機関車、頑丈で精密な線路、どれも今の帝国の技術力なら容易《たやす》く製造できる。

問題なのは、帝国が他国よりも深淵《アビス》が発生しやすい土地であることだ。つまり、線路と深淵《アビス》――危険地帯が重なる可能性が高く、それが帝国に鉄道が普及していない理由だった。

隣国のロダニア共和国では、四年前に鉄道が開通し、大きな経済効果をもたらしていると聞いている。対して、ロダニアよりも魔工文明が発達している帝国は、皮肉にも依然として馬の力に依存しているままだ。帝国の最新運搬技術である飛空艇は、その維持コストの高さのせいで、限られた者たちしか使うことができない。また許されてもいない。一般にも普及するのは、もっと先のことだ。したがって、もし本当に鉄道が開通すれば、帝国を更に発展させることができる。そうなった時の功績は、余人の及ばない領域だ。

「その話、本当なのか？」

「ああ、間違いない。ヨハンはヴォルカン重工業と協力関係にある」

「ヴォルカン重工業……帝都で一二を争う大企業だな。だが、どうやって深淵《アビス》の問題を解決するつもりなんだ？」

「そこから先は、調査次第だね」

ロキの言いたいことを察し、俺は苦笑するしかなかった。

「なるほど、商売が上手《うま》いな」

真相を知りたければ金を払え、ということだ。もっとも、それを不愉快には思わない。何を得るにしても、正当な代価というものがあるのだから。

なにより、ヨハンの計画は、いかなる手段を用いても防がなくてはいけない。何故《なぜ》なら、クランの価値は戦闘能力だけでなく、社会への影響力によっても決まるからだ。このままヨハンの抜け駆けを許してしまっては、俺が頂点に立つことは不可能になるだろう。

以前に会話を交わした時、あの男が野心家であることはよくわかった。頂点を目指す姿勢は結構だが、あいにく易々《やすやす》と譲るつもりはない。

ヨハン・アイスフェルト。奴《やつ》には消えてもらう。

「大将、またぞろ悪い顔になっているぜ」

「光の加減でそう見えるだけさ」

「ふん、よく言うぜ。その様子だと、契約成立で構わないみたいだな？」

楽しそうに笑うロキに、俺は強く頷いた。

「いいだろう。契約成立だ」

一章：魔王

「戦闘行動、終了」

悪魔《ビースト》との戦いに勝利し、深淵《アビス》が浄化される。

今回、俺たち嵐翼の蛇《ワイルドテンペスト》が悪魔《ビースト》の討伐依頼を受けた場所は、帝国南部に位置する海岸地帯。冥獄十王《ヴァリアント》の第九界・銀鱗《ぎんりん》のコキュートスに滅ぼされる以前は、この辺りにはメンヒと呼ばれる自由都市同盟が存在した。深淵《アビス》化の影響を受けて血のように赤く染まっていた海が、美しいコバルトブルーへと戻っていく。

現界した悪魔《ビースト》は、深度十一に属する大海嵐王《フォルネウス》。嵐を操る巨大な空飛ぶ鮫《さめ》だ。魔王《ロード》には至らないものの、都市を容易く滅ぼせるだけの力を持っている。つい先ほどまで空を飛び回り、激しい風と雷と雹《ひょう》によって、海岸の地形を変えるほどの猛威を振るっていた全長百メートルはあろうかという巨体は、物言わぬ屍《しかばね》となって波打ち際に横たわっていた。

死闘に勝利し取り戻した、真っ青な空と青い海、燦々《さんさん》と降り注ぐ明るい日差しが、俺たちの前に広がっている。

「かぁ～～っ、疲れたぁ～～っ！」

コウガは折れた刀を放り投げ、白い砂浜に背中から倒れた。

「さ、流石《さすが》に、今度ばかりは死ぬるかと思うたわ……」

荒い呼吸を繰り返し胸を大きく上下させるコウガ。着ていた鎧《よろい》はとっくに砕け散ってい
て、上半身はほとんど裸の状態だ。
「ぼ、ボクも、もう無理……」
コウガに続いてアルマも力無くへたり込む。顔から血の気が失《う》せていて、今にも気絶し
そうなほど弱り切っていた。
「ふ、二人とも、大丈夫………うっ、おえええぇぇっ……」
二人を気遣う言葉を掛けようとしたレオンは、だが途中で盛大に血の混じったゲロを吐
く。そして、そのまま膝から崩れ落ちてしまった。
深度十一の悪魔《ビースト》を倒す大成果を挙げたというのに、三人には勝利を喜ぶ余裕すら無い。
俺のスキル、《士気高揚《バトルボイス》》によって体力と魔力の回復速度が上昇しているが、それでも完
全に限界を迎えていた。
正直なところ、俺もとうに限界を超えている。少しでも気を抜けば、意識を失ってしま
いそうだった。三人のように膝を折らないのは、ひとえにクランマスターとしての矜持《きょうじ》だ。
皆を率いる立場にある者が、弱い姿を見せるわけにはいかない。
「帰還せよ」
俺の隣に立つヒューゴが、涼しい声で言った。その言葉に従って、海岸に展開していた
ヒューゴの人形兵たちが一斉に土へと還る。戦闘中、ヒューゴは数十の人形兵を同時に操
り、攻撃と防御、そして支援を行っていた。当然、消費した魔力量は俺たちの中で最も多

い。だが、ヒューゴに疲労は見られなかった。かといって勝利に喜ぶわけでもなく、澄ました顔で服についた砂埃《すなぼこり》を払っている。

「流石はAランクだな。全盛期の力は取り戻せたらしい」

ヒューゴが仲間になって二ヶ月。戦いを重ねる度に、ヒューゴの戦闘技術は冴《さ》えていった。大海嵐王《フォルネウス》との戦いも、ヒューゴがいなければ敗北していたのは俺たちの方だ。今頃、海の藻屑《もくず》となっていたことだろう。

だが、当のヒューゴは不満そうに鼻を鳴らした。

「今の私が全盛期と同等だって？　マスター、驕《おご》るつもりはないが、それは誤りだ。もし私が全盛期なら、あの三人があそこまで苦戦することもなかった。十分に貢献できず、歯痒《はがゆ》い思いしかないよ」

ヒューゴの言葉に嘘はないようだ。悔しそうに大海嵐王《フォルネウス》の死体を睨《にら》んでいる。そのストイックさは実に好ましい。やはり、この男を仲間にしたのは正解だった。多大な労力を払った甲斐《かい》もあるというものだ。

その頼もしさに気が緩んだ瞬間、眩暈《めまい》に襲われた。危うく倒れそうになったところを、ヒューゴの腕に抱き留められる。

「無理をしない方がいい。【話術士】は魔力消費なくスキルを発動できるが、自身はスキル効果の対象外だ。死闘の中で体力を回復できなかった君が、最も衰弱している」

「……そんなことはわかっている。放せ」

俺はヒューゴを押し退《の》け、ふらつきながらも自分の足で立った。そして、アイテムポーチから回復薬《ポーション》を取り出して飲み干す。

「衰弱状態での回復薬《ポーション》の使用は、身体《からだ》に毒だぞ？」

「おまえたちの前で無様を晒《さら》すぐらいなら、寿命を縮めた方がマシだ」

俺が断言すると、ヒューゴは困ったように笑って肩を竦《すく》めた。

「嵐翼の蛇《ワイルドテンペスト》の皆様、お疲れさまでした。そして、大海嵐王《フォルネウス》の討伐、おめでとうございます」

不意に後ろから嬉《うれ》しそうな声がした。振り返るとそこには、燕尾服《えんびふく》を着た老紳士が立っていた。探索者協会《シーカーギルド》の監察官にして、俺たちの担当者であるハロルドだ。

「やはり、あなた方は素晴らしい。私も監察官として実に嬉しく思っています」

「世辞は間に合っている。それよりも、深淵《アビス》は浄化されたんだ。避難民たちを街に戻してもいいぞ」

この海岸の近くには、港湾都市であるソルディランがある。かつて、コウガが剣奴として住んでいた街だ。だが、大海嵐王《フォルネウス》が現界したことにより、街は封鎖されることになった。討伐が完了し街に安全が戻るまでの間、住人たちは街から離れたキャンプ地に避難している。

「深淵《アビス》が浄化されたことは、携帯通信機を使って避難キャンプにいる部下に伝えてあります。避難民たちは今日中に街へ帰れることでしょう。彼らにとって、あなた方は英雄だ。

街を訪れたら、大歓迎してもらえるでしょうね」

「コウガ、どうする？」

　俺がコウガに話を振ると、コウガは寝転んだまま手を振った。街に行くつもりはない、ということらしい。どうやら、ソルディランには嫌な思い出しかないようだ。アルマが眼を輝かせてコウガに何かを言おうとしたが、疲れているせいで頭が回らないらしく、何も言えなかった。

「ということだ。俺たちはソルディランには寄らず、そのまま滞在している街に帰ることにするよ」

「わかりました。こちらで帰りの馬車の手配をしましょう」

　ハロルドは笑顔で頷《うなず》く。

「ただ、ノエルさんは私の馬車に乗って頂けないでしょうか？　これからのことで、少しお話があります」

「話、ね。わかった、そうしよう」

　馬車の中でしたい話ということは、よっぽど大事な内容なのだろう。俺は承諾して、レオンに視線を向ける。

「レオン、後のことは任せた。応援者《サポーター》が大海嵐王《フォルネウス》の死体を回収しにくるから、おまえが対応しておいてくれ。俺はハロルドの馬車で、先に街に帰る」

「……わ、わかったよ。後のことは任せてくれ」

レオンは疲労困憊《こんぱい》しているが、胸を叩《たた》いて応じてくれた。

「マスター、私が護衛として同行しようか？」

ヒューゴの提案に、俺は首を振る。

「大丈夫だ。この爺《じい》さんは強いからな」

俺が顎で示すと、ハロルドは恭しく礼をした。

「ノエルさんのことは、私が責任を持って街に御送《おおく》り致します。ご安心ください」

†

馬車が走る中、俺の前に座るハロルドは、鞄《かばん》から資料を取り出した。

「これが、あなた方への次の依頼になります」

手渡された資料に目を通した俺は、一瞬目を見開いて驚いた後、自然と口角を上げていた。ずっと待ち望んでいた依頼を、やっと手中に収めることができた。

「深度《ビースト》十二、〝魔王《ロード》〟」

悪魔の脅威度は深度という言葉で評価され、数が大きいほど危険な存在とされている。そして、十二以上は特に強大な力を持つため、魔王《ロード》と呼ばれていた。

「ハロルド、あんたには感謝している。あんたは約束してくれた通り、ずっと俺たちに良い依頼を回してくれた。中でも、これは最高だ。本来なら、承認されて半年も経《た》っていないクランでは、魔王《ロード》の依頼を受けることなんてできないからな」

ハロルドが依頼を渡す場所に拘《こだわ》った理由もわかった。嵐翼の蛇《ワイルドテンペスト》は大手クランとして名を馳《は》せているが、魔王《ロード》の討伐依頼を受けるにはまだ力不足だという意見が多い。

それを無視して依頼を出したとなれば、探索者協会《シーカーギルド》の信用問題にも関わってくる。もちろん、俺たちが勝てば問題は無いが、もし敗北すればハロルドの立場はかなり危うくなるだろう。探索者協会《シーカーギルド》を追われるだけならまだしも、国から重い懲罰を受ける可能性すらあった。

「感謝するのはまだ早いですよ、ノエルさん。魔王《ロード》の力は、その名の通り、単なる悪魔《ビースト》とは一線を画しています。階級こそ、今回討伐して頂いた大海嵐王《フォルネウス》と一つしか変わりませんが、実際の能力差は大人と赤子ほども離れています。これまで以上の死闘は必至。それでも、この依頼を受けられますか？」

「当然だ。断る理由なんて無いね」

俺は即答した。たしかに、大海嵐王《フォルネウス》に苦戦した俺たちが、魔王《ロード》に勝てる可能性は低い。勝機は万に一つ、いや億に一つといったところか。だが、それは普通に戦えばの話。俺は資料に目を通して、既に勝算の高い作戦を思い浮かべていた。

「嵐翼の蛇《ワイルドテンペスト》に敗北は無い。相手が魔王《ロード》だろうと、容易《たやす》く丸呑《まるの》みにしてやるよ」

俺が断言するとハロルドは目を丸くし、それから微笑を浮かべた。

「あなたのそういうところ、御祖父とそっくりですよ。傲慢で恐れというものを知らない。

なのに、不思議と勝利を確信できる。……ふ、まったく、外見は似ても似つかないのに、中身は同じなのだから、血の繋《つな》がりというものは本当に恐ろしいですね」

　ハロルドは昔を懐かしむように言って、背筋を正した。

「魔王《ロード》の個体識別は、〝真祖《ノーブル・ブラッド》〟。吸血種の頂点に立つ悪魔《ビースト》です。その強大な力は、〝時空〟をも支配下に置きます」

　吸血種は魔法スキルに長《た》けた悪魔《ビースト》だ。そして、全ての魔法スキルを操ることのできる真祖《ノーブル・ブラッド》は、時と空間にも干渉できる能力を持つ。

「当該悪魔《ビースト》は、既に現界しています。深淵《アビス》の拡大は私ども探索者協会《シーカーギルド》が防いでいますが、もって一週間というところですね。嵐翼の蛇《ワイルドテンペスト》には一週間以内に現着し、当該悪魔《ビースト》を討伐して頂きたい。よろしいですね？」

「了承した」

　俺は頷き、資料を返却した。中身は全て記憶済みだ。

「七星《レガリア》に選ばれるための条件は、財力と実績が抜きん出ていること。財力に関しては解決する見込みがありそうですが、あなた方にはまだ実績が足りない。ですが、魔王《ロード》の討伐を成功させた暁には、あなた方は星に至る資格を手にすることができる」

「そこでやっと、七星《レガリア》の候補に挙がるってわけだな」

「ええ、その通りです。ただ、問題もあります」

　ハロルドは前屈《まえかが》みになって膝の上で手を組む。

「七星《レガリア》の席は七つ。嵐翼の蛇《ワイルドテンペスト》が候補に挙がっても、現在の七星《レガリア》を上回ることができなければ、永遠に七星《レガリア》になることはできません。そして、今の七星《レガリア》は、どのクランも極めて優秀です。魔王《ロード》の討伐経験も、一度や二度のことではありません。あなた方にどれだけ勢いがあろうと、冥獄十王《ヴァリアント》の現界までに追い越すことは、絶対に不可能でしょうな」

「わかっている」

協会の発表によると、冥獄十王《ヴァリアント》の現界まで残り八ヶ月。だが実際には早まる可能性が高く、残り四ヶ月ほどだと俺は睨んでいる。

「ハロルド、教えてほしいことがある」

俺はハロルドを真正面から見据えながら尋ねる。

「もし仮に、七星《レガリア》の席に空きができたら、すぐに七星《レガリア》になることは可能か？」

「不可能です。七星《レガリア》を決めるためには、探索者協会《シーカーギルド》で候補を絞り、それから皇室の許可を得る必要があるためです。仮に七星《レガリア》の一つが突然消えたとしても、新たな七星《レガリア》を選ぶためには、最低でも一ヶ月は掛かるでしょう。ですが――」

ハロルドは声を低くして続けた。

「今は冥獄十王《ヴァリアント》の現界に備えなければいけない時です。突然の欠番が出たのなら、すぐに新たな候補者で席を埋めなければいけませんね。その場合、嵐翼の蛇《ワイルドテンペスト》が選ばれる可能性は極めて高いでしょう。あなた方の話題性は既に他の大手クランと比較しても突出している。魔王《ロード》の討伐に成功すれば、確定だと思ってもらって構いません」

俺はハロルドの答えに笑みを漏らした。

「ありがとう、ハロルド。その言葉が聞きたかった」

つまり、俺がやるべきことは明白だ。

「……ノエルさん、あなたがやろうとしていることは想像がつきますが、あまり無茶はなさらないように。いえ、あなた方のことが心配なのではなく、帝都に被害を及ぼすようなら、擁立しようとしている私も、黙って見ているわけにはいかなくなりますので」

「ふん、それもわかっているよ」

俺はハロルドから視線を外し、窓の外に目を向けた。馬車は今回の遠征のために滞在している街へと向かっている。このスピードだと、到着するまで一時間というところだ。

「全部、上手《うま》くやるさ」

道は見えている。迷いも無い。覚悟はとっくにできている。

「この俺こそが、最強の探索者《シーカー》になる男だ」


魔王《ロード》が現界した場所には、かつてアルキリオ大公国という国の首都があった。アルキリオ大公国は、数十年前に冥獄十王《ヴァリアント》の一柱に滅ぼされた国の一つだ。周囲を山々に囲まれた盆地には、未《いま》だ撤去されていない廃墟《はいきょ》が広がっている。

深淵《アビス》化した現在、廃墟は赤い半透明のドームに覆われていた。近づくと中の様子が見えるが、遠くの光景までは見渡せない。深淵《アビス》化によって現世と隔たれているためだ。その視界は濁った水中に似ている。

　俺たち嵐翼の蛇《ワイルドテンペスト》が現着すると、そこには探索者協会《シーカーギルド》の従業員たちが待っていた。彼らの手によって周囲一帯は既に封鎖され、近隣の街や村に住む人々の避難も完了している。現場を指揮しているのはハロルドだ。その隣には、燕尾服を着た若い金髪の女が立っている。金髪の女は俺たちを認めると、いかにも不愉快だという態度を隠そうともせず、大股で歩み寄ってきた。

「逃げ出さずに来やがったか。ふん、威勢だけは褒めてやるよ」

「いきなりご挨拶だな。誰だ、おまえ？」

「この子は私の孫娘のマリオンです」

　俺の質問にハロルドが横から答える。

「小娘の癖に偉そうな性格をしていますが、身内びいき抜きに優秀な従業員です。仲良くしてやってください。ノエルさんも無駄に偉そうだから相性は良いと思いますよ」

「ボケたこと言ってんじゃねえぞ、糞爺《くそじじい》。てめえの孫娘のことなんて知るか」

「おい！　祖父《じい》ちゃんを馬鹿にすると許さねえぞ！」

　マリオンは柳眉を逆立て、俺を指差す。

「はっきり言って、おまえらはお呼びじゃないんだよ。新聞では過分に持ち上げられているようだが、どう考えても魔王《ロード》の相手をするには実力不足だ。魔王《ロード》はおまえらみたいな雑魚が倒せる相手じゃねえ」

侮蔑も露《あら》わに言ったマリオンに、アルマとコウガが気色ばむ。この二人の短気さには困ったものだ。すぐに喧嘩《けんか》を始めようとする。俺と同じだ。

「無駄口は止《や》めろ。時間の無駄だ。おまえはおまえの役割だけ果たしていればいいんだよ。ボケた爺の話し相手という役割をな」

「てめぇ……」

俺が嘲笑混じりに言うと、マリオンは眉間に深い皺《しわ》をつくった。いまにも拳を振り上げそうなマリオン。その怒りに満ちた眼《め》を正面から見据える。

「邪魔だ。裏方は大人しく引っ込んでろ」

「……ちっ、死にたがりのイカレ野郎が」

マリオンは忌々し気に舌打ちをした。だが、それ以上突っかかってくることはなく、俺に道を開ける。隣で様子を見ていたハロルドは忍び笑いを漏らしていた。

「糞ガキ同士、愉快な漫才ですね。いつまでも見ていたいところですが、魔王《ロード》は待ってくれません。深淵《アビス》の浸食スピードが上がっています。このまま放置すれば、更に強大な悪魔《ビースト》がやってくるでしょう。ノエルさん、一刻も早く討伐をお願いしますよ」

「安心しろ、すぐに魔王《ロード》の首を持ってきてやるよ」

勝つのは俺たちだ。たとえ、勝率が億に一つだとしても関係ない。必ず勝つ。

「この俺に敗北は存在しない」

俺たちが先に進むと、後ろからマリオンが叫んだ。

「蛇！　その言葉、必ず守れよ！」

深淵《アビス》の中に入ると、視界がクリアになった。外からは不明瞭だった風化し荒れ果てた街並みが、俺たちの前に広がっている。

「いるな」

街の奥から尋常ではない気配が伝わってくる。魔王《ロード》だ。

「うげぇ、とんでもない化け物じゃのう……。大海嵐王《フォルネウス》が小物に感じるほどじゃ」

慄《おのの》き呟《つぶや》くコウガ。それを見たアルマは小馬鹿にしたように口元を歪《ゆが》める。

「コウガはビビリのヘタレ」

「だ、誰が、ビビリのヘタレじゃ!?」

「だから、コウガ。ビビリ過ぎて言葉もわからなくなったの？　可哀想《かわいそう》」

「な、なんじゃとう!?　変態痴女の癖に、カバチばっかしたれよって！」

「変態痴女!?……殺す！」

「ああ、もう！　喧嘩は止めろ！」

言い争う馬鹿二人を、レオンが呆《あき》れ顔《がお》で止める。

「大事な戦いの前なんだぞ。もっと仲良くできないのか……」

「無理じゃ！」「絶対に無理！」

「あ、あのなぁ……」

途方に暮れるレオン。俺は三人を無視して、ヒューゴを見た。

「どんな様子だ？」

「平均よりかなり強い魔王《ロード》だと思う。私が討伐に関わった魔王《ロード》の中でも最上位かな」

ヒューゴは過去に何度も魔王《ロード》を討伐した経験がある。人が同ランク帯であっても強さに差があるように、悪魔《ビースト》も個体差が大きい。ヒューゴの経験則に基づく予想を信じるなら、ますます俺たちの実力を上回る魔王《ロード》というわけだ。

「好都合だな。初めて討伐する魔王《ロード》が雑魚じゃ締まらない」

ハロルドから依頼を受けて一週間、各々が装備を新調し、〝新たなスキル〟も習得済みだ。その力を試すには、格好の舞台である。

俺が笑みを零《こぼ》すと、コウガが隣に立った。

「じゃけんど、わからんのう」

「あん？　何の話だ？」

「悪魔《ビースト》が現界する目的は、こん世界を侵略することじゃろ？　そりゃわかる。じゃけど、こがいな強大な悪魔《ビースト》が、なんで鉄砲玉みたいなことをする必要があるんじゃ？」

「本能だ」

「本能？」

首を傾《かし》げるコウガに俺は頷《うなず》いた。

「悪魔《ビースト》は、明確な目的があって俺たちの世界を侵略しようとしているわけじゃない。それはひとえに本能だと言われている。この世界を奪い滅ぼせ、というな。だから、強さに基づく序列は関係ない」

「はあ、なるほどのう」

コウガは曖昧に頷く。俺はコウガから視線を切って、魔王《ロード》の気配が伝わってくる方へと眼を向けた。

「各員、これより戦闘行動を開始する」

戦術スキル《士気高揚《バトルボイス》》。パーティメンバーの体力と魔力を40パーセント上昇させ、更に回復速度も上昇させるスキルを発動した。

「行くぞ。楽しい狩りの時間だ」

†

魔王《ロード》――真祖《ノーブル・ブラッド》は、廃都の中央広場にいた。こちらの侵入を察知していたらしく、広場には既に魔王《ロード》の配下たちが陣を構えている。
数にして約三百。配下は魔王《ロード》が召喚した精霊兵《エレメント・ソルジャー》たちだ。水・風・火・土の四大精霊に加え、四大精霊よりも高位である光と闇の精霊兵《エレメント・ソルジャー》もいる。それぞれ武装した人や獣を模しており、その戦闘能力は四大精霊が深度八、光と闇の精霊が深度十といったところだ。

召喚型の配下は、魔王《ロード》の魔力が尽きない限り、いくらでも湧いてくる。持久戦に持ち込まれたら勝ち目は無い。

対する俺たちの戦力は、五人と——百体。百体の戦力は、ヒューゴが召喚した人形兵たちである。剣・槍《やり》・斧《おの》の近距離型、弓・銃・魔法の遠距離型に加え、回復と防壁《バリア》に特化した支援型が混在している。

ヒューゴの職能《ジョブ》は、【傀儡師《くぐつし》】系Aランク、【千軍操者《グランドマスター》】。その名の通り、千を超える人形兵を同時召喚し、指揮することも可能である。

だが、人形兵の性能は、数が多くなるほど低くなっていく。真祖《ノーブル・ブラッド》、そして精霊兵《エレメント・ソルジャー》は手強《てごわ》い敵だ。まともに応戦できる性能を考えた場合、同時召喚できる数は百体が限度だった。百体に数を絞った人形兵の単純なスペックは、Bランク相当である。

両軍が睨《にら》み合う中、俺は敵将である真祖《ノーブル・ブラッド》を見上げる。真祖《ノーブル・ブラッド》は若く、輝かんばかりに美しい男だった。ウェーブがかった長い金髪に、高貴さを感じるほど精緻に整っている美貌。瞳は血のように赤く、肌は骨のように白い。金刺繍《ししゅう》が施された青いレザースーツを身に纏《まと》い、何かの骨で組まれた玉座に座っている。真祖《ノーブル・ブラッド》が座す玉座は宙に浮かんでいた。

高みから俺たちを無感情に見下ろす真祖《ノーブル・ブラッド》。その視線に俺たちが敵であるという認識は見られない。真祖《ノーブル・ブラッド》から伝わってくるのは、煩わしさと嫌悪感だけだ。気怠《けだる》そうに頬《ほお》杖《づえ》をつき、害虫を見るような視線を向けてくる。互いの実力差を考えれば、当然かもしれない。だが、その慢心こそが、真祖《ノーブル・ブラッド》の限界だ。

だから俺は、遠くからでも口の動きでわかるよう、はっきりと言った。

「虫のように踏み潰してやるよ」

俺の挑発に、真祖《ノーブル・ブラッド》の頬が引き攣《つ》った。そして、精霊兵《エレメント・ソルジャー》たちに短く命令を出す。

「行け」

怒りと殺意が込められた命令。精霊兵《エレメント・ソルジャー》たちは主《あるじ》の願いを叶《かな》えるべく、一斉に動き出す。

「ノエル、気をつけて！　毒ガスがくる！」

最初に異変に気がついたのは、優れた五感を持つアルマだった。風と土の精霊兵《エレメント・ソルジャー》が協力して、周囲に毒ガスを放っている。触れた地面を急激に腐食させていくほど強力な毒ガスが、強風に乗って俺たちに迫ってきていた。一息でも吸い込めば、身体《からだ》の内側から腐り果て、一瞬で崩れ去ってしまうことだろう。強い毒耐性を持つアルマも例外ではない。

「レオン、《新星光陣《ノヴァサークル》》」

「わかった！」

《戦術展開《タクティシャン》》を発動し、レオンに指示を出す。俺の指示に従ったレオンが地面に剣を突き刺すと、周囲一帯に巨大な光の陣が発生した。

騎士《ナイト》スキル《新星光陣《ノヴァサークル》》。全ての状態異常を無効化する光陣を発生させるスキルだ。また、仲間が陣内に留《とど》まっている場合、体力と魔力の回復速度を上昇させる効果も持つ。

レオンの《新星光陣《ノヴァサークル》》によって、毒ガスは完全に浄化された。精霊兵《エレメント・ソルジャー》たちは作戦を変え、遠距離から強大な攻撃魔法スキルを放ってくる。レオンは《新星光陣《ノヴァサークル》》を発動中であるため、防壁《バリア》を展開することはできない。

「コウガ、ヒューゴ、防げ」

「応！」「従おう」

コウガが刀を振るって前方に巨大な氷を発現させるのと、ヒューゴが人形兵に命じて防壁《バリア》を展開させるのは同時だった。

侍スキル《氷の太刀》。斬った対象に氷を発生させ、氷結させるスキルだ。大気を斬れば氷の壁を出すこともできる。コウガの氷壁と人形兵の防壁《バリア》は、精霊兵《エレメント・ソルジャー》たちの放った炎の嵐や土石流等による各属性攻撃を、悉く《ことごと》防ぎ切った。

だが、精霊兵《エレメント・ソルジャー》たちの攻撃は強力だ。攻撃を防いだ氷壁と防壁《バリア》は一瞬にして消滅し、その隙に突撃部隊が一気に間合いを詰めてくる。新たに氷壁と防壁《バリア》を展開する時間は無い。

「アルマ、《影腕操作《シャドーアーム》》」

「了解！」

瞬間、アルマの影が前方へ広がる。その形は無数に枝分かれし、手の形となって具現化すると、敵の突撃部隊の足を摑《つか》んだ。

暗殺スキル《影腕操作《シャドーアーム》》。自身の影を実体化し、自在に操ることができるスキルだ。影腕に足を摑まれた突撃部隊はバランスを崩して転倒する。突撃の最中にあった精霊兵《エレメント・ソルジャー》

たちが、即座に体勢を立て直すことは不可能だ。

「一掃するぞ。レオン、《落日慈剣《マーシフル・グレイブ》》」

「ああ、わかった！――《落日慈剣《マーシフル・グレイブ》》！」

レオンの叫びに呼応して、光陣から幾千の光剣が飛び出す。

騎士《ナイト》スキル《落日慈剣《マーシフル・グレイブ》》。地面から光剣を出現させる範囲攻撃スキル。《新星光陣《ノヴァサークル》》を発動していることが発動条件だが、神聖属性が付与された光剣は、全悪魔《ビースト》に対して、防御力に関係なく絶対に貫通し拘束する効果を持つ。

突如として出現した幾千の光剣は、精霊兵《エレメント・ソルジャー》の約半数を拘束することに成功した。攻撃の回避に成功した精霊兵《エレメント・ソルジャー》たちも、串刺しになった仲間のせいで動きが制限されている。

「今だ、一掃しろ！」

「「「おおっ!!」」」

《落日慈剣《マーシフル・グレイブ》》によって敵を拘束しているレオン以外が、一斉に攻撃を集中させた。

侍スキル《桜花狂《おうかくるいざき》咲》。

桜吹雪のように舞う無数の斬撃が、精霊兵《エレメント・ソルジャー》を斬り刻む。

暗殺スキル《投擲必中《パーフェクトスロー》》。暗殺スキル《徹甲破弾《アーマーピアシング》》。暗殺スキル《影腕操作《シャドーアーム》》。

投擲《とうてき》された不可避にして絶対貫通の鉄針と、鋭《と》く尖《が》らせた影腕が、次々に精霊兵《エレメント・ソルジャー》の核を貫いて消滅させていく。

傀儡《くぐつ》スキル《魔糸操傀《エーテルリンク》》。傀儡スキル《魔導破砕《リンクバースト》》。

ヒューゴの十本の指と魔糸で繋《つな》がっている、遠距離型の人形兵のリミットが解除され、その能力が100倍に引き上げられた。人形兵の崩壊と引き換えに放たれた、弓・銃・魔法による一斉掃射が、精霊兵《エレメント・ソルジャー》たちを薙《な》ぎ払う。

俺たちの猛攻によって、精霊兵《エレメント・ソルジャー》の大半が消失した。だが、上位個体である光と闇の精霊兵《エレメント・ソルジャー》は健在だ。濛々《もうもう》と立ち込める土煙の中から、それぞれ二体ずつが飛び出してきた。

光の精霊兵《エレメント・ソルジャー》は、黄金の甲冑《かっちゅう》を身に纏う細身の双剣使い。高速移動によるヒットアンドアウェイを得意とする。熱光線で遠距離攻撃も可能。また、光を屈折させることで、自身の幻像を発生させることもできる。

闇の精霊兵《エレメント・ソルジャー》は、巨大な戦槌《せんつい》を振り回す黒い重装兵《ヴァンガード》。重力を操ることで攻撃力を強化し、また攻撃を跳ね返す。常に周囲に高重力を発生させているため、接近戦《インファイト》に持ち込まれれば、増加した重力によって身動きが取れなくなる。非常に厄介な敵だ。

共に戦闘力は深度十相当。強大な敵だ。それが四体ともなれば、戦闘経験が豊富な熟練探索者《シーカー》たちでも勝つことは難しい。

だが、今の俺たちなら、造作もなく勝てる。

「アルマ、コウガ、レオン、迎え撃て！」

「行く！」「やっちゃる！」「まかせろ！」

指示に従って、三人が精霊兵《エレメント・ソルジャー》に立ち向かう。間髪容れず、俺は次の指示を出した。

「ヒューゴ、作戦番号十五！」

「作戦番号十五、了解した」

ヒューゴは頷き、疾走する三人に近距離型の人形兵を追走させる。だが、人形兵の援護があっても、まともに正面から戦えば、三人に勝ち目は無い。だからこそ、作戦番号十五を使う。

「《移封流転《シフトチエンジ》》、発動」

三人と精霊兵《エレメント・ソルジャー》が交差する刹那、ヒューゴは人形兵の速度を上げると同時に、新たなスキルを発動した。精霊兵《エレメント・ソルジャー》が人形兵を粉砕しようとした時、だが突如として、人形兵と精霊兵《エレメント・ソルジャー》の立ち位置が変わる。急に攻撃を止めることはできず、光は光、闇は闇で同士討ちをすることになった。

傀儡スキル《移封流転《シフトチエンジ》》。自身が操る人形兵と対象の位置を入れ替えるスキルだ。俺とヒューゴは、いつどのタイミングで、どのように《移封流転《シフトチエンジ》》を使うかを、作戦番号別に共有している。作戦番号十五によって同士討ちすることになった精霊兵《エレメント・ソルジャー》は、互いに大きな損傷を受けた。

「今だ、畳み掛けろ！」

「《速度上昇《アクセル》》――十二倍ッ！」

「《居合一閃《いあいいっせん》》！」

「《神聖波動《ディヴァイン・インパクト》》！」

「《魔導破砕《リンクバースト》》！」

四人の必殺に相応《ふさわ》しい同時攻撃が、精霊兵《エレメント・ソルジャー》を完全に消滅させる。配下を一掃することには成功した。だが、精霊兵《エレメント・ソルジャー》に実体は無い。真祖《ノーブル・ブラッド》の魔力が続く限り、いくらでも再召喚されるだろう。

「再召喚の隙を与えるな！　コウガとアルマは真祖《ノーブル・ブラッド》を攻めろ！　レオンとヒューゴは二人の援護を！」

機動力に優れたコウガとアルマが、真祖《ノーブル・ブラッド》に向かって疾走する。レオンとヒューゴは二人に防壁《バリア》を展開し、また遠距離攻撃によって再召喚を防がんとする。直撃するレオンとヒューゴの攻撃。真祖《ノーブル・ブラッド》が煙に包まれる。その瞬間、コウガは高く跳躍した。

「そん首、もらう！」

また、アルマはトップスピードを維持したまま、影へと沈み込む。

暗殺スキル《潜影移動《シャドーダイブ》》。影の中に潜み移動することができるスキルだ。移動中は常に大量の魔力を消費するが、大半の攻撃から身を隠すことができる。

コウガは正面から飛び掛かり、アルマは背後から現れ、煙の中にいる真祖《ノーブル・ブラッド》を仕留めんとした。だが――

「愚か」

真祖《ノーブル・ブラッド》の侮蔑を含んだ声。レオンとヒューゴの攻撃が直撃したにも拘《かかわ》らず、真祖《ノーブル・ブラッド》は無傷だった。悠然と玉座に座ったまま、コウガとアルマの奇襲を嘲笑《あざわら》う。

「なっ!?」「嘘《うそ》っ!?」

驚愕《きょうがく》する二人。振り下ろした刃は見えない壁に弾《はじ》かれ、二人は空中でバランスを崩す。

そして、真祖《ノーブル・ブラッド》が指を鳴らすと、強烈な落雷が発生した。

コウガはバランスを崩しながらも、空気を蹴って落雷から回避することに成功する。だが、アルマは回避が遅れ、その身に落雷を受けることになった。

「アルマッ!!」

俺は背筋が寒くなり、思わず叫んだ。真祖《ノーブル・ブラッド》が座す周囲一帯は、落雷の熱によってマグマ状に熔解《ようかい》し、大気が激しく帯電している。あの強大な落雷が直撃してしまえば、防壁《バリア》に守られていようとも即死だ。

黒煙が晴れた時、アルマの姿を探した俺は、その無事を認めて安堵《あんど》した。

暗殺スキル《霊化回避《ファントム》》。効果時間三秒の間、霊化し誰にも触れられない状態になるスキルだ。危ういところでスキルを発動し、落雷を無効化することに成功したらしい。

だが、《霊化回避《ファントム》》は二十四時間に一度しか使えない。二度目は無い。アルマは血の気が失《う》せた顔で荒い呼吸を繰り返していた。

「アルマ、無事か!?」

コウガが飛び移った時計台の上から叫び、アルマの安否を確認する。その瞬間、加速する俺の脳裏に、最悪の光景が浮かんだ。

「コウガ、今すぐそこから離れろ!!」

俺が叫ぶと、コウガは理由も聞かず大きく飛び退《の》き、地上に着地した。戦闘時の命令は絶対。俺が命じたら理由を考えず即座に従うよう、仲間たちには言い含めてある。

コウガが飛び退いた僅か一秒後、高さ二十メートルはある時計台が、突如砂と化して崩れ落ちる。それはまさしく、俺の高速思考が見せた限定的な予知の結果。違うことは、コウガも一緒に砂にならなかったことだけだ。

「ほう、今のを避けるか……」

真祖《ノーブル・ブラッド》は興味深そうに笑う。

間違いない。今の攻撃は時空魔法だ。対象の時間を加速させ、一瞬にして風化させる、防御不可能な即死攻撃。辛うじて俺の限定予知によって見破ることができたが、効果範囲が広く、また恐ろしく速い。少しでも読み間違えたら全滅だ。

「なるほど、高速思考による限定的な予知能力か」

真祖《ノーブル・ブラッド》は頬杖《ほおづえ》をつきながら俺を見る。

「おそらく、空間の微細な揺らぎを感知することで、余の時空魔法の発動を予知できたのだな。虫ケラにしては上出来だ。だが、少し面倒だな」

すっと、その血のように赤い眼《め》が細まった。

「だから、まずは貴様からだ」

そう宣言した真祖《ノーブル・ブラッド》から、凄《すさ》まじい魔力が溢《あふ》れ出す。

「まずい！　ノエルを守れ!!」

レオンが叫びながら俺に駆け寄ろうとする。コウガとアルマも血相を変えて、俺を守るために走った。だが、三人は間に合わない。唯一ヒューゴだけが、素早く人形兵を操って俺の周囲を固めた。更に防壁《バリア》を幾重にも展開し、より守りを強固にする。だが――

「無駄だ、愚か者」

笑い混じりの声が、俺のすぐ目の前からした。

「なっ!?　かっ……はっ……」

空中で玉座に悠然と座っていたはずの真祖《ノーブル・ブラッド》が、俺の目の前に立っている。そして、その右腕が、俺の胸を貫いていた。

「時を止めさせてもらった」

真祖《ノーブル・ブラッド》は、凄惨な笑みを浮かべる。

「どれほど守りを固めようとも、止まった時の中では無意味。貴様の役目は、司令塔と仲間の能力向上。それが途絶える以上、貴様たちの負けだ。貴様の仲間は、ゆっくりと嬲《なぶ》り殺してくれようぞ」

「ご、ごほっ、げぇっ……」

俺は血の塊を吐き出し、真祖《ノーブル・ブラッド》の腕を掴《つか》んだ。真祖《ノーブル・ブラッド》は頬に付いた俺の血を、左手の指で拭い取る。

「その前に、まずは腹ごしらえだな」

　俺の血を舐《な》める真祖《ノーブル・ブラッド》。勝者だけに許される、嗜虐《しぎゃく》心と愉悦に満ちた残酷な表情が――一瞬にして醜く歪《ゆが》む。

「な、なんだ、この血の味は!?」

　慌てて口に含んだ血を吐き出す真祖《ノーブル・ブラッド》。その狼狽《ろうばい》しきった姿を見た俺は、胸を貫かれたまま哄笑《こうしょう》を漏らした。

「ははははははっ、俺の血はお気に召さないようだな！」

「き、貴様、一体どういう――」

　異変に気がついた真祖《ノーブル・ブラッド》は、言葉を呑《の》み込んで周囲を見回す。俺の胸が貫かれたにも拘らず、仲間たちは誰一人助けにはこなかった。むしろ、俺から距離を取っている。まるで、迫りくる危険を避けるかのように。

「き、貴様ぁぁッ!!」

　漸《ようや》く〝真祖《ノーブル・ブラッド》〟を悟った真祖《ノーブル・ブラッド》は、激怒して俺から腕を抜こうとする。だが、もう手遅れだ。時間停止魔法を発動する猶予も与えない。

「愚かなのは、おまえの方だったな」

　俺が侮蔑混じりに呟《つぶや》いた瞬間、俺の身体《からだ》は閃光《せんこう》と共に爆散した。

†

【話術士】を始めとする支援職《バッファー》は、全戦闘職能《ジョブ》の中でも、最弱とされている。その一番の理由は、他職に比べて自衛手段に乏しいことだ。戦闘の際は常に誰かに守ってもらう必要があるため、仲間の足を引っ張ることになる。

そもそも、誰かを守りながら戦うというのは、自身の戦闘能力を大幅に下げることになる。仮に優秀な護衛で周囲を固めたところで、【暗殺者《アサシン》】等の隠密《おんみつ》に特化した職能《ジョブ》に狙われてしまうと、守り切ることはほぼ不可能だ。

更に支援職《バッファー》が殺された場合、一気に向上していた分の能力が下がることになり、その反動のせいで味方は大幅に弱体化することにもなる。

真祖《ノーブル・ブラッド》は悪魔《ビースト》でありながら、その優れた頭脳によって、俺が支援職《バッファー》であること、そしてその弱点を見抜いていた。即《すなわ》ち、俺さえ殺せば、他の仲間たちは単に司令塔を失うだけでなく、支援が消えた反動によって、大幅に弱体化するということを。

そして、時空を支配する真祖《ノーブル・ブラッド》には、時間停止魔法という最大にして最強の力があった。これさえ使えば、どれだけ守りを固められようとも関係無い。真祖《ノーブル・ブラッド》が時間停止魔法を使うのは、簡単に予想できた。だからこそ俺は、俺の偽物を用意することにした。

傀儡《くぐつ》スキル《模造作成《イミテーション》》。【傀儡師《くぐつし》】の触れた物を複製できるスキルだ。本物よりも品質が下がり、また生命が持つ魂まで複製することはできないが、外見上は完全に似せられる。ヒューゴには俺を複製してもらい、それを本物に見えるよう操ってもらった。命令と支援は、声ではなく《思考共有《リンク》》を通して行っていた。

　そして、この偽物の中には、爆弾を仕込んだ。ただの爆弾ではない。幽狼犬《ガルム》三頭分の骨髄液を仕込んだ爆弾だ。爆発すれば周囲の魔力を取り込み、更に威力を増す。ましてや、膨大な魔力を内包する真祖《ノーブル・ブラッド》が近くにいれば、その威力は極限まで増加する。この廃都を更地に変えることだって可能なまでに。

　だから、ヒューゴの人形兵が防壁《バリア》で周囲を覆い、爆発の威力を一点に封じ込めることにした。ヒューゴが素早く偽物である俺の周囲を人形兵で固めた本当の目的は、俺たちが爆発の巻き添えになることを防ぐためだったのだ。

　強大な爆発の威力は最終的に防壁《バリア》も吹き飛ばしたが、なんとか効果範囲を広場内に抑えることに成功した。レオンの防壁《バリア》に守られていた俺たちは無傷だ。ヒューゴの人形兵に扮《ふん》していた俺は、甲冑《かっちゅう》を脱いで前へと出た。

「ノエル、隠れとらんでええのか？」

　コウガの問いに俺は頷《うなず》く。

「構わない。こんな小細工は二度も通じないからな」

　俺の眼下には、巨大なクレーター状の穴が開いている。その奥には、依然として強大な気配が存在していた。

「……おのれぇ。おのれぇぇぇぇっ……」

　穴の奥からは、怨嗟《えんさ》の声が響いてくる。

「穴に籠って恨み言か？　腰抜けめ。魔王《ロード》の名が泣いているぞ」

　俺が笑って挑発すると、穴の内部を覆っていた煙が突風で吹き飛び、中から翼の生えた巨大な怪物が飛び出してきた。

「虫ケラ風情がああぁぁぁぁああぁぁッ!!」

　大気を震わす怒声。甚大なダメージを受けた真祖《ノーブル・ブラッド》は、偽りの姿から真の姿へと変じていた。輝かんばかりの美青年の姿は、もうどこにも存在しない。俺たちの前で翼を羽ばたかせ滞空しているのは、醜い化け物だ。

　蝙蝠《こうもり》に似た翼、頭から生える二本の捩《ね》じれた角、山の如《ごと》く肥大化した筋骨隆々の身体、浅黒い肌には赤く光る血管のような紋様が浮かび上がっている。

「ははは、化けの皮が剝がれやがった」

「よくも、余にこの姿を晒《さら》させたな！　その罪、万死に値するぞ!!」

「凄《すご》んでんじゃねぇよ、マヌケ。吠《ほ》える前に、時間停止魔法を使ったらどうだ？　うん？どうした？　使わないのか？」

「き、貴様ぁっ……」

　憤怒で言葉を詰まらせる真祖《ノーブル・ブラッド》。場を支配してるのは俺だ。どれだけ恐ろしげな形相で凄んでも、ピエロにしか見えない。

「使えるわけがないよなぁ？　たとえ魔王《ロード》だろうと、時を止めるほど強大な力を連発できるわけがない。ましてや、おまえはさっきの爆発で甚大なダメージを受けた身。再生のために使った魔力量を考えれば、この戦いで時間停止魔法を再使用することは不可能だ」

全て計算通り。無敵のような時間停止能力を有する敵であっても、俺なら――俺たちなら、必ず打ち倒すことができる。

「くくっ……あははははははっ」

込み上げてくる笑いを抑えることができなかった。戦いはまだ終わってない。時間停止魔法が使えなくても、敵は魔王《ロード》。一筋縄で倒すことのできる相手ではない。命を削り、針の先ほどの勝機を見極めることができなければ、俺たちに待っているのは死だ。

だが、それでも、俺は笑った。

楽しい。堪《たま》らなく愉快だ。絶対的な強者を策に嵌《は》め、恥辱と恐怖のどん底に蹴り落とす。これ以上に楽しいことがあるだろうか？

いや、ありはしないだろう。

「ふふふ……さあ、第二ラウンドといこうか」

†

「各員、これより空戦に入る！」

異形と化した真祖《ノーブル・ブラッド》が空高く飛翔《ひしょう》したのと同時に俺は叫んだ。敵は強大な魔法攻撃に加えて飛翔能力を持つ。空中から一方的に攻撃されないためには、俺たちも空中で迎え撃つ必要があった。

「《飛翔円舞》！」「《空中歩法《スカイウオーク》》！」

切り込み役を担うコウガとアルマが、先行して空へと駆ける。

侍スキル《飛翔円舞》。暗殺スキル《空中歩法《スカイウオーク》》。

共に空中移動を可能とするスキルだ。《飛翔円舞》は魔力で空中に足場を作ることができ、《空中歩法《スカイウオーク》》は反重力によって自在に空中を移動できる。

「《天馬召喚《サモンペガサス》》！」「《飛兵創出《サーヴアント・バルキリー》》！」

レオンとヒューゴは自力で空を駆けることができない。だが、飛行能力を有した乗り物を召喚するスキルを持っている。

騎士《ナイト》スキル《天馬召喚《サモンペガサス》》。翼の生えた天馬を召喚できるスキルだ。白銀の馬鎧《バーディング》を装備した天馬は、飛行能力を有しているのはもちろん、単独の戦闘能力も高い。

傀儡スキル《飛兵創出《サーヴアント・バルキリー》》。飛行能力を有するエイ型の人形兵を作り出すスキルだ。攻撃能力は無いが、広く平らな背中に乗ることができる。主に運搬を目的とした人形兵だ。

レオンが天馬に跨《またが》り、ヒューゴは飛兵の背中に乗った。空戦スキルそのものを持たない俺は、ヒューゴが追加召喚した飛兵に飛び乗る。そして、それぞれが地上を離れた時、真祖《ノーブル・ブラッド》は頭上に太陽と見紛《みまが》うほど巨大な火球を掲げていた。

「虫ケラ共がッ!!　塵《ちり》と化すがいいッ!!」

高速で放たれた火球が地上と接触した瞬間、大爆発が巻き起こった。嵐のような超高温の熱波は、広場どころか廃都の全てを蹂躙《じゆうりん》していく。また、外へと広がった爆風は真空状態になった爆心地へと戻ってくるため、その爪痕はいっそう深くなった。

紙一重のタイミングで空高くへと逃れることができた俺たちの眼下には、赤く煮え滾《たぎ》る溶岩と化した廃都が広がっている。爆心地から離れた場所ですら、爆風によって建物の大半が倒壊していた。かつての大都市はもはや更地同然だ。

わかりきっていたことだが、魔王《ロード》の戦闘能力は凄まじい。時間停止魔法を使えるだけの魔力こそ残っていないが、その攻撃力は俺たちを遥《はる》かに凌《しの》いでいる。

だが、俺たちの勝利が揺らぐことはない。

「コウガ、アルマ、真祖《ノーブル・ブラッド》に切り込め！　レオンは二人の援護を！　ヒューゴは人形兵を再召喚しろ！」

「応！」「まかせて！」「了解した！」「すぐに行う！」

コウガとアルマは自身の機動力を存分に活《い》かし、臆することなく一息に真祖《ノーブル・ブラッド》との間合いを詰めて斬り掛かる。レオンは空を翔《かけ》る天馬を操りながら、二人に防壁《バリア》を展開し、更に光球――《神聖波動《ディヴァイン・インパクト》》によって援護射撃した。

だが、真祖《ノーブル・ブラッド》は、風のような速さで三人の攻撃を全て躱《かわ》してのける。人間体の時から重力操作による飛行能力を有していたが、翼を生やしたことによって、その機動力は桁違いに向上していた。

「《軍団蹂躙《レギオン》》！」

千軍スキル《軍団蹂躙《レギオン》》。一度に複数の人形兵を作り出すスキルだ。ヒューゴは【傀儡《くぐつ》師《し》】にして、Aランクに至りし猛者。【傀儡師《くぐつし》】系Aランク職能《ジョブ》である【千軍操者《グランドマスター》】の力は、まさしく軍団を操る。

新たに創出したのは六十体の人形兵。遠距離攻撃型が二十体。支援型が十体。それらを乗せる飛兵が三十体。ヒューゴは人形兵を創出すると、すぐに三人に加勢する。弓撃、銃撃、各種属性魔法による遠距離攻撃が、雨あられのように真祖《ノーブル・ブラッド》へ放たれた。

だが、ヒューゴの一斉掃射をもってしても、真祖《ノーブル・ブラッド》には悉《ことごと》く回避されてしまい、かすり傷一つ負わせることができなかった。

「やはり、予知能力が厄介だな……」

魔法を極めた真祖《ノーブル・ブラッド》は、時空をも支配する。その極致たる力、時間停止魔法を封じることはできたが、それだけが奴《やつ》の全てではない。時空を支配するということは、未来をも見通せるということ。即ち、予知能力もまた、奴の力の一つである。

コウガが一度に幾千の刃を振るおうと、アルマが音速を超えた超高速移動で急襲しようと、常に予知能力を発動している真祖《ノーブル・ブラッド》にとっては、何の脅威にもならない。真祖《ノーブル・ブラッド》は紙一重で回避し続け、更に重力操作によって威力が増幅された剛腕で迎撃せんとする。

コウガとアルマは直撃こそ避けているが、真祖《ノーブル・ブラッド》の攻撃は余波だけでも致命傷は必至。攻撃を回避する度に、レオンとヒューゴが連続展開している防壁《バリア》が身代わりとなって割れていく。戦況は圧倒的に真祖《ノーブル・ブラッド》に有利だ。

また、真祖《ノーブル・ブラッド》は激怒しているにも拘《かかわ》らず、非常に冷静だった。怒りに任せて大技を連発でもしてくれれば戦いやすくなるのだが、変態後に放った火球による攻撃以降、肉弾戦に絞って魔力の消費を抑えている。挑発によって思考を乱そうとしたが、思ったほどの効果は得られなかったようだ。戦いが続けば、スタミナで劣る俺たちが負けるだろう。

かといって、このまま押し切られるつもりはない。

真祖《ノーブル・ブラッド》に予知能力があるように、俺もまた思考を高速化させることで疑似的な予知ができる。戦闘が始まってからずっと、俺は常に戦況を先読みし続け、真祖《ノーブル・ブラッド》に対抗してきた。

もちろん、予知の性能は俺の方が遥かに格下だ。俺の予知能力は、未来そのものを見通せるのではなく、感知した情報を分析して一瞬先の結果を予測できるだけに過ぎない。また、予知結果を仲間たちに伝達する時間のずれ《タイムラグ》があるため、《思考共有《リンク》》で直接伝えても、その精度が下がることになる。

だが、予知の性能が下でも、俺には真祖《ノーブル・ブラッド》に無いものがある。それは、膨大な戦闘知識だ。圧倒的な力を持つ真祖《ノーブル・ブラッド》では思い浮かばない、弱者が強者を屠《ほふ》るための戦術の数々が、俺の予知を補強する。

『コウガ、二秒後に左前方からくる攻撃を回避しろ。同時に《桜花狂咲《おうかくるいざき》》を発動。更に《秘剣燕返《ひけんつばめがえし》》で斬撃の弾幕を連続展開。アルマ、三秒後にコウガの弾幕に隠れて急襲を仕掛けろ。敵は向かって右斜め上空五十メートルに現れる。レオン、五秒間だけ防壁《バリア》を停止。前方に向かって《神聖波動《ディヴァイン・インパクト》》を連続発射。アルマの攻撃射線上に敵を誘い込め。ヒューゴ、三秒間コウガに防壁《バリア》を集中。その後、即座にアルマを援護射撃。急襲後の退路を確保しろ。コウガ、即座に後方へ三十メートル飛び退《の》け。アルマ――』

仲間への指示は全て、並列思考と《思考共有《リンク》》によって同時に行っている。戦闘が始まって三十分。仲間たちは、俺の予知結果に基づく指示を受け取り続けながら、最適化された動きで真祖《ノーブル・ブラッド》の攻撃を回避し、また迎え撃っている。もし、俺が刹那の時間でも読み間違えれば、誰かが死に、それが全滅へと繋《つな》がる。

連続予知による負荷で既に脳の活動限界は近い。頭が割れそうな頭痛、酷《ひど》い吐き気、それだけでなく、毛細血管が破けて顔の穴という穴から血が溢《あふ》れ出している。心臓だって今にも止まりそうだ。

だが、その程度が何だというのだ?

「運命よ――」

どんな苦痛も、いや死でさえも、俺が足を止める理由にはならない。怯《ひる》むな。考え続けろ。真祖《ノーブル・ブラッド》の完全なる未来予知に読み勝て。勝利に食らいつけ。おまえが怯めば仲間が死ぬ。全てを失うことになる。祖父に誓った言葉を思い出せ。

『約束する、祖父《じい》ちゃん。俺は、最強の探索者《シーカー》になる』

「俺に跪《ひざまず》け」

そして、思考を超えた思考の先に、一筋の光が差す。

「見えたッ!!」

それは針の穴ほどの光。だが、確実なる勝機。

『ヒューゴ、防壁《バリア》をレオンに集中！　レオン、《天馬突撃《ナイトメア・チャージ》》！』

『了解！』『了解した！』

『コウガ、その位置から下にいる敵に向かって《氷の太刀》！　アルマは上空に向かって《影腕操作《シャドーアーム》》を最大展開！』

『応！』『わかった！』

俺の指示に従って、レオンが天馬を操り、真祖《ノーブル・ブラッド》に猛襲を仕掛ける。

騎士《ナイト》スキル《天馬突撃《ナイトメア・チャージ》》。召喚した天馬に騎乗し、防壁《バリア》を展開しながら突撃するスキルだ。その破壊力は天馬の速度と防壁《バリア》の硬度によって倍増する。

レオンは自身とヒューゴが何重にも展開した防壁《バリア》に守られながら、流星のような勢いで真祖《ノーブル・ブラッド》に突進した。直撃すれば、真祖《ノーブル・ブラッド》であっても大ダメージ必至の一撃だ。

「ちぃっ！」

未来が見えている真祖《ノーブル・ブラッド》は、舌打ちをしながらも、レオンの必殺の突進を躱してのけた。だが、その直後、上空から巨大な氷山が落下し、下からは影腕が襲い掛かる。

真祖《ノーブル・ブラッド》が舌打ちしたのは、この連携攻撃が見えていたからだ。

そして、俺たちの攻撃は、まだ終わっていない。

『ヒューゴ、《魔導破砕《リンクバースト》》を一斉掃射！　レオン、《日輪極光《セラフィムブレード》》！　ここで決めるぞ！』

「《魔導破砕《リンクバースト》》ッ!!」「《日輪極光《セラフィムブレード》》ッ!!」

ヒューゴは遠距離攻撃型の人形兵の全てに《魔導破砕《リンクバースト》》を発動。人形兵は崩壊と引き換えに最大出力の攻撃を放つ。レオンは天馬を急停止させた後に反転。そして剣を天高く掲げ、全魔力を集中させる。

いかに真祖《ノーブル・ブラッド》が未来を見通せるからといって、同時に放たれる攻撃に包囲されてしまっては避けることはできない。真祖《ノーブル・ブラッド》の未来予知と、俺の高速思考による限定予知、読み合いに勝ったのは俺の方だった。

「舐《な》めるな、糞虫《くそむし》どもがあああああぁぁぁぁッ!!」

真祖《ノーブル・ブラッド》は怒声を上げ、レオンに向かって凄《すさ》まじい雷撃を放った。全ての攻撃を回避することはできない。だからこそ、最も破壊力がある《日輪極光《セラフィムブレード》》の発動を防ぐと共に、レオンを仕留めるつもりだ。被弾覚悟の肉を切らせて骨を断つ作戦。

だが、そんなものは読んでいた。

「レオン、《強制転換《コンバージョン》》！　《絶対防御《インビンシブル》》、発動！」

戦術スキル《強制転換《コンバージョン》》。その効果は、スキルを発動中の仲間を対象に、強制的に別のスキルを発動させることができる。

《強制転換《コンバージョン》》の効果によって、放たれる寸前だった《日輪極光《セラフィムブレード》》に注がれていた魔力が、《絶対防御《インビンシブル》》の発動に変換された。【騎士《ナイト》】が持つ、一日に一度のみ使える《絶対防御《インビンシブル》》は、あらゆる攻撃を一度だけ反射する。

「馬鹿なッ!?」

レオンの《絶対防御《インビンシブル》》に反射された雷撃が、真祖《ノーブル・ブラッド》へと牙を剝《む》く。その結果を、真祖《ノーブル・ブラッド》は予知することができなかったのだ。予知に頼っても回避できない攻撃に追い詰められた結果、焦りと苛立《いらだ》ちで意図せず予知を解除してしまったのが原因だった。

「俺の手の上で踊り狂って死ねッ!!」

全攻撃、着弾。俺たちの攻撃に加え、自ら放った雷撃も受けてしまった真祖《ノーブル・ブラッド》は、膨大なエネルギーの爆発に包まれる。

「虫ケラ共ぉおおぉッ!!」

真祖《ノーブル・ブラッド》は防壁《バリア》を展開。荒れ狂うエネルギーに耐えることはできたが、右腕を消失する。

「終わりだッ!!　コウガ、アルマ、仕留めろッ!!」

このチャンスを逃しはしない。俺は機動力の高い二人に追撃を命じた。

戦術スキル《連環の計《アサルトコマンド》》。迷うことなく、全ての攻撃スキルの威力を十五倍に増加させる切り札を発動する。

「《居合一閃《いあいいっせん》》ッ!!」「《隼の一撃《クイックアタック》》ッ!!」

上からコウガが、下からアルマが、真祖《ノーブル・ブラッド》を仕留めに掛かる。その急襲を、真祖《ノーブル・ブラッド》は更に防壁《バリア》を展開することで防いだ。

「ぐおおおぉおぉッ!!」

血泡を撒《ま》き散らしながら吠《ほ》える真祖《ノーブル・ブラッド》。奴の魔力残量は、とっくに底をつきかけている。最後の一手として、俺は右手の人差し指と中指を立てる。それは東洋にて〝刀印〟と呼ばれる手の形。〝呪術〟を行使するための印である。

「万象一切、我が悍《おぞ》ましき呪言に平伏せよ！　《怨敵調伏《カース》》ッ!!」

刀印を真祖《ノーブル・ブラッド》に向けて振り下ろし、俺は叫んだ。

戦術スキル《怨敵調伏《カース》》。三秒間、刀印で切った対象の全能力を、抵抗《レジスト》されることなく必ず25パーセント低下させる異常《デバフ》スキルだ。最後の切り札であるスキルが、黒い靄《もや》となって真祖《ノーブル・ブラッド》を包み、その力を低下させる。

刹那、真祖《ノーブル・ブラッド》の防壁《バリア》にヒビが入った。脆《もろ》くなった防壁《バリア》を、コウガの刃が両断する。

「これで終わりじゃぁッ!!」

「おのれえぇぇぇぇッ!!」

紫電一閃、コウガは返す刀で真祖《ノーブル・ブラッド》の首を刎《は》ねる。その断末魔の叫びが、暗い闇の底へと落ちていった。

やがて、廃都を覆っていた赤い霧が晴れていく。深淵《アビス》が浄化された証拠だ。すなわち、真祖《ノーブル・ブラッド》の討伐が完了した証《あかし》でもある。

「ハァハァ……戦闘行動、終了。……俺たちの、勝ちだ」

俺が息も絶え絶えに告げると、コウガとレオンが雄叫《おたけ》びを上げた。

「おっしゃあああぁぁッ!!」「うおおおおぉぉッ!!」

勝利の快哉《かいさい》を叫ぶ二人。対して、アルマは静かに黙想し、ヒューゴは微笑を湛《たた》えている。

各々、形は違うが、それぞれの勝利を喜んでいることがわかった。

俺は安堵《あんど》の息を吐《つ》き、顔の血を拭ってから飛兵の上に寝転んだ。もう立っていることも限界だ。脳を酷使し過ぎたせいで、生命維持機能そのものが極端に下がっている。

ぼんやりと眺めた空は薄い桃色で、端から群青色に染まりつつあった。澄んだ宵の口の空には、一番星が輝いている。ふと、手を伸ばして握ると、星は拳に隠れた。

「もうすぐだ。もうすぐで、全てが俺のものになる……」


「マジかよ……。本当に勝ちやがった……」

マリオンたち探索者協会《シーカーギルド》の従業員が見守る中、深淵《アビス》は浄化され消失した。即《すなわ》ち、真祖《ノーブル・ブラッド》が討伐された証だ。

「あいつらの実力じゃ、絶対に勝てないはずだったのに……」

番狂わせどころの話ではない。この結果はまさしく奇跡だった。絶望的な戦力差があったにも拘《かかわ》らず、ノエルたちは真祖《ノーブル・ブラッド》を討伐した。驚愕《きょうがく》するなという方が無理な話だ。

「これが蛇、いやノエル・シュトーレンか……」

奇跡を起こしたのは、間違いなくノエルの力だ。嵐翼の蛇《ワイルドテンペスト》には【傀儡師《くぐつし》】ヒューゴを始めとして優れた探索者《シーカー》たちが在籍しているが、それでも真祖《ノーブル・ブラッド》には届かない。勝つことができるとしたら、司令塔であるノエルの采配が全てを握っている。

「なるほど、祖父ちゃんが入れ込むわけだぜ……」

「だから言ったでしょう？　彼は特別なんですよ」

得意気な様子の祖父に、マリオンは苦笑しながら頷《うなず》く。

優秀な監察官でありながら半ば引退しかけていた祖父が、何故《なぜ》職務に復帰することを選んだのか、その理由が漸《ようや》くわかった。

現在、帝都には、三人のEXランクに至りし探索者《シーカー》がいる。

百鬼夜行のマスター、王喰《キングスレイヤー》いの金獅子、リオウ・エディン。

覇龍隊のマスター、開闢《ビギニング・ワン》の猛将、ヴィクトル・クラウザー。

同クランのサブマスター、玲瓏《イノセント・ブレイド》たる神剣、ジーク・ファンスタイン。

彼ら三人は、誰もが生まれながらの天才にして強者だ。探索者《シーカー》としての才能に溢れ、一度も挫折することなく、覇道を歩み続けてきた。

だが、ノエルは違う。最弱と言われる支援職《バッファー》に生まれた彼は、努力と不屈の意志、そして頭脳で成り上がることに成功した。その道には、多くの困難があったはずだ。それでも諦めることなく邁進《まいしん》し続け、そして今、魔王《ロード》を討伐するまでに至った。

歴史を紐解《ひもと》けば、魔王《ロード》を討伐した探索者《シーカー》は少なくない。だが、ノエルのようなタイプは、これまで一人も存在しなかった。魔王《ロード》の討伐とは、非凡な才能を持って生まれた強者たちが、順当に成し遂げるのが当たり前だからだ。

マリオンは監察官になって今年で三年になる。十五の時から職務に就き、今に至るまで多くの探索者《シーカー》を見てきた。その中には優秀な探索者《シーカー》が多かった。心を熱くしてくれる者もいた。だが、ここまでの感動を覚えたのは初めての経験だった。帝都最強だと確信しているリオウでさえ、こんなにも胸を高鳴らせてくれることはなかった。

「ノエル・シュトーレン、おまえは間違いなく、本物の英雄だ」

新たな魔王《ロード》討伐者の誕生は、新聞を通じて全帝国民が知ることになった。現在の帝国内で魔王《ロード》の討伐に成功したクランは、七星《レガリア》を除外すると二つ。そこに俺たち嵐翼の蛇《ワイルドテンペスト》が加わったのだ。

創設されて僅か四ヶ月しか経《た》っていないクランが魔王《ロード》を討伐したというニュースは、業界どころか全ての国民に衝撃をもたらした。そもそも、嵐翼の蛇《ワイルドテンペスト》は、創設以来ずっと話題に事欠くことが無かった。既に注目されていた蒼の天外《ブルービヨンド》と天翼騎士団の合併による誕生。死刑囚だったヒューゴ・コッペリウスの冤罪《えんざい》を証明し、また彼を仲間にもした。監獄爆破、事件の犯人を捕らえた功績もある。

それ故に、嵐翼の蛇《ワイルドテンペスト》は新興クランでありながら、他のどのクランよりも世間の注目を集めていた。おかげでスポンサーたちの信用を得ることができ、資金集めが捗《はかど》った。飛空艇の建造に必要な八百億フィルも遠くない内に達成できるだろう。

もっとも、そうなるよう仕組んだのは俺だが。

そして今回、俺たちはついに魔王《ロード》の討伐を成し遂げた。その偉業は誰もが認めるところであり、また七十億フィルもの莫大《ばくだい》な金を得ることもできた。話題性に実績と資金力、この三つを兼ね備えた俺たちは、今や七星《レガリア》に次ぐ最大手クランと目されている。それはつまり、新たな七星候補筆頭ということでもあった。

一方で、俺たちの活躍を問題視する者たちも現れつつある。特に問題とされているのが、魔王《ロード》を倒すのに十分な戦力を持っていない俺たちに、何故探索者協会《シーカーギルド》が討伐依頼を出したのか、ということだ。この批判は物議を醸し、探索者協会《シーカーギルド》は有識者たちから運営方針《スタンス》に問題があると散々叩かれることになった。クランの実力を軽視し、注目度だけで選出したのだろう、というロジックである。

だが、実際に俺たちが討伐に成功した以上、そういった批判に一般市民たちが影響されることはなかった。たとえ結果論であっても、俺たちが討伐に成功したのは事実だからだ。世間はむしろ、協会に肯定的ですらあった。

もちろん、討伐が失敗していたら、確実に協会長の首は飛んでいただろう。下位の悪魔《ビースト》と違い、魔王《ロード》の討伐は絶対に失敗が許されない。その責任は担当クランだけでなく、協会にも重く伸《の》し掛かることになる。

協会長は記者会見で、自分たちの判断が正しかったことを雄弁に主張していたが、内心では生きた心地がしなかったはずだ。ハロルドの爺《じい》さん、一体どんな手品を使って俺たちへの依頼を認めさせたのだろうか。呆《あき》れが半分、感謝が半分、だ。

なんにしても、俺たちは魔王《ロード》の討伐に成功した。新聞記者たちからのインタビューの対応や、出資者たちが開いてくれる祝賀パーティへの出席、また企業イベントの顔役を務めたりと、毎日が大忙しだ。まったく、英雄として祭り上げられるのも楽じゃない。

そんな日々が続いて半月。顔を出す必要があるイベントを一通り終えた俺たちは、疲れ切った心と身体《からだ》を癒すために、身内だけで慰労会を開くことにした。

「皆、お疲れ様。今日まで大変だったと思う」

場所は俺の下宿先である星の雫《しずく》館。今日は貸切で利用させてもらっているため、俺たち以外にレストランの客はいない。

「魔王《ロード》を討伐できたこと、クランマスターとして改めて皆には感謝したい。絶望的な実力差がある敵だったにも拘らず、よく俺を信じて戦ってくれた。本当にありがとう」

乾杯の挨拶をする俺には、仲間たちの熱い視線が注がれている。アルマ、コウガ、レオン、ヒューゴ、仲間の誰もが真剣な眼差《まなざ》しで耳を傾けていた。

「アルマとコウガ、よく最も危険な切り込み役を務めてくれた。その恐れ知らずの勇気を、俺は心から尊敬している」

俺の言葉にアルマは微笑《ほほえ》み、コウガは照れ臭そうに鼻を掻《か》いた。

「ヒューゴ、見事な後方支援だった。おまえがいなければ、そもそも魔王《ロード》と戦うこともできなかっただろう。皆が全力を出せたのは、おまえのおかげだ」

真祖《ノーブル・ブラッド》を討伐するために用意した戦術は、全てヒューゴのスキルに依存したものだった。あの戦いの要を務めたのは、間違いなくヒューゴだ。

だが、当のヒューゴは、喜びではなく目礼で応える。その性格からして、当然のことをしたまでだと考えているのだろう。どこまでもストイックな男だ。

「最後にレオン。魔王《ロード》を仕留めたのはコウガだったが、きっかけをつくったのはおまえの力だ。また、俺の指示が足りない時は、おまえがフォローしてくれたな。サブマスターの名に恥じない見事な戦い振りだった」

真祖《ノーブル・ブラッド》との戦いの際、俺は常に予知を行うことで仲間たちを導いた。だが、やはり伝達のタイムラグによって、何度も危うい場面があった。そんな時にカバーしてくれたのがレオンだ。前衛でも後衛でも戦える力、回復と防壁《バリア》を扱える支援能力、天翼騎士団のリーダーを務めた経験に基づく戦場判断能力、その全てをフルに活用し、俺の指揮を支えてくれた。

「そして、ランクアップおめでとう。おまえの資質と貢献度を考えれば当然の結果だ。これからの更なる活躍を期待している」

レオンは力強く頷いた。顔つきこそ純朴な好青年のままだが、内に秘めた凄烈なるエネルギーが自信となって滲《にじ》み出ている。あの戦いの後、レオンにランクアップが可能であることを知らせる紋様が現れた。魔王《ロード》との死闘を経て、新たな可能性――Aランクの扉が開いたのである。【騎士《ナイト》】から【聖騎士《パラディン》】にランクアップしたレオンの能力は、Bランク時と比較して遥《はる》かに向上することになった。

「誰一人欠けても勝てない死闘だった。勝てたことを奇跡だと言う者もいる。それは事実だ。だが、この俺がマスターである限り、何度でも奇跡を起こして見せよう。俺たちに――嵐翼の蛇《ワイルドテンペスト》に敵はいない。摑《つか》むぞ、最強の座を」

俺は断言し、エールで満たされたガラス製のジョッキを掲げる。

「無限の栄光に乾杯！」

「乾杯！」

テーブルの上で打ち合わせられるエールジョッキ。清涼なガラスの音が、長く楽しい夜の始まりを告げた。

†

「Aランクになるっちゅうのは、どんな感じなんじゃ？」

美味《うま》い酒と料理を味わいながら談笑していた時、ほろ酔い状態のコウガがレオンに尋ねた。レオンは軽く笑って、エールジョッキ片手に答える。

「Bランクになった時と大して変わらないよ。もちろん、能力は著しく向上するけれども、特別な何かがあるわけじゃないな」

「そうは言うても、Aランクちゅうのは人外と評されているじゃろ？　こう……人の限界を超えたような感覚は無かったんか？」

「俺は……無かったなぁ。常に力が漲《みなぎ》っているぐらいだ。まあ、ランクアップしてから戦闘をしていないし、実感が得られていないだけかも。ヒューゴはどうなんだい？　特別な感覚はあったりしただろうか？」

レオンに水を向けられたヒューゴは首を振った。

「いや、私も無いな。単に能力が向上しただけだ」

「なんじゃぁ、つまらんのう」

コウガは頭の後ろで手を組んで椅子にもたれかかった。

「どういうのを想像していたんだよ？」

俺が尋ねると、コウガは笑って白い歯を見せる。

「そりゃ、人外ちゅうぐらいなんじゃから、悟りが開けるんを期待しとったよ。宇宙の真理なんぞが手に取るようにわかったら凄いじゃろが」

「バッカじゃないの？」

俺が突っ込むよりも先に、アルマが深々と嘆息した。

「人外と評されていても人は人。自分の殻を破ったぐらいで何が変わるわけでもないよ。そんなこともわからないなんて、コウガは本当に愚か者」

辛辣なアルマの言葉。コウガは眉間に皺《しわ》を寄せた。

「われは夢が無いのう。そんなんじゃから、ノエルに相手にしてもらえんのじゃ。もっと思慮深さを身につけたらどうなんじゃ？」

「は？　思慮深さ？　脳みそミジンコのコウガにだけは言われたくない。だいたい、ボクとノエルは前世から深い絆《きずな》で結ばれているから。ノエルはツンデレなだけ。お姉ちゃんのことが誰よりも好きなのは明白。ね、ノエル？」

「おまえの歪《ゆが》んだ妄想に俺を巻き込むな」

前世ってなんだよ。初めて聞いたぞ、そんな設定。抱きつこうとしてくるアルマを突き放すと、コウガは腹を抱えて笑った。

「ぎゃははははっ、振られてダサいのう！」

「死ね」

笑い転げそうなコウガに向かって、アルマはフォークを投げつける。

「あ、危なぁッ!?」

間一髪で躱《かわ》してのけたコウガ。後ろの壁では突き刺さったフォークが揺れていた。あと少し避けるのが遅れていたら、フォークはコウガの額を抉《えぐ》っていただろう。

「何するんじゃ!?　暴力は禁止じゃろ！　暴力は！」

「知らない。フォークが勝手に飛んでいった」

「そがぁなことがあってたまるか！」

「ノエル、これ美味《おい》しいよ。はい、あーん」

「いや、聞けやッ！」

アルマは顔を真っ赤にして怒るコウガを無視し、俺に自分の料理を食べさせようとしてくる。差し出されるフォークから顔を背けた時、店主の娘であるマリーが両手にトレイを持ってやってきた。

「おまたせしました～。追加の料理れすぅ～」

手際良くテーブルに並べられていく新しい料理。慰労会は始まったばかりだ。酒も料理もまだまだ頼むつもりでいた。

「生物《なまもの》はちゃんと働いていて偉いね。給料泥棒のコウガとは大違い」

「わわわっ、頭をわしゃわしゃするのやめてくらさい！」

マリーの頭を両手で掴んで撫《な》で回すアルマ。どういう琴線に触れたかは知らないが、アルマはマリーのことを気に入っていて、事ある毎《ごと》に可愛がりという名の嫌がらせをするようになっていた。

「もう！　やめてくらさい！　あと、マリーは生物《なまもの》なんて名前じゃありません！　マリーれすっ！」

強引にアルマの手を振り払ったマリーは、頬を膨らませて怒った。その後ろにハゲ頭の屈強な大男が現れる。星の雫館《レードル》の店主にして、マリーの父親であるガストンだ。調理中だったガストンは、右手にお玉を持っている。

「おい、ノエル。お客さんが来ているぞ」

「こんな時間に客だと？」

「探索者協会《シーカーギルド》の従業員さんだそうだ。マリオン・ジェンキンスと名乗っていたな。綺麗《きれい》な金髪の姉ちゃんだよ」

「マリオンが？……わかった。通してくれ」

いったい何の用だろうか？　内心で首を傾《かし》げながら待っていると、ガストンに連れられてマリオンが姿を見せた。

「よお、蛇。やっているな」

現れたマリオンは朗らかに笑い、手に持っている薔薇《ばら》の花束を差し出した。

「オレからの祝いだ。受け取ってくれ」

「探索者《シーカー》への祝いが花束か？　いくら俺から高貴さが溢《あふ》れ出ているからって、それにしても雅《みやび》に過ぎるな」

花束を受け取って肩を竦《すく》めると、マリオンは可笑《おか》しそうに笑った。

「あははは、気もちはわかるぜ。オレだって、いきなり花束を貰《もら》っても困惑するだろうな。でも、たまにはこういうのも悪くないだろ？」

「かもな。ありがたく受け取らせてもらうよ」

たしかに、満更でもない気分だ。こういうのもたまには悪くない。俺は花束に顔を近づけて薔薇の匂いを楽しんだ後、マリーに手渡した。

「マリー、俺の部屋に飾っておいてくれ。花瓶に入りきらなかった分は、店で使ってくれて構わない」

「わかりました～」

花束を持って去っていくマリーを見送り、俺はマリオンに向き直る。

「それにしても、見事なまでの手の平の返しようだな。あれだけ俺たちを否定していたのに、討伐に成功した途端、贈り物を届けにくるなんて」

「それを言われると痛いな。でも、別におまえたちのことが憎くて否定していたわけじゃないぜ？　無駄死にする探索者《シーカー》を見たくなかっただけだ」

マリオンは気まずそうに言って、頭を掻く。

「まあ、なんだ……。悪かったよ。嫌な思いをさせてさ……」

素直に謝罪するマリオンを見て、俺は笑った。

「そういうの、ツンデレって言うらしいぞ。なあ？」

仲間たちに同意を求めると、全員が頷《うなず》いた。

「ツンデレ」「ツンデレじゃ」「ツンデレだね」「ツンデレだ」

「お、おまえらなぁ……」

一斉にツンデレだと言われて狼狽《うろた》えるマリオン。俺は声を上げて笑いそうになるのを堪《こら》えながらエールジョッキを差し出した。

「ほら、駆けつけ三杯だ。おまえも楽しんでいけ」

「お、おう！」

マリオンは照れ臭そうにはにかみ、エールジョッキを受け取った。そして、エールを一気に呷《あお》り――

「ひっく」

突然ぶっ倒れた。

「ええっ!?」

俺は慌てて駈《か》け寄り容態を確認する。マリオンは目を回しているが、他に異常は見られない。どうやら極端に酒に弱い体質らしく、三杯どころか一杯で眠ってしまったようだ。

「なんだか、面白い姉ちゃんだな」

隣から覗《のぞ》き込んでいたガストンが呆《あき》れたように笑った。

「毛布を持ってきてやるから、そこに寝かしておきな」

「あ、ああ、頼むよ……」

人騒がせな女だ。大人なのに酒の飲み方も知らないのか。

「ノエル」

俺が呆れ果てていると、後ろからアルマに呼ばれた。

「なんだ？」

アルマは何故《なぜ》か怯《おび》えた表情をし、震える声で言った。

「どうして……殺したの？」

「殺してねぇよッ!!」

いきなり何てことを言うんだ、このムダ乳バカ女は。

「よく見てみろ！　息しているだろうが！」

「でも、虫の息。きっとすぐに死ぬ……」

「死なねぇよ！　酔って寝ているだけだ！」

「嘘《うそ》！　自分の罪から目を逸《そ》らさないで！」

「話になんねぇ！　おまえたちも、この馬鹿に何とか言ってくれ！」

俺は他の三人に援護を求めた。だが――

「なんぼなんでも、毒殺はやり過ぎじゃろ……」

「そんなに実力不足だと言われたことを根に持っていたのか……」

「慈悲の欠片《かけら》も無い恐ろしい男だ……」

援護は得られず、それどころかアルマに同調して俺を陥れる腹らしい。

「……おまえたち、俺に歯向かうとは良い度胸だ。そういうつもりなら、この中で誰が最強かを決めようぜ。これを使ってな」

俺は椅子に座り、エールジョッキを掲げた。つまり飲み比べ勝負だ。俺の意図を理解した仲間たちは、獰猛《どうもう》な笑みを浮かべた。

「勝負なら、お姉ちゃんも手加減はしない」

「良い機会じゃ。喧嘩《けんか》で負けたリベンジをさせてもらおうかのう」

「自慢じゃないけど、酒には強い方なんだ。勝たせてもらうよ」

「君に忠誠を誓った身だが、勝負事なら勝ちを譲るつもりはない」

仲間たちは闘志を剝《む》き出しにし、エールジョッキを手に取る。そのタイミングで、ガストンが毛布を持って戻ってきた。

「ガストン、店で一番強い酒を全部持ってきてくれ。こいつらに身の程を教えてやらないといけないんだ」

「お、飲み比べか！　任せろ、すぐに持ってくるぜ！」

ガストンはマリオンに毛布を被《かぶ》せ、酒を取りに走った。互いに睨《にら》み合う俺たちの間では、激しい火花が散っている。

「おまえら全員、奈落の底に沈めてやるよ」

†

飲み比べ勝負は、当然ながら俺が勝利した。仲間たちは、俺の宣言通り奈落の底に沈んでいる。完全に酔い潰れ、今は幸せな夢の中だ。大酒飲《うわば》みとしても有名だった祖父の体質を受け継いでいる俺にとって、大半の酒は水も同然。負けるわけがなかった。

ガストンが追加で用意してくれた毛布に包《くる》まって寝息を立てている仲間たちを尻目に、俺は一人で酒を飲み続ける。絶対に酔い潰れないというのも寂しいものだ。

ふと感傷的になった俺は、右手の甲を見て溜息《ためいき》を漏らす。ランクアップに際して、手の甲の紋様は消えていた。更にランクアップできるようになった時、改めて本の形をした紋様が現れることになる。

「やはり無理そうだな……」

「うぅん……。あったま痛ぇ……」

俺が呟《つぶや》いた時、マリオンがもぞもぞと起き出した。

「くっそ、最悪の気分だ。てか、何で床で寝てんだよオレは……」

「酒に酔ったんだよ。だから、床で寝ていたんだ」

寝起きで頭が回っていないマリオンに、俺は状況を説明した。

「……そうだった。飲み過ぎたんだった……」

「はあ？　寝言は寝て言え。おまえが飲んだのは、たったエール一杯だ」

「あれ、そうだったっけ？」

「そうだよ。おまえはもう酒を飲むな。耐性ゼロだ」

身体《からだ》に合わないものを飲むのは危険だ。周りにいたのが俺たちだったから良かったものの、悪意ある奴《やつ》らだったら何をされていたかわかったもんじゃない。

「とにかく水を飲め。少しは酔いが醒《さ》める」

「あ、ああ……わかったよ……」

俺が促すと、マリオンは億劫《おっくう》そうに立ち上がって席に着き、ゆっくりと水を飲んだ。そのおかげで、辛《つら》そうだったのが少し和らいだようだ。

「はぁ～、生き返るぅ～」

「気分が落ち着いたらもう一度寝ろ。朝になったら起こしてやる」

「悪ぃ、そうさせてもらうわ」

マリオンは頷き、大きな欠伸《あくび》をした。だが、一向に動こうとせず、じっと俺を見ている。その長い睫毛《まつげ》から覗く物問いたげな眼差《まなざ》しに、俺は首を傾げた。

「なんだ？　何か聞きたいことでもあるのか？」

「ある。……おまえ、気がついているんだろ？」

何を、と問うまでもなく、マリオンが言わんとしていることの予想はついた。

「オレもAランクだから、そして何人もの探索者《シーカー》を見てきたからわかる。おまえは……たぶんAランクになれない……。その可能性が感じられない……」

「だろうな」

予想通りの言葉に、俺は頷いた。

たぶん——いや間違いなく、俺はAランクになれない。このBランクが俺の限界だ。確たる証《あかし》があるわけではないが、確信があった。

Cランクから Bランクにランクアップするためには、一万ポイントの経験値が必要となる。同格相手との戦闘が、一回につき一ポイント。この数値は、敵の強さと数に応じて、指数関数的に上昇していく。険しい道のりではあるが、達成することができればランクアップはほぼ可能だ。

対して、BランクからAランクにランクアップするためには、十万ポイントの経験値が必要だと言われている。だが、経験値を達成できても、必ずAランクになれるわけではない。Bランクにランクアップするよりも遥《はる》かに個人の才覚に依存している。

その点に鑑みると、これまでの死闘、そして魔王《ロード》との戦いによって、俺は既に六万ポイント近くの経験値を貯《た》めているはずだ。だが、全くその実感が無い。これ以上の伸び代を感じられず、むしろ狭い部屋に閉じ込められたような圧迫感があった。

アルマとコウガは俺と違って、強い手応えを感じているようだ。傍《はた》から見ていても、必ずAランクになれると思う。つまり、Bランクのまま止《とど》まるのは俺だけだ。

「ノエル、おまえは大した男だよ。最弱の職能《ジョブ》に生まれながら、よくここまで成り上がることができたもんだ」

でも、とマリオンは神妙な顔をして続ける。

「Aランクになれない以上、七星《レガリア》になるのは無理だ。現在の七星《レガリア》のマスターは、全員がAランク以上。いくら強い仲間を集めても、肝心のマスターがBランクのままでは対抗できない。それは、誰よりおまえが実感しているはずだ」

「否定はしない」

魔王《ロード》である真祖《ノーブル・ブラッド》を降《くだ》すことこそできたが、あの戦いで俺はかなりの無茶をした。予知の連続使用がもたらした脳への負担は、未《いま》だにダメージとして残っている。同じ戦い方を繰り返すことは不可能だ。そして、この問題を解決するためには、Aランクの力を手に入れるしか方法が無かった。

「状況としては、完全に詰んでいるな。まったく、才能って奴は不平等で嫌になるね。どれだけ努力をしても届かないんだからさ」

「よく言うぜ。おまえも天才側だろ」

マリオンは愉快そうに笑い、テーブルに身を乗り出した。

「普通の奴なら限界だった、で終わりだ。でも、おまえには他の奴に無い、異質な才能がある。不可能を可能にする才能がな」

「買い被り過ぎだ。俺はそんな大層な男じゃない」

「嘘吐《つ》け。おまえの眼《め》は諦めていない奴の眼だ。いや、絶対に勝つって確信に満ちた眼だな。教えてくれよ。どんな手を使って状況を打破するつもりなんだ？」

期待で眼を輝かせるマリオン。まるで小さな子どもにせっつかれているような気分だ。つい教えてしまいそうになる。だが、そういうわけにもいかなかった。

「企業秘密。だいたい、おまえは百鬼夜行の担当だろ？　教えられるかよ」

「むっ……そ、そうだった……」

こいつ、今の今まで、自分の立場を忘れていたな。興奮すると前のめりになるところは、ハロルドの爺《じい》さんとよく似ている。

「どのみち、答えはすぐにわかるさ。俺はAランクになる。才能の限界を超えてな。おまえは人のことを詮索するより、花嫁学校に入学する準備をしておけ」

「なっ⁉　ななな、なんで、おまえがそのことを知っているんだ⁉」

目に見えて狼狽《ろうばい》するマリオン。その様子が面白くて、俺は声を上げて笑った。

「ははは、おまえの爺さんだよ。お喋《しゃべ》りな身内を持つと苦労するな」

「じ、祖父《じい》ちゃんめぇっ……」

マリオンは怒りと羞恥で顔を真っ赤に染め、奥歯を噛《か》み締めた。

「素敵なお婿さんが見つかると良いな。応援しているよ」

「うっさい、黙れッ！　おまえには関係無いだろッ!!」

「おお、怖い。その凶暴な性格が花嫁学校で矯正されるのを祈っているよ」

俺は椅子から立ち上がり、店の出口へと足を進める。

「どこへ行くんだ？」

「少し外に出てくる。夜風に当たりたいんだ」

店の外に出ると、夜の涼しい風が酒の火照りを癒してくれた。湿気を含んでいない爽やかな空気。ほどよく風が吹いていて、夜空には雲一つ無く満天の星が輝いている。

「良い夜だ……」

思わず呟いた時、足音がした。向こうから人がやってくる。影は俺に歩み寄ってくると、片手を挙げて挨拶をした。街路灯の下で明らかになった顔を見て、俺は微笑《ほほえ》む。

「孫娘を迎えに来たのか、ハロルド？」

俺が声を掛けると、ハロルドは笑って頷《うなず》いた。

「粗忽者《そこつもの》ですが、大事な孫娘ですからね。どこぞの蛇に傷物にされては困ります」

「抜かせ糞爺《くそじじい》。誰がおまえの孫になんか手を出すか」

「おや、マリオンはお気に召しませんか？　それは残念」

ハロルドは朗らかに笑い、煙草《たばこ》に火を付ける。

「改めて、魔王《ロード》の討伐成功、おめでとうございます」

「これで漸《ようや》くスタートラインだ。本当の戦いに挑むことができる」

「本当の戦い、ですか。恐ろしくて震えが止まりませんね」

「あんたを巻き込むつもりはない。大人しく特等席で観戦していろ」

「言われなくても、そうさせてもらいますよ」

肩を竦《すく》めるハロルド。その目が不意に丸くなる。

「ノエルさん、鼻血が出ていますよ？」

「え？……あ、本当だ」

口元に手を当てると、赤い血が指に付着した。量は多くないが、鼻腔《びこう》から血が流れ出している。

「酷《ひど》い顔だ……。ほら、これで拭いてください」

ハロルドはハンカチを取り出し、俺に手渡してきた。ハンカチで鼻を押さえると、白い布があっという間に赤く染まっていく。

「悪いな。助かる」

「良くないですね。魔王《ロード》戦の後遺症ですか？」

「ああ、その通りだ。予知能力を連発したせいで、脳だけでなく身体全体が弱っている。鼻血が出たのはそのせいだな」

「……医者に診てもらったんですよね？」

「当然だ。医者の話によると、しばらく安静にしていれば元通りになるってさ」

実際、これでもかなり回復した方だ。戦いの直後は、頭痛と出血に苦しめられ、常に強い薬を欠かすことができなかった。今は薬の必要も無くなり、自然治癒に任せている状態だ。医者が言った通り、健康な身体に戻りつつある。日課であるトレーニングも少しずつ再開し始めているが、今のところ大きな問題は見られない。

「悪いが、しばらく依頼を受けられそうにはない」

「了解しました。再開できるようになったらご連絡ください」

ハロルドは頷き、俺をじっと見る。

「本当ならもっと自重するべきだ、と窘めるべきなのでしょう。ですが、あなたはとっくに自立した一人の漢《おとこ》だ。自分のことは自分で決めなさい」

「わかっている。こっちこそ余計な心配をされたくなんてない」

「ふふふ、そうでしょうね。ところで、鼻血が出るなら、これを吸ってみますか？」

紙巻煙草を勧めてくるハロルドに、俺は眉を顰《ひそ》めた。

「俺は探索者《シーカー》だぞ？　煙草は心肺機能を低下させるから吸わねえよ」

「煙草には止血作用と鎮痛効果があります。前線で戦うよりも後方で司令塔を務めるあなたにとっては、心肺機能の低下よりも集中力を維持できることの方が大事では？」

「物は言いようだな」

俺が苦笑すると、ハロルドは口元を歪《ゆが》めた。

「ヘビースモーカーにでもならない限り、すぐに健康を害することはありませんよ。試しに一本、どうぞ」

「わかったよ。一本だけ吸ってみる」

煙草を取って口に咥《くわ》えると、ハロルドがマッチで火を付けてくれた。赤燐《せきりん》の匂いが立ち込める中、俺は煙草の煙を深く吸い込み肺に入れる。香りは少しだけバニラに似ていた。虚空に吐き出した白い煙が、霊体《ゴースト》のように揺らめく。一本吸い終える頃には、血管が収縮したおかげで完全に鼻血が止まっていた。また、非常に頭が冴《さ》えている。

「悪くはないな」

「それはなにより。あなたが煙に咽《むせ》る姿を見てみたかったんですけどね」

「仕事中に毒ガスを吸ったこともあるのに、この程度の煙で咽るかよ」

「ははは、なるほど。あなたの煙草を吸う姿、存外に様になっていますよ。可愛《かわい》い顔が少しだけダンディーに見えます」

「うるせえ。顔のことは言うな」

俺が声に不快感を乗せると、ハロルドは愉快そうに笑った。そして、懐から紅色のペンダントを取り出した。

「これは私からの贈り物です」

「これは……」

手渡されたペンダントは、二本の剣と一本の斧《おの》が重なった形状をしている。実物を見るのは初めてだが、俺はこのペンダントが何であるかを知っていた。

「血刃連盟のクランシンボルか……」

「その通りです。あなたの御祖父、不滅の悪鬼《オーバーデス》――ブランドン・シュトーレンが斬り込み隊長を務めていた伝説のクラン、血刃連盟のクランシンボルです。もちろん、模造品ではありません。当時のメンバーに配られていた本物です」

「本物だと？……だが、誰のなんだ？」

「あなたの御祖父のですよ」

ハロルドの言葉に、俺は顔を上げた。

「ブランドンは、あなたの御祖母のために探索者《シーカー》を引退しました。その際にクランシンボルを私に譲ってくれたのです」

「そうか……。そんなことがあったんだな……」

俺は祖父の形見――血刃連盟のクランシンボルを握り締める。握った先から、燃えるような熱が身体《からだ》中に伝わる感覚を抱いた。

「大切にしてあげてください。あなたの御祖父もそう望んでいるはずです」

「ありがとう、ハロルド。大切にするよ」

ハロルドは笑って頷き、表情を改める。

「ノエルさん、御武運を」

人魚の鎮魂歌《ローレライ》の調査を依頼したロキから連絡があった。

念話やアイテムを使った会話は傍受される恐れがあるため、フクロウ便を利用した暗号文でのやり取りだ。

暗号文によると、鉄道会社の件はかなり進んでいるらしい。多数の有力諸侯や富豪たちも協力関係にあり、その中には皇族であるカイウス第二皇子もいる。ただ、利益配分で少し揉《も》めているらしく、一部の貴族がごねているそうだ。とはいえ、計画自体は滞りなく進んでいる、とも書かれていた。

肝心の深淵《アビス》対策の詳細については、まだ調査中とのことだ。あのロキが手こずっているとなると、かなり厳重な管理下で進められている計画のようである。七星《レガリア》である人魚の鎮魂歌《ローレライ》は手強《てごわ》い。深入りし過ぎると、いくらロキとはいえ危険だな。俺は返信用の手紙に、無理はするな、危なくなったらすぐに手を引け、と書いた。

「これを出しておいてくれ。くれぐれも外部の手に渡らないように」

「かしこまりました」

クランハウスの執務室で、俺は秘書にロキ宛ての手紙を渡した。燕尾服《えんびふく》を着た怜悧《れいり》な風貌の男は、恭しく礼をしてから退室した。

クランの成長に伴い、俺は彼の他にも複数の従業員を雇った。全員が即戦力の経験者で、素性も確かだ。改装が済んだクランハウスは、一階から最上階まで、全室が仕事場として開放されており、常に従業員の誰かが忙しく働いている。

俺たちの仕事が戦闘なら、彼らの仕事はクランの運営補佐だ。資金や討伐した悪魔素材《ビースト》の管理、また討伐依頼のスケジュール調整、遠征の手配、戦闘記録及び協会に提出する書類作成、新たなスポンサーを獲得するための営業と広報、投資事業、イメージアップを目的としたイベントの企画、等々を担っている。

「さて、会議を行おうか」

ロキからの調査報告、そして今後の方針《スタンス》を共有するため、執務室には招集したメンバーが集まっていた。アルマ、コウガ、レオン、ヒューゴ、全員が揃《そろ》っている。

「——以上が、今後の予定になる」

俺が説明し終えると、レオンは渋い顔をした。

「要するに、人魚の鎮魂歌《ローレライ》の邪魔をして、俺たちが席を奪うってことかい？　まあ、現状を考えると、それしか手段が無いのはわかるけど……」

予想通り、レオンの反応は良くない。俺は軽く笑って話の補足をする。

「人魚の鎮魂歌《ローレライ》の邪魔をすると言うが、先に他の探索者《シーカー》を出し抜こうとしたのは奴《やつ》らの方だ。このまま奴らの野望が果たされたら、奴らが手にする地位は絶対的なものになる。その影響下では、探索者《シーカー》間の競争原理が正しく働くことはないだろうな。全体の利益を見た場合、得をするのは人魚の鎮魂歌《ローレライ》だけで、損をする者たちの方が圧倒的に多い」

「それは、たしかに……」

「奴らのやり口を否定する気は無いし、むしろ俺としては好ましく感じているが、それを邪魔するなってのは無理な相談さ」

「そうだね。ノエルの言う通りだと思う」

レオンは納得したように頷いた。

「とはいえ、人魚の鎮魂歌《ローレライ》は腕っ節も相当だ。公表されているデータによると、保有戦力はAランクが七人、Bランクが六十五人、Cランクが十八人。話を聞く限り、秘匿戦力もありそうだし、上手《うま》く立ち回らないと簡単に踏み潰されてしまうだろうね」

「そこらへんに関しては、俺を信じてほしいな」

俺が自分の頭を指で叩《たた》くと、レオンは困ったように笑った。

「信じているよ。信じているからこそ、不安になるのが困りものなんだ。……あまり、無茶はしないでくれよ？」

「嵐は加減なんてできない。だが、善処はするよ」

「くれぐれも頼む。このままだと、俺の胃が持たないよ……」

レオンは深い溜息《ためいき》を吐《つ》き、やれやれと首を振った。

「しっかし、面白いことを考える探索者《シーカー》がおるもんじゃのう。まさか、事業の立ち上げに関わるなんて、ワシには絶対に思いつかんやり方じゃ」

コウガが感心したように言うので、俺は苦笑する。

「発想の柔軟さは、たしかに目を見張るものがあるな。俺も話を聞いた時は盲点だったと驚いたもんだ」

この探索者《シーカー》業界には、強い奴なんていくらでもいる。だからこそ、腕っ節以外に何を持っているかが重要だと、俺は考えている。そして、実行してきた。

その点を踏まえると、人魚の鎮魂歌《ローレライ》――ヨハン・アイスフェルトは、完全に俺の上を行っている。戦力はもちろん、暗躍の規模も、今の俺では逆立ちしたって勝てない。

「だが、だからこそ、狩り甲斐《がい》がある」

獲物が強大であればあるほど、得られるものは大きい。ヨハンは強大な敵だ。奴を打ち負かし、その全てを丸呑《まるの》みにした時、更なる高みへと登ることが可能となるだろう。

俺は煙草に火を付け、紫煙を燻《くゆ》らせながら仲間たちを見回した。ハロルドに煙草をもらってからというもの、煙草を手放せない状況にある。有り体に言えば依存症だ。本来、【話術士】には精神耐性があるため、依存症にはなりにくい。なのに容易《たやす》く依存症になったのは、今の俺が自覚している以上に弱っているからなのだろう。

「人魚の鎮魂歌《ローレライ》との戦いは、これまで以上の死闘となる。各員、俺からの指示があるまで、英気を養っておくように。また、日々の戦闘訓練はレオンに任せる」

仲間たちは、全員が力強く頷《うなず》いた。

「準備が整い次第、人魚の鎮魂歌《ローレライ》を狩るぞ」

二章：悪徳の栄え

部屋は暗く、全ての照明が切られていた。カーテンの隙間から漏れ入る月光だけが、部屋を淡く照らしている。室内の中央には応接用のソファとテーブルが、壁側には大きな机と本棚が置かれていた。ここは執務室だ。

机には人影がある。室内の照明を切ったまま椅子に座っているのは、立襟のジャケットを着た銀髪の男だ。歳《とし》は二十代後半。端整な顔立ちに、ジャケットの厚い生地越しにもわかる鍛え上げられた身体。暗い部屋で目を閉じているが、眠っているわけではない。ただ目を閉じているだけだからこそ、瞼《まぶた》や口元が動くことはなく、凍ったように表情が一定だ。月光に照らされた銀髪が青白い輪郭を帯びる様は、どこか幻想的な趣があった。

男の名は、ヨハン・アイスフェルト。人魚の鎮魂歌《ローレライ》のクランマスターである。

ヨハンが帝都にやってきたのは、十年ほど前。今でこそ帝都に名を轟《とどろ》かせる探索者《シーカー》の一人であるが、意外にも新人時代の彼は凡庸な男だった。決して弱かったわけではない。既に大手クランだった人魚の鎮魂歌《ローレライ》にヘッドハントされるだけの実力は備えていたし、クランに加入した後も、足手まといになることはなかった。

クラン加入時のヨハンの職能《ジョブ》は【槍兵《そうへい》】。近距離と中距離、両方からの攻撃が可能である職能《ジョブ》だ。様々な役割をこなすことができる【槍兵】は、物覚えが良く何でも器用にこなせるヨハンの性質と噛《か》み合っていた。

だが、その実力は、贔屓目《ひいきめ》に見ても中の上程度。ヨハンよりも優れた探索者《シーカー》はいくらでもいた。人魚の鎮魂歌《ローレライ》内部でも、ヨハンを特別視する者はおらず、ヘッドハントはしたものの、幹部候補として扱う予定はなかった。優秀ではあるが、突出した能力を持たない器用貧乏な男。それが当時のヨハンに対する評価だ。

評価が変わり始めたのは、五年ほど経《た》った頃。ずっと凡庸だったヨハンが、急激に目覚ましい戦果を挙げるようになった。あまりの急変振りに内外問わず驚く者が多かったが、悪いことではない。当時の人魚の鎮魂歌《ローレライ》のマスターは、ヨハンの才能が覚醒したのだと喜び、幹部候補として扱うことを決めた。

だが、その頃から、クラン内で不慮の事故が起こるようになった。勝てる戦いだった。作戦に間違いはなかった。なのに何故《なぜ》か、死者が出るようになったのだ。しかも、死んだのは、幹部か幹部候補ばかり。最終的に、たった一年の間に六人ものメンバーが戦死した。

マスターは責任を感じて辞職。サブマスターが後継者となったが、彼もまた戦いの中で命を落とした。そして、新たなマスターとなったのがヨハンだ。合計で八人もの重要メンバーを失った人魚の鎮魂歌《ローレライ》には、もはやヨハン以外にマスターとして相応《ふさわ》しい者が残っていなかった。

だが、不思議なことに、重要メンバーを多く失ったにも拘《かかわ》らず、クランの実力は、ヨハンがマスターになってからの方が圧倒的に優れていた。実際、人魚の鎮魂歌《ローレライ》が七星《レガリア》に認められたのは、ヨハンがマスターに就任した僅か半年後のことである。

「マスター、いらっしゃいますか？」

執務室の扉がノックされた。クランメンバーが何か用があるらしい。

「……ああ。入ってくれ」

ヨハンはゆっくり目を開け、扉の向こうにいる者に応えた。

「失礼します」

扉を開けて現れたのは、黒いコートを着た黒髪褐色の青年だ。中性的な顔立ちで、その口元はコートの襟で隠れている。全身黒ずくめの姿だが、瞳だけが紅色で彩られていた。ゼロ・リンドレイク。人魚の鎮魂歌《ローレライ》のサブマスターである。職能《ジョブ》は、【剣士】系Aランクの【暗黒騎士】だ。

「照明を点《つ》けますね」

ゼロが手を二回叩くと、部屋に明かりが灯《とも》った。光源は天井から吊《つ》るされているシャンデリアだ。蠟燭《ろうそく》ではなく感応光石が備えられており、設定した音に反応して点灯する。

「マスター宛てに密書が二通届いています。一通はヴォルカン重工業から。もう一通は、カイウス第二皇子からです」

ヨハンはゼロから手紙を受け取ると、ペーパーナイフを使い開封した。手紙に書かれていたのは、共に計画が万事順調だという報告だ。

「……生物工場《バイオプラント》の調子はどうだ？」

「問題ありません。流石《さすが》はロダニア共和国の技術です」

「そうか。……ふん、まあ当然だな」

ヨハンは鼻で笑い、椅子から立ち上がった。そのまま窓に歩み寄り、外へと視線を向ける。人魚の鎮魂歌《ローレライ》のクランハウスは二十階建て。その最上階から見下ろす夜景は実に美しい。眼下に広がる、満天の星のような——あるいは無数の宝石をちりばめたような光。まさしく絶景だった。

「この国に鉄道が通れば、天文学的な経済効果が生まれる。そして、その全てを掌握するのは、私だ。そうなれば、探索者協会《シーカーギルド》どころか、皇帝ですら私にひれ伏すことだろう。冥獄十王《ヴァリアント》との戦いも、この私が指揮を執れば恐れるに値しない」

傲慢な笑みを浮かべて言ってのけたヨハンは、ゼロを振り返った。

「記者会見の準備を頼む。他を牽制《けんせい》するためにも、発表して良い頃合いだ」

「まだ全員からの署名は手に入っていませんが、よろしいのですか？」

「構わん。そのための第二皇子だ」

「ですが、利益配分に不満を抱いている者もいます。彼らの説得を——」

「くどいぞ！　私が問題無いと言っている！」

「……承知致しました」

ゼロは恭しく礼をし、部屋から出ていく。一人残ったヨハンは、手紙を机の上の灰皿に乗せ、マッチで燃やした。ゆらゆらと燃える火が、ヨハンの昂然《こうぜん》とした顔を赤く照らす。

執務室を出たゼロは、廊下を歩きながら溜息を吐いた。

「……ちっ、凡夫が」

思わず舌打ち交じりに悪態をついた時、頭の中で声がした。念話スキルによる通信だ。低く落ち着いた男の声が、ゼロに話し掛けてくる。

『私だ。そちらは子細無いか？』

『あなたが直接連絡してくるなんて珍しいですね』

ゼロは声の主のことを思い、笑みを零《こぼ》した。

『大事な時期だからな。そろそろ私も動くつもりだ』

『なら、早くしてください。あの傲慢で身の程知らずな男に任せていたら、せっかくの計画が全て水の泡になりかねない』

ゼロの歯に衣《きぬ》着せぬ物言いに、声の主は愉快そうに笑った。

『そう言ってやるな。彼も頑張っているんだ。少しばかりプライドが高く、そのせいで視野狭窄《きょうさく》なところはあるが、私の代理として良く働いてくれているよ』

『あの男を選んだのはあなたです。フォローするのは当然ですね』

ゼロが言い返すと、声の主は少し驚いたような気配となった。

『なんだ、ずいぶんと機嫌が悪いじゃないか』

『いつも尻拭いをするのは僕ですよ？　機嫌も悪くなります』

『ははは、それは道理だな。苦労を掛けてすまない』

『構いませんよ、それが僕の仕事ですから』

それで、とゼロは続ける。

『用件はなんですか？』

『うん、おまえに頼みたいことがある。……蛇のことは覚えているな？』

『ノエル・シュトーレンですね。もちろんです』

ノエル・シュトーレン——嵐翼《ワイルドテンペスト》の蛇のマスター。彼の話を聞かない日は無い。【傀儡師《くぐつしロード》】ヒューゴの冤罪《えんざい》を晴らし、監獄爆破事件の犯人逮捕に協力しただけでなく、ついには魔王討伐まで成し遂げた英雄だ。

今や嵐翼《ワイルドテンペスト》の蛇は、最も七星《レガリア》に近いクラン。現七星《レガリア》は席を蹴落とされないために、どのクランも蛇のことを警戒し始めている。特に人魚の鎮魂歌《ローレライ》は、ヨハンが参加した公開インタビューの一件で因縁があるため、他のクランよりも警戒する必要があった。

『蛇は狡猾《こうかつ》で情報戦に長《た》けている。目的を達成するためなら、大貴族どころか我々をも利用するほどだ。おそらく、こちらの計画のことも既に耳に入っていると思われる』

『仕掛けてきますか？』

『必ずな。蛇は我々を狩るつもりだ。私が蛇なら、必ずそうする』

声の主は、確固たる口調で断言した。

『我々の悲願のためにも、蛇の干渉を許すわけにはいかない。蛇は優秀な情報屋を使うようだ。スパイとして潜り込んでいるのは間違いない。常に厳重なチェックを怠るな。仮に見つからなくても、いる前提で行動しろ。絶対に情報を外に漏らさせるな』

『承知致しました』

情報屋か。色々なタイプがいるが、潜入を得意とする者は厄介だ。すぐに見つけ出せるなら問題ないが、相手も生業《なりわい》にしている以上、簡単には尻尾を摑《つか》ませない。かといって、関わっている者全てを疑っていては、進捗が大きく滞ってしまう。計画を円滑に進めるためにも、どうにかして素早く炙《あぶ》り出したいところだ。

『以降、蛇への対処は、全ておまえに任せる。彼にもそのように伝えておこう。おまえは自らの判断で行動して構わない。一切の責任は私が持つ』

『それはつまり、周囲への被害を考慮しなくてもいい、ということですか？』

ゼロは獰猛《どうもう》な笑みを浮かべて尋ねた。声の主は即答する。

『許す。これは戦争だ。邪魔になるものは全て排除しろ』


絢爛《けんらん》豪華な応接間は何から何まで派手で、主《あるじ》の性格をよく表している。

この日、俺はバルジーニ組《ファミリー》の組長《ボス》、フィノッキオ・バルジーニの邸宅を訪れていた。

ちょうど午後のティータイムを始めるところだったらしく、テーブルの上には本格的なティーセットが並べられている。

「はい、これ。ノエルちゃんに頼まれていた資料」

フィノッキオから分厚い封筒を受け取った俺は、中から資料を取り出し、その確認をした。資料はロダニア共和国で運用されている鉄道に関するものだ。

魔工文明――悪魔《ビースト》を素材にした数多《あまた》の発明品によって栄える現代、帝国は近隣諸国と比較して、最も優れた技術力を有している。

本来なら、既に鉄道を開通していてもおかしくない。技術的には容易《たやす》く可能だ。だが、帝国は深淵《アビス》が発生しやすい土地であるため、鉄道を通しても維持することが困難であり、したがって未《いま》だに馬の力に頼っている状況だ。

対して隣国のロダニア共和国では、四年前に鉄道の実用化に成功し、その恩恵によって飛躍的に国力を増加させていた。

俺が知りたいのは、その詳細な経緯と現状だ。実際に鉄道を運用して得られた具体的な経済効果、また意図しなかった弊害、その全てを理解する必要がある。だから俺は、バルジーニ組《ファミリー》のコネクションを利用して、隣国から資料を取り寄せることにした。

「人魚の鎮魂歌《ローレライ》は、本当に鉄道を開通するつもりなの？」

フィノッキオの質問に、俺は資料に目を通しながら頷《うなず》いた。

「間違いないな。俺の方でも調べたところ、人魚の鎮魂歌《ローレライ》と協力関係にあるヴォルカン重工業が、悪魔《ビースト》素材と金属原料の仕入れを大幅に強化していた。国全体に鉄道を通すのでもなければ、あれほどの資源は不要だ」

「でも、どうやってこの国に鉄道を通すわけ？」

「おおよその予想は付くが、詳細はまだわからない。もっとも、こっちにも策はある。ヨハンにどんな切り札があろうと、対策は可能だ」

「策って？　人魚の鎮魂歌《ローレライ》が本気になったら、ノエルちゃんたちじゃ絶対に勝てないわよ。言っておくけど、アタシは戦力を貸せないからね。アタシも敵が多い立場だから、安易に戦力を削るわけにはいかないのよ」

「安心しろ。戦いでおまえを頼るつもりはないよ」

フィノッキオも大事な時期だ。俺と秘密裏に協力関係を結んだことで、本家であるルキアーノ組《ファミリー》の会長を目指すことになった。敵対組織だけでなく、同じ直参組長――兄弟分たちとも争うことになる可能性がある今、保有戦力を俺の都合で削るべきではない。

「覚醒剤をな、バラ撒《ま》こうと思うんだ」

俺は紅茶を啜《すす》りながら言った。

「は？……えっ？　なんですって？」

フィノッキオは理解できないという顔で首を傾《かし》げる。

「も、もう一度、言ってくれる？　今、覚醒剤って言った？」

「言った」

「か、覚醒剤を、どうするですって？」

「だから、バラ撒くんだよ」

俺は紅茶をテーブルに置き、フィノッキオを真《ま》っ直《す》ぐ見る。

「鉄道計画の要は、ヴォルカン重工業の技術者たちだ。彼らがいなければ、どれだけ資金や裏工作を費やしたところで、計画は成り立たない。だからこそ、技術者たちは相当なプレッシャーと重労働に疲弊しているはず。そんな彼らに、気分が楽になると覚醒剤を勧めてやれば、すぐに病みつきになるはずだ。ジャンキーになった技術者なんて使い物にならない。その時点で、人魚の鎮魂歌《ローレライ》の計画はお終《しま》いさ」

俺の話を聞いたフィノッキオは、鳩《はと》が豆鉄砲を食ったような顔をしていた。茫然《ぼうぜん》自失としていて、眼《め》からは光が消えている。その間抜け面が面白くて、俺は声を上げて笑った。

「アハハハ、冗談だよ、冗談！　そんなことはしないよ」

嘘《うそ》だとわかったフィノッキオは、安堵《あんど》したのか大きな深呼吸をした。

「……びっ、びっくりしたわぁ〜。ア、アンタねぇっ！　冗談を言うにしても、限度があるでしょうが！　相手を潰すために覚醒剤をバラ撒くなんてねぇ、暴力団《ヤクザ》でも禁じ手よ!?　やったら最後、作戦が上手《うま》くいっても血の海になるわ！」

「だから冗談だって言っただろ？」

「ふん、どうだか！」

フィノッキオは不快そうに顔を歪《ゆが》める。

「アンタには、監獄を爆破した前科があるからね。何するかわかったもんじゃないわ。目的のために手段を選ばないのは結構ですけどね、やっていること見たら、アンタ完全に外道よ！　この悪魔《あくま》！　人でなし！」

「気狂い道化師《マッドピエロ》に悪魔《あくま》だと褒めてもえらえるなんて、光栄の極みだね」

肩を竦《すく》めて苦笑すると、フィノッキオはますます渋い顔になる。

「ノエルちゃん、アンタって自分のことを策士だと思っているでしょ？　まあ、それは事実よ。アンタほど狡猾な人間は、そうはいないわ。たいていの敵は、アンタの策の前に手も足も出ないでしょうね。でもね、世の中には『策士、策に溺れる』って言葉もあるんだからね。汚い策ばかり弄していたら、墓穴を掘ることになるわよ」

「例えば？　おまえの想定する俺が墓穴を掘る状況って、どんなのだ？」

「えっ？　ど、どんなのって……そりゃ……」

すかさず俺が聞き返すと、フィノッキオは答えに窮して口ごもる。

「た、例えば、悪いことをしているのがすっぱ抜かれて、帝都にいられなくなるとかよ。情報戦が得意なアンタだからこそ、最期は情報に殺されるってわけ」

「ああ、それは絶対にないな」

俺は断言した。起こりえないとわかっているからだ。

「な、なんで、言い切れるわけ？」

「簡単な話だ。俺はな――」

「ヤメテ！」

フィノッキオは俺の言葉を遮り、両手を振って拒絶した。

「どうせまた、汚い手を使ったんでしょ！　ヤダ！　聞きたくない！　なんで楽しいティータイムに、血生臭い話を聞かないといけないのよ！　気狂い道化師《マッドピエロ》って呼ばれているアタシにだってね、心の平穏は必要なの！　絶対に聞きたくないわ！　あ～あ～聞こえない聞こえない！　聞こえませ～んッ!!」

耳を塞いで叫ぶフィノッキオに、俺は溜息《ためいき》を吐《つ》く。

「ところで、おまえの方はどうなんだ？　計画は順調か？」

「闘技大会の話だったら順調よ。急な開催にも対応できるよう、土地と施設の手配を進めているわ。ノエルちゃんが七星《レガリア》になって皇帝にお願いしたら、いつでも開催できる。問題はナッスィングよ」

「その話じゃない。ルキアーノ組《ファミリー》の会長になる件だ」

「……根回しは、順調よ」

「ふ～ん。だったら問題無いな」

それで、と俺は目を細めた。

「殺す必要があるのはどいつだ？」

「アンタ……」

ルキアーノ組《ファミリー》の大幹部は、フィノッキオを含めて十三人。新会長になるためには、排除しなければいけない者が多い。

「おまえを唆したのは俺だ。協力は惜しまないぞ」

「お黙り。アンタの協力が無くても、やることはやってやるわよ。アタシはフィノッキオ・バルジーニ。気狂い道化師《マッドピエロ》と呼ばれた美しきアウトロー。相手が兄弟分だろうと、殺すことに躊躇《ちゅうちょ》はしないわ」

美しきは余計だが、気概に偽りは無さそうだ。翻意することはないだろう。

「了解した。おまえを信じるよ」

俺が頷いた時だった。応接間のドアがノックされる。

「組長《お姉さま》、連れてきました」

「わかったわ。入りなさい」

フィノッキオが応じると、ドアが開き二人の男が入ってきた。一人は筋骨隆々の姿をした、フィノッキオの子分。もう一人は、浮浪者染みた姿で四肢が無く、車椅子に乗っている男だ。子分は車椅子を押し、俺たちの前まで男を連れてきた。俺とフィノッキオも立ち上がり、男に歩み寄る。

「立派な姿になったじゃないか、アルバート君」

俺はアルバートを見下ろし微笑《ほほえ》んだ。

アルバート・ガンビーノ。ガンビーノ組《ファミリー》の組長《ボス》だった男だ。今は組《ファミリー》を追われただけでなく、四肢を切り落とされ、フィノッキオの養豚場で飼われている。アルバートはずっと目を閉じており、身じろぎ一つしない。

「ノエルちゃんに頼まれたから連れてきたけど、今更こいつに何の用なの？」

質問するフィノッキオに、俺は視線を向けた。

「こいつが雇っていた錬金術師に興味があってね。その居場所を聞きたいんだ」

「錬金術師って……あのヤバイ覚醒剤を作っていた奴《やつ》？　ア、アンタ、まさか本当にさっき言っていたことを……」

「違う。作ってほしい薬があるだけだ」

俺は首を振り、アルバートに顔を近づけた。

「おい、いい加減起きろ」

呼びかけるが、やはり反応は無い。

「豚ちゃんたちと毎日楽しい生活を送っていたから、大分壊れているのよねぇ。まともに話を聞き出すのは難しいかもよ」

「ふ〜ん。なるほどねぇ」

俺は懐から煙草《たばこ》を取り出し、口に咥《くわ》えて火をつけた。

「やだ、ノエルちゃん、煙草を吸うようになったの？　健康に悪いわよ。ていうか、アタシの家は全面禁煙なんですけど？」

煙草を咎《とが》めるフィノッキオに構わず、アルバートに紫煙を吐きかける。そして、煙草の先を頬に強く押し付けた。じゅっと焦げた音がした瞬間、アルバートは悲鳴を上げて目を開けた。

「あぢぃぃいいぃぃッ!!」

「やっぱり起きてた」

俺がせせら笑うと、アルバートは恨みがましい眼を向けてくる。自分の不幸は、全て俺のせいだとでも言いたげだ。実際、その通りなのだけれど。

「俺の話は聞いていたな？　知っていることを教えろ」

「だ、誰が、おまえなんかに……」

「ふふふ、とっくに地獄は見たから、もう怖いものは無いって顔だな。だが、間違っているぞ、アルバート」

　俺はアルバートの顔を両手で摑《つか》み、額を合わせた。

「地獄の底は深い。おまえが体験したのは、入り口に過ぎないんだよ。……生きたまま頭蓋骨を開いて、おまえの脳がいじられるところを鏡で見せてやろうか？」

「ひっ、ひぃぃっ！」

　アルバートは顔を真っ青にして俺から離れようと身を捩《よじ》るが、手足が無いためどこにも逃げることはできない。また、両手で鷲摑《わしづか》みにされているので、顔を背けることもできない。存在しない逃げ場を探して濁った眼球が忙《せわ》しなく動く。

「俺が怖いか？　だったら、知っていることをすぐに話した方が良い。俺は気が短いんだ。それに、話してくれたら、おまえを助けてやる」

「……ほ、本当か？」

「ああ、本当だ。俺は嘘を吐かない」

「……わかった。奴の居場所を教える」

　観念したアルバートは、錬金術師の情報を全て話した。

「や、約束だ……。俺を助けてくれ……」

涙を流しながら懇願するアルバート。その哀れな姿は実に痛ましい。俺にも慈悲の心はある。もちろん助けてやるつもりだ。だが、最後に、もう一つだけ聞きたいことがあった。

俺はアルバートの後ろに回り、その肩に顎を乗せて囁《ささや》く。

「アルバート、チェルシーという少女のことを覚えているか？」

「チェ、チェルシー？　い、いや、知らない……」

「そうか。そうだよな。おまえなら、覚えていなくて当然だ」

期待はしていなかった。むしろ、覚えていなかったことに安堵すらしている。

「な、なあ、頼む。助けてくれ。もうあそこに戻るのは嫌だ……」

「わかっている。ちゃんと助けてやるよ」

俺はアルバートの肩から顎を離し、両腕でしっかり頭を固定する。そして、そのまま勢いよく捻《ひね》ると、骨の折れる鈍い音がした。

「さようなら、アルバート。約束通り、おまえの贖罪《しょくざい》の手助けをしてやったぞ」

俺が手を離すと、アルバートはバランスを崩して車椅子から転げ落ちた。一瞬で首の骨を折ったから、苦しむ暇も無かったに違いない。こいつがしてきた所業を考えると、我ながら神のように慈悲深い最期を与えてやったものだ。

だが、成り行きを見守っていたフィノッキオと子分は、呆《あき》れた顔をしていた。

「ひょっとして、殺したらまずかったか？」

俺が尋ねると、フィノッキオは困ったように笑う。

「ノエルちゃん、アンタの天職はやっぱ暴力団《ヤクザ》の組長《ボス》だわ」

ノエルが策謀を巡らし、暗躍を続けている間、他のメンバーたちは戦闘訓練を行っていた。討伐依頼も休止しているため、鍛えなければ身体《からだ》が鈍《なま》る。Aランクになった戦力に合わせた連携調整も必要だ。四人はサブマスターであるレオンの指示のもと、帝都の地下訓練施設で厳しい戦闘訓練に励んでいた。

訓練が終わった後、ヒューゴは人形作家として活躍していた時期に購入した工房《アトリエ》を訪れることにした。冤罪《えんざい》で投獄されてからも所有者はヒューゴのままだったので、今でも工房《アトリエ》は残っている。

可能なら、また人形作家として活動したい。もちろん、探索者《シーカー》業も続けるつもりでいるが、ヒューゴにとって本来の天職は人形作家だ。探索者《シーカー》に復帰したのは、ノエルに忠誠を誓ったからであって、人形作家を諦める理由は何一つ無い。ヒューゴの器量なら、二つの仕事を両立させることは十分に可能だ。

なにより、ヒューゴのこれまでの経験上、本業にばかり傾倒していては逆に長続きしないことを知っている。本業以外の生き甲斐《がい》は絶対に必要だ。趣味であったり、恋人や家族であったり、他の拠《よ》り所《どころ》があってこそ、本業へのモチベーションを失わずに済む。人形作家が本職だった頃は、各地を旅行することがストレスの発散方法だった。

だからこそ、ヒューゴは人形作家を再開することを迷わなかった。これまでは探索者業《シーカー》が忙しくて時間が無かったが、今なら多少の余裕がある。ノエルや他のメンバーも同意してくれているので、問題は何も無い。

訓練所から馬車で移動すること約三十分、見覚えのある街並みが見えてきた。ヒューゴの工房《アトリエ》がある区画だ。馬車から降りたヒューゴは、昔を懐かしみながら街を歩く。立ち並ぶ店は多少の入れ替わりはあったものの、大半が二年前のままだ。よく通っていた飲食店や仕立屋《テーラー》も残っている。店員たちは、ヒューゴが訪れたらきっと驚くことだろう。

ヒューゴは商業地帯を抜け、住宅街へと入った。工房《アトリエ》があるのは、住宅街の一角だ。緑の多い静かな場所で、人形制作に集中するには絶好の環境だった。やがて、懐かしき工房《アトリエ》の姿が見えた。雑草が生い茂っているが、他は何も変わらない。

「全部、昔のままだ……」

懐かしさのあまり立ち尽くしていると、庭の奥から身なりの良い少女が出てきた。歳《とし》は七つかそこら。優しい顔をした陶器人形《ビスク・ドール》を抱き締めている。高そうな服を着ているのに、手入れされていない庭に入ったから草の汁や種で汚れていた。

ヒューゴと少女の視線が合う。全く知らない少女だ。どう反応するべきか迷っていると、少女の方からヒューゴに走り寄ってきた。

「おじさん、この家の人？」

「お、おおおっ、おじさん!?」

その衝撃的な言葉に、ヒューゴは目を見開いて仰《の》け反《ぞ》ってしまう。ヒューゴの現在の年齢は二十四歳。たしかに、この少女から見ればおじさんなのだろうが、それを考慮しても容赦なく心を抉《えぐ》る言葉だった。

「ねえ、どうなの？」

「……あ、ああ、私はこの家の主《あるじ》だよ」

ヒューゴが傷心しながらも頷《うなず》くと、少女は満面の笑みを見せる。

「良かった。お家《うち》には誰もいなかったから困ってたの」

よくよく見ると少女の手は黒く汚れている。汚れた窓に手を当てて家の中を窺《うかが》う少女の姿が、ヒューゴには簡単に想像できた。

「私に何か用なのかい？」

「うん。おじさんって、人形作家さんなんでしょ？　お母さんが言ってた。だから、この子を直してもらおうと思って来たの」

はい、と差し出された人形を検《あらた》めると、頬に雷のようなひびが入っていた。

「ねえ、直してくれる？」

不安そうに尋ねてくる少女を見たヒューゴは、笑って頷いた。

「うん、これならすぐに直せるよ」

ヒューゴは人形の顔に手を当て、スキルを発動する。

傀儡《くぐつ》スキル《損傷修復《リペア》》。壊れた物を修復する【傀儡師《くぐつし》】のスキルだ。欠損部分が多いと修復素材が必要になるが、人形のひび割れ程度なら手をかざしただけで完全に直せる。

「わあ！　本当に直った！」

少女は元通りになった人形を抱き締め、大喜びする。

「おじさん、ありがとう！　とっても嬉《うれ》しい！」

「う、うん。喜んでもらえて、私も嬉しいよ……」

おじさんと呼ばれることは辛《つら》いが、少女の笑顔の前では些《さ》細《さい》な問題である。

「これ、お礼にどうぞ」

少女から手渡されたのは、綺麗《きれい》な紙に包まれた飴《あめ》だ。

「じゃあ、あたし行くね！　おじさん、ばいばい！」

元気に走り去っていく少女を見送り、ヒューゴは苦笑した。

「復帰後の最初の仕事としては上出来だな」

†

工房《アトリエ》の中は想像以上に酷《ひど》い有様となっていた。埃《ほこり》だらけなだけでなく、外からではわからなかったが、屋根に穴が開き水漏れが起こっていたらしい。そこら中にカビが生えているし、家具や床も腐っている。工具も錆《さび》だらけだ。

「まずは大掃除とリフォームが必要だな」

ヒューゴは人形兵を十体ばかり創出し、庭の草刈りと家の中の掃除を命じた。感情の無い人形兵たちは、ヒューゴの指示に従って淡々と働き続ける。すぐに庭の雑草が刈られ、水漏れで駄目になった物が全て外に運び出された。

ヒューゴは人形兵たちの作業を横目で確認しながら、買い直す必要がある物をメモしていく。工具、家具、リフォーム素材、中には取り寄せるのに時間が掛かるものもあるため、工房《アトリエ》が完全に元通りになるまで、最低でも二週間は要するだろう。必要な物さえ揃《そろ》えばスキルの力であっという間なのに、こればっかりは仕方ない。

ヒューゴが溜息《ためいき》を吐《つ》いた時、工房《アトリエ》の扉が軽やかにノックされた。振り返ると、開かれたドアの傍《そば》に、エルフの女が立っていた。女は長い金髪を横流しの三つ編みにまとめ、軍服を思わせるダブルボタンの白いワンピースジャケットを着ている。

「あなたは……」

「久しぶりね、ヒューゴ君」

華やかな笑みを見せた女の正体は、シャロン・ヴァレンタイン。七星《レガリア》の一等星、帝国最強のクランである覇龍隊のメンバーだ。以前はサブマスターとして活躍していたが、その地位は弟子のジーク・ファンスタインに譲っている。

「どうして、ここに？」

ヒューゴが尋ねると、シャロンは悲しそうに眉尻を下げた。

「あなたに謝らないといけないと思って……」

「謝る？」

「ごめんなさい、ヒューゴ君。私はあなたを救えなかった。あなたが冤罪だってことはわかっていたんだけれども、それを証明する手立てが無かったの……」

なるほど、とヒューゴは理解した。

身に覚えのない罪で投獄されたのは二年前。猟奇殺人鬼の汚名を着せられたどころか、そのまま死刑になるところだった。今こうして自由の身でいられるのは、全てノエルのおかげだ。ノエルがいなければ、ヒューゴは今頃、墓穴の底で眠っている。

「あなたが謝る必要はありませんよ。もし逆の立場だったら、私もあなたのためにできたことは何一つありませんから」

獄中での二年間、シャロンが助けてくれることを期待しなかったと言えば嘘《うそ》になる。覇龍隊のヘッドハンターとして面識がある彼女には、ヒューゴを助ける理由があったからだ。

だが、そうはならなかった。そのことを獄中で何度恨んだかは覚えていない。

今からすると、我ながら実に身勝手な話だ。正式に覇龍隊のメンバーになった後ならともかく、当時のヒューゴはシャロンの誘いを断った。なのに助けを求めるなんて、おこがましいにもほどがある。

「あなたの言う通りでした。私は弱い。誰の世話になることもなく、たった独りでも生きていけると思っていましたが、とんだ思い上がりでしたよ。だから、全ての責任は愚かだった私にあります」

「そう言ってもらえると助かるわ。あなたのことが、ずっと気掛かりだったの」

「ご心配をお掛けしました。私はもう大丈夫です」

だから、とヒューゴは目を細める。

「そろそろ腹を割って話し合いましょう。ここに来た本当の目的はなんですか？　あなたほどの人が、ただ私に謝りに来ただけなんてありえない。だいたい、私がここを訪れることは、どこで知ったんですか？」

「やっぱりバレてた？」

シャロンは悪びれることなく、愉快そうに笑った。

「ごめんね。でも、謝りたかったのも本当よ？」

「もういいですよ。それで、目的は何ですか？」

「ヒューゴ君――」

姿勢を正し、神妙な顔つきになるシャロン。

「あなた、覇龍隊に入らない？」

「は？……おっしゃられている意味がよくわかりません」

「私がここに来たのは、あなたを改めてヘッドハントするため。たしかに、あなたを救ったのは私じゃなく、嵐翼の蛇《ワイルドテンペスト》のマスターよ。あなたが彼に恩義を抱くのは当然だし、私の提案なんて何も心に響かないでしょうね」

でもね、とシャロンは酷薄な笑みを浮かべる。

「それでも、あなたにとっては、うちに入る方が得よ。待遇も将来性も、比べ物にならないわ。なにより、なにより――」

「なにより、何ですか？」

「私たちと戦《や》り合わずに済む。それはとても幸福なことよ、ヒューゴ君」

　シャロンは笑みを浮かべたままだが、その眼差《まなざ》しはどこまでも鋭い。視線だけで射殺されると錯覚するほど、冷酷で容赦の無い殺気が込められている。

「あなたのマスター、ノエル・シュトーレンは謀《はかりごと》が得意なようね。だから、僅かな期間でクランを飛躍的に成長させることができた。うちのジーク坊やは、そんな彼にえらくご執心のようだけれども、私にはちっとも理解できないわ。だって、そうでしょ？　賢い蟻《あり》が一匹いたところで、決して象には勝てないのだから」

　呆《あき》れるほど傲慢な物言いだが、シャロンにはそれを言えるだけの実績と実力がある。長年、帝都最強クランをサブマスターとして支えてきた経歴、そしてEXランクには届かないものの、Aランク――実質的な人の限界内で敵無しの戦闘能力。彼女の化け物染みた気迫は、ナンバー2の座をジークに譲ってなお、何一つ衰えていない。

「ヒューゴ君、私の提案は慈悲だと受け取ってちょうだい」

　断ればただでは済まさない、シャロンの暗い眼《め》は、そう語っていた。だからこそ、ヒューゴは胸を張って答えた。

「せっかくですが、お断りします」

「……一応、理由を聞いておきましょうか」

一気に気温が下がったように感じるのは、ヒューゴの心境のせいだろう。

「単純な理由ですよ。私は、ノエル・シュトーレンこそが、最強の探索者《シーカー》だと考えている。なのに、他のマスターに仕えるのは愚か者のすることだ」

「そう、それがあなたの答えね」

シャロンは呟《つぶや》き、踵《きびす》を返した。そして、背中越しに告げる。

「私はあなたの選択を尊重する。でも、これだけは覚えておきなさい。ノエル・シュトーレンが頂点を目指す限り、その前に立ちはだかるのは私たち――怒れる龍よ」

振り返ることなく優雅な足取りで去っていくシャロン。その背中が完全に見えなくなってから、ヒューゴは太く長い息を吐いた。

「知ってはいたが、おっかない人だ……」

魔王《ロード》よりも遥《はる》かに恐ろしい女だった。単純な戦闘能力は魔王《ロード》の方が上でも、戦った時に怖いのは、あらゆる戦術に精通したシャロンの方だ。

「だが、避けては通れない道だな……」

ヒューゴは自分の震える手を見つめながら呟く。シャロンの言った通りだ。ノエルが頂点を目指す限り、覇龍隊との衝突は避けられない。必ず、彼女とも戦う日がやってくる。

その時に、果たしてどんな結末が待っているのか、ヒューゴは恐ろしさと同時に、強烈な好奇心を抱かざるを得なかった。

「ミス・ヴァレンタイン、あなたは一つだけ間違えた。ノエル・シュトーレンは蟻じゃない。誰よりも狡猾《こうかつ》で猛毒の牙を持つ蛇だ」

蛇と龍、真の強者はどちらか、答えはすぐに証明されるだろう。

そう、ヒューゴは予感した。

翌日、人魚の鎮魂歌《ローレライ》は鉄道事業に関して記者会見を開く。その時に巻き起こった嵐は、紛れもなく全てを呑《の》み込む蛇の御業《みわざ》に他ならなかった——。


中央広場の野外音楽堂には、多くの帝都民が集まっている。

見渡す限りの人、人——人、ざっと一万人はいるだろう。彼らの誘導と警備を担当しているのは、猛者中の猛者たち、人魚の鎮魂歌《ローレライ》のクランメンバーだ。もし暴動が起こっても、一瞬で鎮圧されるに違いない。

人魚の鎮魂歌《ローレライ》のクランマスターであるヨハンは、緊急発表があるという名目で記者会見を開いた。だが、一部の記者だけを対象とするのではなく、誰もが内容を聞けるように、野外音楽堂を会場に選んだのだ。

斯《か》くして、突然の告知だったにも拘《かかわ》らず、多くの帝都民が野外音楽堂に集うことになった。この圧倒的な注目度、流石《さすが》は七星《レガリア》である。

「——鉄道がどれだけの経済効果をもたらすかについては、隣国のロダニア共和国に目を向けてもらえれば一目瞭然。悪魔《ビースト》を素材にした魔導機関《エンジン》で走る機関車は、驚異的な速さで、大量の人と資源を国中どこへでも運搬することが可能です。現に、四年前に鉄道を開通したロダニア共和国は、飛躍的な経済成長を遂げました」

小型音響機《マイク》片手にステージに立つヨハンは、聴衆たちの前で雄弁に語り続ける。その堂々とした態度は、語る内容の説得力を増していた。

「対して、我々の国――ウェルナント帝国では、鉄道を開通する技術力こそ持っているものの、深淵《アビス》が発生しやすい土地であるため鉄道の安全確保が難しく、未《いま》だに陸路では馬の力に頼らざるを得ない状況です」

ですが、とヨハンは勝ち誇った笑みを浮かべた。

「先ほども申し上げましたように、当クランとヴォルカン重工業の協力によって、この問題を解決する手段が見つかりました。よって、我々は帝国に鉄道を開通し、その恩恵を全ての国民の皆様と共有したいと考えております。また、この計画は、鉄道が通る地域の領主の皆様方、またカイウス第二皇子殿下から強い支持を得られたことにより、中央会議でも既に承認済み。よって、早ければ来週の頭から工事を始められる状況です」

ヨハンの宣言に対し、ステージ上に設けられた記者席から質問の声が上がる。

「問題を解決する手段とは何か、御教《おおし》え頂けますか？」

「もちろんです」

得意げな様子で頷《うなず》いたヨハンは、ステージ横に視線を向ける。すると、クランメンバーと思われる女がステージに現れた。その瞬間、聴衆たちは一斉に驚き――そして恐怖に満ちた声を上げる。

　聴衆たちが驚愕《きょうがく》した対象は、女ではない。彼女が連れている〝異形〟だ。

　異形は狼《おおかみ》に似ていた。およそ成人した人間の男ほどの体高で、発達した筋肉が見て取れる。前足の一撃だけで、牛の首を吹き飛ばせそうな逞《たくま》しさだ。恐ろしい外見こそしているが、性格は大人しく、一万人の聴衆たちの前でも唸《うな》り声《ごえ》一つ上げない。ずっと傍に立つ女に寄り添っていた。その従順さが、かえって不気味なほどだ。

「紹介しましょう。彼は私たちが発明した汎用四足獣型戦闘員、人工悪魔《デミ・ビースト》です」

　悪魔《ビースト》、という言葉に、聴衆たちは更に驚愕する。だが、当のヨハンは涼しい笑みを浮かべていた。

「驚かれるのも無理はありません。ですが、ご安心ください。たしかに、彼は悪魔《ビースト》をベースに生まれた生体兵器ではありますが、我々の命令に絶対服従します。また、平時は制限状態《セーフモード》であり、本来の力を発揮できるのは深淵《アビス》内のみです。制限状態《セーフモード》の彼らは、大きな犬ぐらいの力しかありません」

　ヨハンが目配せをすると、メンバーの女が人工悪魔《デミ・ビースト》の頭を撫《な》でた。すると、人工悪魔《デミ・ビースト》は気もち良さそうに目を細める。

「ご覧の通り、とても人懐こい。知能も高く、決して人に危害を加えることはありません。ですが、その戦闘能力は極めて優れています。深淵《アビス》に入り、戦闘状態《バトルモード》となった彼らは、戦闘系職能《ジョブ》のBランクに匹敵する力を発揮します」

ヨハンは人工悪魔《デミ・ビースト》から聴衆たちに視線を戻した。

「私たちが深淵《アビス》で試験運用した結果、深度八の悪魔《ビースト》までなら、彼らだけでも対応可能であることが証明されました。既に彼らの量産体制は整っており、鉄道が開通した暁には、各駅に配備する予定です。これにより、深淵《アビス》が発生しても迅速に浄化が行えるため、機関車と線路の安全が脅かされることはありません」

ヨハンの説明に、聴衆たちの大半が感嘆の声を上げ、また一部がざわつく。

ざわついているのは、探索者《シーカー》たちだ。Bランク相当の戦闘力を持つ生体兵器が今後出回るなら、自分たちの食い扶持《ぶち》が奪われるのではないか、と危機感を抱いているようである。

そしてそれは、おそらく正しい。ヨハンも気が付いているようで、意味深な笑みを浮かべて話を続けた。

「この場にいる探索者《シーカー》の皆様は、人工悪魔《デミ・ビースト》が自分たちに取って代わるのではないか、と考えていそうですね。その件については否定しません。彼らは実に優秀です。並の探索者《シーカー》では太刀打ちできないほどに。ですが、私も同業者の職を奪うのは本意ではありません。だからこそ、私は彼らの貸与も現在検討中です」

ヨハンの言葉は、全ての聴衆にとって大きな衝撃だった。人工悪魔《デミ・ビースト》は人魚の鎮魂歌《ローレライ》の切り札。それを他の探索者《シーカー》にも貸し与えるなんて、いったい誰が予想しただろうか。

「そもそも、私は以前から、悪魔《ビースト》の討伐を探索者《シーカー》が担う必要性について疑問を抱いていました。たしかに、探索者《シーカー》は悪魔《ビースト》を狩るプロだ。私も一人の探索者《シーカー》として自負を持っている。

ですが、必ずしも全員が探索者《シーカー》である必要はないのではないか？　もっと安全かつ効率的に悪魔《ビースト》を狩るためには、人とは異なる力にも頼るべきではないか？　答えを求める私は、そう考えるようになりました。そして、その答えが彼です」

ヨハンは人工悪魔《デミ・ビースト》を手で示した。

「彼の力があれば、これまでよりも格段に悪魔《ビースト》を討伐することが容易になります。この恩恵は、私だけが独占するべきではない。誰もが受け取るべき力だ。もちろん、無料で貸与することは難しいですが、決して法外な額を要求するつもりはありません。誰もが利用できるよう、赤字限界まで価格調整をさせて頂くつもりです」

そこまで説明したヨハンは、高らかに声を上げる。

「私は探索者《シーカー》です。ですが、その前に、一人の帝国市民です。故に、ただ一人が得をすれば良い、という考えは一切持ち合わせておりません。ましてや、今は冥獄十王《ヴァリアント》の現界が目前に迫っている時。皆が私利私欲を捨て、力を合わせ、脅威に挑む必要があります。そして、私は、その先陣を切るべき立場。皇帝陛下より賜った七星《レガリア》の輝きに報いるためにも、髪の毛一本から、血の一滴まで、その全てを帝国の未来と栄光に捧《ささ》げるつもりです」

だからこそ、とヨハンは力強く拳を掲げた。

「鉄道と人工悪魔《デミ・ビースト》、この二つの翼こそが、私の決意の証《あかし》です！　この二つの翼の力を以《もっ》て、必ずや帝国に更なる発展をもたらすことを、私はここに約束しますッ!!」

瞬間、割れんばかりの拍手と歓声が巻き起こった。一万人の聴衆たちは完全に心を一つにし、誰もがヨハンを神のように讃《たた》えている。

　素晴らしい、実に見事な広報戦略だ。ヨハンを賛美する声は、今日の出来事を皮切りに、瞬く間に帝都――そして帝国中に響き渡ることだろう。国民への影響力だけを考えれば、並び立つ者は誰もいなくなる。たとえ、皇帝でさえも。何も知らない聴衆たちに紛れてヨハンの演説を聞いていた俺は、心の中で拍手を送った。

「人工悪魔《デミ・ビースト》か……。まさか、そこまでするとはな……」

　可能なら、今日を迎える前に得たかった情報だが、たらればの話をしても仕方がない。常在戦場。どんな時でも理想の状況で戦えるとは限らないのだ。敵が俺の予想を超えていたとしても、決して退《ひ》く理由にはならない。情報を送ってくるはずだったロキから連絡が無い状況は心配だが、それもこの場では関係の無い話だ。

　ヨハンの演説後、記者たちは当たり障りのない質問を続けた。全員がヨハンに集められた記者であるため、忖度《そんたく》した質問内容になるのも当然である。

　だからこそ、その記者の言葉は、ヨハンにとって青天の霹靂《へきれき》だったはずだ。

「アイスフェルト様、素晴らしいお話でした。つきましては、ここで有識者の方を一名お呼びしたいのですが、構わないでしょうか？」

「は？……有識者だと？」

　記者が僅かに震える声で言うと、ヨハンは明らかに困惑した顔となった。打ち合わせと違う、そう考えているに違いない。

ヨハンが困惑している中、俺は聴衆を掻《か》き分けてステージへと進む。

「悪いな、ここからは俺の舞台だ」

†

『今だ。呼べ』

『わ、わかりました！』

話術スキル《思考共有《リンク》》。俺が念話で命令すると、脅迫し抱き込んだ記者が、俺のいる方に手を向ける。

「そ、それでは、ご紹介致します！　今を時めく天才戦術家、嵐翼の蛇《ワイルドテンペスト》のマスター、ノエル・シュトーレン様です!!」

「なっ、蛇だと!?」

記者が俺を呼ぶと、ヨハンは驚愕し目を見開く。

だが、聴衆側からでは、記者がヨハンの意向を無視して俺を呼んだなんてわからない。新たなビッグネームの登場に興奮するだけだ。

聴衆たちがどよめく中、俺は観客席から跳躍し、ステージに着地した。すかさず聴衆たちに振り返り、舞台俳優がするような気品ある礼をする。

「皆様、こんにちは。嵐翼の蛇《ワイルドテンペスト》のマスター、ノエル・シュトーレンです。本日は、このような歴史的発表の場にお招き頂き、光栄の極みです」

小型音響機《マイク》を使わなくても、【話術士】である俺の声はよく通る。俺が頭を上げると、聴衆たちは一斉に歓喜の声を上げた。

「すげえ！　嵐翼の蛇《ワイルドテンペスト》まで来たぞ!!」

「きゃあああああっ、ノエルゥゥッ!!」

「粋な登場をしやがって！　最高だぜッ!!」

聴衆たちの興奮が最高潮に達した瞬間、俺は不敵に笑って拳を高く掲げた。たったそれだけの行動で、中央広場全体が揺れるほどの大歓声が巻き起こる。

「「「うおおおおおおおおおおおおっ！！！！」」」

俺は改めて一礼し、ヨハンに向き直る。突然の飛び入り参加に、ヨハン含め、人魚の鎮魂歌《ローレライ》のメンバーたちは、事の成り行きに呆然《ぼうぜん》として、誰も動くことができなかった。

「お久しぶりですね、ヨハンさん。お会いできたこと、嬉《うれ》しく思っています」

瞬間、ヨハンの顔が憎悪に歪《ゆが》んだ。

それも当然だろう。自分の晴れ舞台を土足で踏み躙《にじ》られて怒らない者はいない。計画のために費やしてきた膨大な労力を考えれば、今ここで俺に襲い掛かってきてもおかしくないほど、ヨハンの腸《はらわた》は煮えくり返っているはずだ。

だが、もう手遅れ。俺をステージに上がらせた時点で、この場の主導権は俺に移った。

今からクランメンバーに命じて俺を排除しようとすれば、聴衆たちが黙っていない。

聴衆たちが求めているものは、社会的な正しさではなく、いつだって楽しいショーだ。そして、俺という新たな役者の登場により、その興奮は最高潮を迎えている。こんなにも盛り上がっている中で俺を排除すれば、非難の嵐が会場を呑《の》み込むだろう。

ましてや、ヨハンは聴衆たちを利用し、大規模な広報戦略を成し遂げた男。なのに、聴衆たちを敵に回すのは愚策もいいところである。絶対にできるわけがない。

なにより、ヨハンはプライドの高い男だ。前回の合同インタビューで俺に利用された恨みを晴らしたいと思っているからこそ、ここで逃げることは奴《やつ》の自尊心が許さない。

俺の予想通り、ヨハンは怒りを呑み込んで、爽やかな笑みを浮かべた。

「こちらこそ、臨席してくれて感謝しているよ、ノエル君」

それで、とヨハンは続ける。

「本日は有識者としての意見を聞かせてくれるそうだが、間違いないかな？」

「ええ、その通りです。若輩者ではありますが、憧れの先達であるヨハンさんに、微力ながら御助力したいと思い、馳《は》せ参じました」

「それは頼もしい。うん？　では君は、今日のことを前もって知っていたのかな？　だとすると、誰かが君にリークしたことになるが、間違いないだろうか？」

「そういうわけではありません。実は、私も以前から、帝国に鉄道を通す有益さについて考えておりまして、その方法を模索していたのです。そんな時、ヨハンさんが鉄道会社の創設について記者会見を開くと告知されたのを拝見し、なんとか私も意見を交わしたいと考え、記者の方に無理を言って参加を頼んだのです」

　言葉尻を捉えて俺の信用を下げようとしても無駄だ。ここにくるまでに、あらゆる会話パターンは想定済み。どんな風に話を持っていこうとしても、決して主導権は手放さない。この舞台は、とっくに俺の物だ。

「なるほど。では、君の意見を早速聞かせてもらいたいね」

「わかりました。ですが、その前に申し上げたいのは、私はヨハン様の計画に賛成の立場であるということです。隣国のロダニア共和国に経済力で負けないためにも、最低でも数年中に鉄道を通すことは必須。また、早期に鉄道を通すことができれば、冥獄十王《ヴァリアント》との戦いにも大いに役立つはずですから。賛同こそすれ、反対する理由は見つかりません」

　ヨハンの計画そのものを潰すこと自体は簡単だ。手段はいくらでもある。

だが、ヨハンの企《たくら》みはともかく、鉄道が国の発展に大きく寄与することは事実。また、有力諸侯だけでなく第二皇子まで関与している計画を潰すのは、こちらとしてもリスクが大きい。人魚の鎮魂歌《ローレライ》と国、両方を敵に回して勝つのは流石《さすが》に不可能だ。

だが、勝てないからといって静観するわけにはいかない。このままヨハンの自由を許してしまえば、ヨハンの天下が始まることになる。

　なら、どうするべきか？　俺の答えは決まっていた——。

「ですが、先ほどのお話を聞いていると、今のまま計画を進めることは非常に危険だと感じました。このままだと、必ず大きな問題が起きます」

「問題？　聞き捨てならない言葉だね。言い切るからには、たしかな根拠があるとは思うが、それをこの場で証明できるのかな？」

「ええ、もちろんですとも」

俺は薄い笑みを浮かべ、聴衆たちに向かって声を発する。

「皆様、たしかに鉄道は素晴らしい。帝国に開通すれば、必ず大きな利益をもたらしてくれることでしょう。私も、そこは疑っていません。むしろ、大いに期待を寄せています」

ですが、と俺は渋面を作る。

「何事にも、作用と反作用があるものです。鉄道を走る機関車、その魔導機関《エンジン》から排出されるガスが、人体及び周辺環境に多大な悪影響を与えることを、皆様は御存じだったでしょうか？」

悪影響、という言葉に、聴衆たちの顔色が変わった。横目でヨハンを見ると、痛いところを突かれたという苦々し気な顔をしている。反論しようと口を開きかけたところで、俺は声のボリュームを更に上げて一方的に話を続けた。

「これは嘘《うそ》ではありません。確たる事実です。現に、ロダニア共和国では、鉄道に隣する街や村で、健康の悪化を訴える者たちが多く、また出生率や作物の収穫量も大幅に下がっています。この由々《ゆゆ》しき事態に対して、当該地域の領主たちは、国が管理する鉄道会社に多額の賠償金を要求している状況にあり、解決の糸口は未《いま》だに見えておりません」

俺が話した内容は、全て事実だ。フィノッキオから得た資料に記載されていた。多少の誇張はしたが、嘘は吐《つ》いてない。

果たして、俺がもたらした真実は、聴衆たちに効果覿面《てきめん》だった。先ほどまでの歓喜と興奮が嘘のように冷め、ヨハンに信頼と不信が錯綜《さくそう》した眼差《まなざ》しを向けている。

「ヨハンさん、このことはあなたも知っていたはず。ですが、先ほどの話の中には一切出ませんでした。それは何故《なぜ》です？」

俺が笑顔で尋ねると、ヨハンは明らかに作り笑いだとわかる顔で答えた。

「たしかに、ノエル君の話は私も知っていた。それを伝え忘れていたのは、全て私の落ち度だ。皆様には、心より申し訳なく思っている。だが、その話には本当に正確なデータが揃《そろ》っていたかな？　私の記憶によると、鉄道を走る機関車の排気ガスに問題があるという、科学的な証明はされていなかったはず。つまり、当該地域で起こっている異変には、他の理由がある可能性も十分にあるわけだ。ロダニア共和国に鉄道が開通してまだ四年。新しい技術に対して人々が過剰反応し、被害妄想を膨らませた結果、ありもしない公害が発生しているとは思わないかい？」

良い切り返しだ。聴衆たちにも、納得している者が見られる。

「では、ヨハンさんの認識では、排気ガスには問題は無いと？」

「少なくとも、現状で問題があると思われる成分は検出されていないね。もちろん、将来的に何らかの問題が見つかる可能性もあるが、それを恐れて鉄道の開通を見送りにすることは馬鹿げている。ノエル君が言ったように、何事にも作用と反作用があるものだ。技術の恩恵だけに与《あずか》ることはできない。不利益を被ることもあるだろう。だからこそ、得た利益を貯蓄し、未来に備えることこそが、唯一の対処法ではないだろうか？」

正論だな。犠牲を恐れて、技術の発展は成しえない。ヨハンの話に頷《うなず》いている聴衆たちは、さっきよりも多く見られた。既に七割近い支持を取り戻した状況だ。

「しかし、被害とは常に不可逆なものでしょう。もし本当に、排気ガスが有害だったらどうします？　排気ガスのせいで子どもを産めなくなった女性たちに、ヨハンさんは同じ言葉を言えますか？」

「ノエル君、それは卑怯《ひきょう》な質問だね。たとえ話をしよう。手術をしなければ助からない病人がいるのに、医者が失敗の責任を恐れて手術しなかったとする。その病人が亡くなった場合、これは誰の責任かな？　医者？　それとも医者に全ての責任を押し付ける社会？答えは後者だ。病人には医者の手術を受ける権利があり、医者もまた保護される権利を持っている。両者の権利の均衡が守られるからこそ、人は救われるんだよ。このたとえ話は、我々が今話している内容にも当てはまらないかい？」

実に巧みな話術だ。つまるところ責任逃れの言葉でしかないのだが、ヨハンの揺るぎない自信と穏やかな声によって、聴衆たちは完全にヨハンへの疑惑を捨てていた。

「なるほど、一理ありますね。ですが、ヨハンさんの考えに賛同しない人もいるんじゃないでしょうか？」

「それは誰のことかな？　想像の人物なら、何とでも言えるからね」

「たとえば、実際に鉄道が敷かれる地域の領主方は、確たる安全性が保障されない限り、鉄道の開通に難色を示されると思います」

「おや、私の話を聞いていなかったのかな？　既に当該地域の領主方とは話が済んでいる状況だ。君の言うような御仁はいらっしゃらないよ」

「果たして、本当にそうでしょうか？　仮に話がまとまっていたとしても、心の中ではどう思っているかわかりませんよ？」

「……わからないな。君はいったい何の話を――」

ヨハンが首を傾《かし》げた瞬間、俺は《思考共有《リンク》》を使った。

『今だ。情報を伝えろ』

『は、はい！』

俺が抱き込んだ記者は二人。さっきとは別の記者が、俺の命令に従ってヨハンに歩み寄る。そして、訝《いぶか》しむヨハンに、はっきりと伝えた。

「アイスフェルト様、たった今、弊社の支部から交信石を通して連絡がありまして……。その、鉄道が通る予定地域の二つで、大規模なデモが起こっている模様です……」

「デモだと!?　いったい、どういうことだ!?」

記者は驚愕《きょうがく》するヨハンに怯《おび》えながら、話を続けた。

「そ、それが、当該地域を治める閣下たちが、鉄道計画に不服を唱えている模様でして……。計画の全容と、その弊害を領民全員に伝えただけでなく、アイスフェルト様たちが鉄道の開通を強行するつもりだと話されたらしいです……。これに激怒した領民たちの一部が、デモ行進をしながら帝都を目指していると報告がありました……」

「馬鹿な!?　ありえない！　本当の話なのか!?」

「ほ、本当です！　嘘なんて吐いていません！」

ヨハンは舌打ちをし、部下であるクランメンバーに鋭い視線を向ける。

「現場の確認を急げ！　事態を把握したらすぐに連絡しろ！」

「わ、わかりました！」

風のような速度で走り去る部下を見送ったヨハンは、俺を振り返った。

「……これは、貴様の仕業なのか？」

その絞り出すような声に、俺は首を傾げた。

「何の話ですか？　皆目見当がつきませんね」

嘘だ。俺がやった。

鉄道開通計画には、各地の領主たちの協力が欠かせない。だが、利益配分で不満を持つ者が現れている状況は、ロキの情報で知っていた。そんな者たちの相手をしていたら、いつまで経《た》っても計画を実行できない。だから、ヨハンが皇室の力を盾に計画を強行するだろうことは大いに予想できた。

当然ながら、領主たちも皇室には逆らえない。だが、自分の権利を蔑《ないがし》ろにされてしまっては、やはり不満を抱くことになる。だからこそ、俺にとっては役に立つ存在だ。

俺は、現・司法卿《きょう》にして大貴族の一人である、レスター・グラハム伯爵との繋《つな》がりを利用し、不満を持つ領主たちと面会した。

そして、領民を扇動するよう唆した。

本来なら、全ての領主は領主としての権利利益を尊重されるべきだ。それが蔑ろにされてしまったのは、ヨハン・アイスフェルトこそが諸悪の根源である。このままでは、奴の好きなように領地を利用されることになるだろう。ならば、デモを起こすことで計画を遅延させ、その収束と引き換えに計画の再考を要求すればいい。皇室も計画を速やかに実行するためには条件を呑むしかないだろう――。

俺の言葉に愚かな領主たちは納得し、今に至る、というわけだ。

成果は十分に得られた。

計画を遅延させ、その責任をヨハンに押し付けることで、事業内での立場を悪くする。そうすれば、ヨハンの影響力は大きく削《そ》がれることになる。この晴れ舞台で一身に称賛を浴びている時だったからこそ、一度問題が起これば、全ての責任はヨハンにあると誰もが考えるようになるからだ。

称賛と責任は二つで一つ。責任を取るべき者が誰かは自明の理である。

果たして、信頼を取り戻したはずの聴衆たちは、ステージ上で狼狽《うろた》えるヨハンに、失望の眼差しを向けることになった。可能なら、人工悪魔《デミ・ビースト》の問題にも言及したいところだったが、あいにく情報が少な過ぎる。無知なまま挑めば、こちらが大火傷《おおやけど》するかもしれない。それに、敵を追い詰め過ぎるのは危険だ。

「貴様ぁぁっ……」

ヨハンの冷静沈着な仮面は完全に剝がれ、剝《む》き出しの殺意が曝《さら》け出されている。いずれ決着をつけるつもりではあるが、まだその時ではない。

どのみち、鉄道計画は今の帝国に必須だ。計画が頓挫することは俺の本意ではない。問題なのは、ヨハンが鉄道計画の功労者として不動の地位を得る事。それを妨害し、なおかつ人魚《ローレライ》の鎮魂歌を打ち倒す準備が整うまでの時間さえ稼げれば良かった。

そして、目的は果たせた。これ以上やり過ぎると、皇室にも目を付けられてしまう。それは好ましくない。何事も引き際が肝心だ。

「横から聞いていただけなので、詳しいことはわかりませんが、やはり問題視する方たちがいらっしゃった模様ですね」

俺は同情する態度で、ヨハンに歩み寄る。

「ですが、先ほども申し上げたように、私は計画そのものには賛成です。帝国には鉄道が必要だ。だから、問題が起こっているようでしたら、私も解決に御助力したい」

「なん、だと？」

「いかがです、ヨハンさん？　若輩の身ではありますが、これでも頼れる伝手《つて》は多いんです。一緒に鉄道計画を成功に導きませんか？」

「ぐっ、うぅぅっ……」

ヨハンは悔し気に奥歯を噛《か》み締める。だが、事態を打破するためには、黒幕である俺の協力が絶対に必要だ。この誘いを断ることはできない。

ヨハンの決意を後押しするために、俺は聴衆たちに向き直った。

「皆様、大きな事業を成し遂げるためには、必ず問題が発生するものです。ヨハン・アイスフェルトは、たしかに詰めが甘かった。ですが、私たちは同時に、彼の偉大さを知っています。彼の力無くして、帝国に繁栄は無いでしょう。だからこそ、私も計画の達成のために尽力したい。皆様、もう一度、私たちを信じてもらえないでしょうか？」

俺が問い掛けると、聴衆たちの中から、拍手が鳴り始める。最初は小さな拍手だったが、やがて全員に伝播《でんぱ》し、割れんばかりの拍手喝采となった。

俺はヨハンを振り返り、笑顔で右手を差し出す。ヨハンは一瞬だけ躊躇《ためら》ったものの、すぐに理性を取り戻し、穏やかな笑みを浮かべて俺の手を握った。俺たちの握手が交わされたことによって、聴衆たちは更に盛り上がる。

奇《く》しくもこの瞬間、俺とヨハンは同じように口を動かした。

即《すなわ》ち、ぶっ潰してやる、と――。

†

ゼロ・リンドレイクは、中央広場から二キロメートル離れた位置にある、高層建造物の屋上に立っていた。着ている外套《がいとう》が激しくはためくほど屋上の風は強いが、ゼロは瞬き一つせず、無表情のまま一点を見つめ続けている。

そして、おもむろに片手を上げると、スキルを発動した。

暗黒スキル《誘死投槍《フェイタル・ストライク》》。黒い魔力が槍《やり》の形となり、ゼロの手の中に現れた。この槍には、対人限定の即死効果が込められている。即死効果は非常に強力で、たとえ格上が相手だとしても、完全に抵抗《レジスト》されることはなく、高い確率で即死させることが可能だ。

【暗黒騎士】は対人特化の戦闘職能《ジョブ》。悪魔《ビースト》相手でも十分に戦えるが、その真価は対人戦闘にこそあった。槍を握るゼロは、投擲《とうてき》の構えに入る。狙いは二キロメートル先、ステージ上に立つノエル・シュトーレンだ。

「やはり、蛇は危険だ……」

ノエルが現れてからの出来事を、ゼロは全て把握している。音声はクランメンバーの交信石を通して耳にしているし、また十キロメートル先をも見通す視力が、ノエルのわずかに見せる不敵な表情、仕草の一つまでをも逃すことなく捉えていた。だからこそ、蛇は生かしておくべきではない、という結論に至ったのだ。

この距離からでも、ゼロの投擲は過つことなくノエルを穿《うが》ち殺すだろう。人魚の鎮魂歌《ローレライ》が暗殺を疑われる危険性はあるが、それを踏まえてもノエルを野放しにしておく方が遥《はる》かに危険だと判断したのである。

「死ね」

ゼロは渾身《こんしん》の力を込めて槍を投げ放とうとした。——だが、すぐに異変を察知し、動きを止める。狙い定めていたノエルが、不意にこちらを見て邪悪な笑みを浮かべたのだ。

「まさか、僕に気が付いているのか？　だけど、どうやって——」

その答えは、ゼロの頭上にあった。一見するとただの小鳥だったが、何故《なぜ》かゼロの頭上を旋回している。明らかに不自然だ。

「なるほど。ヒューゴ・コッペリウスの人形兵か……」

おそらく、狙撃されることを見越して、全ての狙撃ポイントをヒューゴの人形兵に監視させているのだろう。このままノエルを殺そうとすれば、ヒューゴの妨害があることは確実。あの【傀儡師《くぐつし》】と街中で争うことは避けたい。ましてや、大義はあちらにあるのだから、あらゆる面で都合が悪かった。

「仕方ない、か」

ゼロは溜息《ためいき》を吐《つ》き、槍を消す。そして、小鳥の形をした人形兵に向かって中指を立てた。

今日のところは諦めるが、このまま済ませるつもりはない。

「そっちがその気なら、どこまでやれるか試してやるよ」

ゼロは笑って呟《つぶや》く。蛇は間違いなく強敵だ。だが、強敵を前にして燃える者こそ、真の探索者《シーカー》である。

ベリープラネットは完全会員制のバーだ。当然ながら一見《いちげん》の客はお断りで、入会するためには、既存会員三名からの紹介状と高額の会員料が必要となる。確かな地位と金、その両方が無いと入店すらできない場所だ。

また、個室もあるため、あまり客同士が顔を合わせることはない。誰にも邪魔されない静かな時を過ごしたい者だけが、この店に集まっている。

カラン、と手の中のグラスが音を立てた。店に入ってから一時間ほど。俺は五杯目のウイスキーを味わいながら、独りだけの時間を過ごしていた。灰皿の上にある吸いかけの煙草《たばこ》からは、細い糸のような煙が揺らめいている。

人命を軽視する鉄道計画に憤っていたデモ隊たちは、道半ばにして自分たちの街へと帰った。ヨハン自らが彼らの前に立って、鉄道計画の見直しを発表したからだ。

感情に身を任せ暴走していたデモ隊たちも、所詮は非力な烏合《うごう》の衆である。猛者の中の猛者、七星《レガリア》を目の前にして意志を押し通せるわけがない。気圧《けお》されたところをヨハンの巧みな話術に言いくるめられ、大人しく解散するしかなかったのだ。

その裏で、俺はデモ隊を煽《あお》った領主たちに連絡を取り、ヨハンが計画を見直すことを発表したと伝えた。そして、以降は余計なことをせず、利益配分の交渉に努めるよう指示すると、領主たちはすんなり承諾した。

奴《やつ》らにしても、鉄道計画自体を白紙に戻すことは本意ではない。満足のいく利益さえ得られるのなら、これ以上危険な駆け引きをする必要も無いのだ。

事態は完全に収束した。だが、鉄道計画の遅延は必至。工事に着手できるまで、最低でも一ヶ月は要するだろう。この不始末に対して、ヨハンがどのように責任を取ろうとも、当該事業内の立ち位置はかなり悪くなったはずだ。

一方、俺は全財産を担保にし、鉄道計画の中核を担う、ヴォルカン重工業と関連企業の株を事前に〝空売り〟していたので、莫大な利益を得ることができた。

ヴォルカン重工業と関連企業の直近の株価は、鉄道計画を発表前から知っていた一部の有力諸侯と大富豪たちが株を買い占めたことによって、著しく暴騰していた。だが、計画が発表と同時に遅延するとわかるや否や大暴落し、連日ストップ安の状況にある。

株の空売りとは、信用取引によって得た株を売却すること。信用取引であるため、株を得る際に掛かった費用は後日に支払う必要があるが、空売りした株の価格が期日までに安くなっていた場合、差額で儲《もう》けることができる。

俺が空売りを利用して得た利益は、総額三千五百億フィル。飛空艇を四機建造できるほど莫大《ばくだい》な利益だ。だが、俺は全てを懐に入れることはせず、利益の九割をヴォルカン重工業の鉄道計画部門に事業支援金として投資した。見返りとして得たのは、年間一パーセント——想定額にして約五百億フィルの利益配分だ。

また、功労者として事業者名簿に名前を連ねることにもなった。鉄道が開通する際には、各駅の功労碑に俺の名前が刻まれることだろう。

俺が僅か数日で得た富と名誉は、ヨハンが数年がかりで得ようと目論《もくろ》んできたものだ。

輿馬を仮る者は足を労せずして千里を致す、と古い東洋の諺《ことわざ》にもあるように、俺はヨハンという名馬を乗りこなすことで、全てを手中に収めつつある。勝利は目前。七星《レガリア》という最高の名誉も、直に俺のものとなる運命だ。

だが、労せず得た勝利では、酒の肴《さかな》にすらならないのも事実だった。

「……ヨハン・アイスフェルト、おまえはこれで終わりなのか？」

簡単に手に入る勝利になど興味は無い。おまえも七星《レガリア》だというのなら、もっと俺を楽しませてみろ。そう、願わずにはいられなかった。

酒を飲んでいると、テーブルの上に赤い雫《しずく》が散った。

「糞《くそ》っ……」

雫の正体は、俺の鼻血だ。魔王《ロード》戦の後遺症が未《いま》だに癒えずにいる。医者に再検査をしてもらったところ、本来ならとっくに完治しているはずだが、恒常的に脳を酷使することが習慣となっているため、癒えるどころか酷《ひど》くなりつつあるようだ。

俺はハンカチで鼻血を拭い、煙草を咥《くわ》える。煙草の血管収縮効果のおかげで、鼻血はすぐに止まった。このバーで一人酒を嗜《たしな》むようになったのは、弱っている姿を誰にも見られたくないからだ。特に、仲間たちには――。

たまに、こうまでして全てを捧《ささ》げる必要があるのか、と考えることもある。祖父との約束を守るために最強を目指してはいるが、そのせいで俺が再起不能になるようでは、祖父も浮かばれないだろう。

ならば、俺は何のために全てを投げ打ってまで最強を目指すのか？

答えは明確だ。俺の胸の内で燃え盛る炎は、どんな時であっても、少しも消える気配を見せていない。今日も、明日も、たとえ死ぬその瞬間であっても——。

「シュトーレン様」

酒を飲んでいると、ドアの向こうからホールスタッフが俺を呼んだ。

「なんだ？」

「おくつろぎのところ申し訳ございません。シュトーレン様に御目通《おめどお》り願いたいとおっしゃっている会員様がいらっしゃいます。いかが致しましょう？」

「俺に会いたいだって？　誰だ？」

「黒山羊《ゴートディナー》の晩餐会のクランマスター、ドリー・ガードナー様です」

「なんだと？……本物なのか？」

「はい、ガードナー様も当店の会員ですので、間違いございません。御付《おつ》きの方はおらず、一人でお会いしたいそうです」

へえ、と俺は呟き、笑みを浮かべた。黒山羊《ゴートディナー》の晩餐会は七星《レガリア》の三等星だ。そのクランマスターであるドリー・ガードナーのことはよく知っている。面識はないが、噂《うわさ》によると、とんでもない女狐《めぎつね》だとか。

そもそも、探索者《シーカー》に女は少ない。能力不足というよりも、適性面で男の方が上だからだ。男にも負けない激しい闘争心と、死をも恐れない強靱《きょうじん》な精神力、この二つを併せ持つ女は極めて稀《まれ》である。にも拘《かかわ》らず、ドリーはクランを率いるどころか、若くして七星《レガリア》の称号まで得た。よからぬ噂が立つのも当然だろう。

実際、こうやって俺に接触を試みてくるあたり、食えない女なのは間違いなさそうだ。

さて、どうするか？　俺は少し考えてから答えた。

「わかった。通してくれ」

「かしこまりました」

やがて扉が開き、一人の若い女が現れる。外見の年齢は俺と同じぐらい。ぞっとするほど美しい顔立ちをしていて、その髪は血のように赤い。フード付きの黒いレザードレスは肩回りが露出しており、青白い肌を露《あら》わにしていた。

「お会いできて光栄だわ、嵐翼の蛇《ワイルドテンペスト》さん」

ドリーは赤い唇を薄く歪《ゆが》め、耳朶《じだ》を撫《な》でるような声で言った。

「こちらこそ、お会いできて光栄ですよ、黒山羊の晩餐会《ゴートディナー》。どうぞ、お座りください」

俺が促すと、ドリーは隣に座った。甘い香りが俺の鼻をくすぐる。

「この店の会員になって久しいけど、最年少会員はあなたでしょうね。まだ若いのに、大したものだわ」

「見栄《みえ》を張るのが好きなんですよ。成金なもので」

「ふふふ、成金、ね」

ドリーは唇に指を当てて笑う。

「たった数日で三千五百億フィルも稼いだ殿方にしては、随分と謙虚な言い回し。私、あなたはもっと傲慢な人だと思っていたわ」

自然と目が細くなる。俺が株の空売りで莫大な利益を得たことは、まともな情報網を持つ者なら誰もが知っていることだ。だが、具体的な額まで言い当てられると、危険視せざるを得ない。

「わあ、怖い顔。やっぱり、蛇さんはそちらが本性みたい」

「情報網の優秀さを自慢しに来ただけだとしたら興醒《きようざ》めだな。あんた、もっと焦った方がいいんじゃないか？　俺の牙は、ヨハンだけじゃなく、あんたの喉元にも届いていることを忘れない方がいい」

「強気ね。でも、その方が話を進めやすい」

ドリーは腰を浮かせ、俺との距離を詰めた。互いに吐息が掛かる距離で、ドリーの冷たい手が俺の右手を撫でる。

「蛇さん、私と手を組まない？」

「なんだと？」

「人魚の鎮魂歌《ローレライ》――ヨハン・アイスフェルトが目障りなのは私も同じ。私とあなたが手を組めば、確実にヨハンを葬れるわ」

「おいおい、現状を理解しているのか？」

ドリーの話を聞いた俺は、失笑するしかなかった。

「ヨハンを葬るのは、既に俺の力だけで事足りる状況だ。今更あんたと手を組んだところで、俺に何の旨味《うまみ》がある？」

「正論ね。でも、私の話を聞けば、あなたも気が変わると思う」

ドリーは姿勢を正し、その青い瞳で俺を見据えた。

「ヨハンはロダニア共和国の人間よ」

「ロダニアの？……スパイってことか？」

「ううん、違うわ。スパイだったら話は早かったんだけど……」

持って回った言い方に、俺は首を傾《かし》げる。

「スパイじゃないなら、一体何なんだ？」

「……銀雪花盗賊団《ディープスノウ》って知っている？」

「たしか、十数年前までロダニアを騒がせていた盗賊団だな……」

凄《すさ》まじく腕の立つ猛者たちが集まった盗賊団で、討伐されるまでにいくつもの街を焼き払ったと聞いている。数千を超える軍が包囲しても、誰一人討ち取ることができず、それどころか返り討ちに遭うほど強かったらしい。

最終的に、帝国の七星《レガリア》に相当するクラン全てが同盟を組み、総力戦を仕掛けた結果、ようやく壊滅できたと聞いている。

あまりに荒唐無稽な話であるため、帝国にはロダニアを馬鹿にする笑い話として伝わっていた。たかが盗賊団風情に国家総力戦で挑むのだから、きっと隣国は平和で素晴らしい国なのだろう、と笑うのだ。

「まさか、ヨハンが銀雪花盗賊団《ディープスノウ》のメンバーだったと？」

「メンバーどころか、ヨハンこそが首領だったの」

神妙な顔をして頷《うなず》くドリーを見た俺は、声を上げて笑った。

「アハハハハハ、マジかよ！」

「信じられないのはわかるわ。でも――」

反論しようとするドリーを、俺は手で制する。

「いいや、信じているさ。たしかに、銀雪花盗賊団《ディープスノウ》の首領が相手なら、あんたがビビるのも当然だ」

「嫌な言い方。強大な敵を相手にするなら、慎重を期すべきじゃない？」

「はっ、物は言いようだな」

俺が肩を竦《すく》めると、ドリーはむっとした顔になる。それを笑いつつ、煙草を咥えた。吐き出された紫煙《うそ》が室内を僅かに白くする。

「あんたが嘘《うそ》を言っていないのは最初からわかっていた。俺は微表情が読めるんでね。嘘を吐《つ》かれても一瞬で看破できる。だが、それにしてもわからないな。今の話だけを聞くと、あんたは過去の情報を鵜呑《うの》みにして、ヨハンの強さを絶対視しているようにも思える。俺の見たところ、ヨハンとあんたでは、あんたの方が強いにも拘らずだ。――教えろよ、ヨハンには他にも秘密があるんだろ？」

俺が尋ねると、ドリーは薄く笑った。

「あなたが私と手を組んでくれるなら、全ての情報を共有するつもりよ」

「だろうね。聞いてみただけさ」

俺は立ち上がり、ドリーに背を向ける。

「せっかくの申し出だが、あんたと手を組むつもりはない」

「理解できないわね。ヨハンの真実を知りたくないの？　あなた一人で挑んでも、彼には絶対に勝てないわよ」

「いいや、勝つさ。相手が誰であっても」

だから、と俺は背中越しに続ける。

「あんたは黙って見てろ。ヨハン・アイスフェルトは俺の獲物だ」

ドリーは何も言わず、ただ驚いている気配だけが伝わってくる。俺はドアを開け、個室の外へと出た。

効率だけを求めるのなら、ドリーと組むのが正解だ。だが、それで何が得られる？　何が証明できる？

俺は勝つことが好きだ。策謀を巡らし、人を騙《だま》し、罠《わな》に掛けることもする。勝利のためなら、何だってする。だが、俺は勝つためだけに戦っているんじゃない。俺は俺の強さを証明するために戦っている。ヨハン・アイスフェルト、おまえが何者であったとしても、俺が求める真実はたった一つだ。

「もっと俺を楽しませてみろ」

小さく呟《つぶや》いた言葉は、胸の内で燃え盛る炎の勢いを更に強めた。

†

ノエルが去った後も、ドリーは個室に残った。

ホールスタッフの話によると、今晩の代金は全て、ノエルが代わりに払ってくれるらしい。実に生意気なガキだ。だが、その好戦的な性格は嫌いじゃなかった。昔の自分を見ているようで微笑《ほほえ》ましい。

ドリーが独りで甘いカクテルを飲んでいると、頭の中で声がした。

『振られちゃいましたね』

そのからかうような声に、ドリーは溜息《ためいき》を吐く。ノエルが気付いていたか定かではないが、この個室での会話は、ずっと声の主に盗聴されていた。

『やっぱり、ガキは嫌い』

『でも、楽しそうでしたよ？』

『あなた、心のお医者さんに診てもらった方がいいわ』

ドリーが辛辣に返すと、交信相手は可笑《おか》しそうに笑った。

『笑っていられる立場？』

『すいません。蛇の協力を得られなかったのは、私も残念に思っています。ですが、あなたには引き続き、ヨハンの抹殺を手伝ってもらいたい。報酬は弾みますよ。あなたが望むのなら、私の国——ロダニアで重要なポストに就くこともできる』

『冗談。民主主義なんて馬鹿げた政治体制の国に興味は無いわ。愚かな大衆に選挙で選ばれた口だけの政治家が、偉そうにふんぞり返って私腹を肥やすような社会、とてもじゃないけど許容できない。愚かなりに可愛《かわい》げのある王侯貴族共の方がずっとマシよ』

ドリーは吐き捨てるように言った。

民主主義の可能性自体は評価している。増加する人口、発達する文化と文明、多様化していく価値観、それらを支えられるのは民主主義だけだからだ。

だが、民主主義とは、まず国家の主体である国民に、良識ある見識と分別が備わっている必要がある。愚かなままの大衆がもたらすのは、衆愚政治でしかない。

また、政治家にとっては国民が愚かである方が都合が良いため、必然的に優秀な人材が誕生しづらい環境にもなっていく。もっと未来——人が社会を構成する一員としての役割を果たしつつも、個としての自我を見失わずに済む時代が訪れた時ならば、ドリーは喜んで民主主義を受け入れることだろう。

だが、今はその時ではない。そして、自分が生きている時代では、どこまでいっても衆愚政治にしかならないことを理解していた。

『約束通り、蛇との協力が得られなかった以上、あなたとの関係はここまでよ。ごめんね、ロダニアの諜報員《ちょうほういん》さん』

ドリーの言葉に、交信相手は沈黙する。

交信相手の正体は、ロダニアが派遣した諜報員だ。その暗殺対象は、ヨハン・アイスフェルトである。諜報員がヨハン抹殺のために力を借りたいと接触を試みてきた時、ドリーは一つの条件を出した。それが、蛇――ノエルの協力だ。

ヨハンの真実を知り、その脅威を理解してなお、全力で戦えば負ける気はしない。だが、ドリーが勝ったとしても、多くの物を失うことになるだろう。それでは完全な勝利とは言えない。

だからこそ、他に協力者が必要だった。戦闘に長《た》けていることはもちろん、頭が切れ、なおかつヨハンを葬ることに意欲的な存在。ドリーが知る限り、それはノエルだけだった。ノエルがドリーの誘いを断ったのは予想外だったが、こうなってしまった以上、もはやヨハンに関わるべきではない。

『けれども、あなたからの情報はとても助かったわ。……だからと言って、ヨハンの抹殺には協力できないけど、あなたが帝都にいる限り、身元の保証人になってあげる。そうすれば、あなたも動きやすいでしょう？』

『感謝します』

交信相手はごねることなく、短い謝辞で応えた。

『ちなみに、このまま静観して、蛇に任せるわけにはいかないの？　蛇がヨハンに勝てる可能性はほとんど無いけど、もしかしたら奇跡が起こるかもしれない』

『奇跡を信じたいのは山々ですが、組織が許してくれるとは思えません。あなたの協力を得られなかった場合、別の手段で任務を遂行するよう命じられています』

『別の手段って？』

ドリーは尋ねたが、返答は無かった。念話の繋《つな》がりも一方的に切られる。さっきまで感じていた気配も無い。どうやら既に店を出たようだ。

「せっかちな人。……嫌ね、他人に縛られる生き方って」

誰にも束縛されず、己の自由に生きるのがドリーの信条だ。探索者《シーカー》として得た力と名声も、そのための手段でしかない。理由さえあれば誰とでも協力するし、誰とでも戦う覚悟がある。ロダニアの諜報員と接点を持ったのも、利用できるかもしれないと考えたからだ。結果的には手を引くことになったが、損をしたわけではない。今後も利益になると判断すれば、どんな相手とでも手を組むつもりでいる。

「だけど、あれだけは駄目ね……」

ドリーが思い浮かべていたのは、蛇でも、ロダニアの諜報員のことでもない。ドリーにロダニアの諜報員を紹介した仲介屋だった。

†

「初めまして、ミス・ガードナー。私はレイセンと申します」

レイセンと名乗ったのは獣人の女だ。その頭頂部には黒髪に交じって狐《きつね》の耳が生えていた。東洋の出身らしく、東洋風のワンピースドレスを着ている。胸元や足が露出した蠱惑《こわく》的《てき》な出《い》で立《た》ちで、男を誑《たぶら》かすのが得意そうだった。

実際、レイセンに会ってほしいと頼んできたのは、女好きの資産家だった。どうやらレイセンの色香に籠絡されたらしい。スポンサーであるため断ることもできず、仕方なくクランハウスの応接間に招き、ドリー自ら応対することになった。

「それで、あなたの望みは何？」

ドリーが話を促すと、レイセンは簡潔に用件を話した。ロダニアの諜報員と協力して、人魚《ロ　ー》の鎮魂歌《レ　ラ　イ》のマスターであるヨハンを殺してほしい、それがレイセンの望みだった。話の中には、ヨハンの企《たくら》みと、その正体についても含まれていた。

「アハハハ、まさか私に暗殺を頼むなんてね。あなた、正気？」

「もちろんです。この仕事、あなたこそが適任だと私は考えています」

「へえ。過分な御評価、痛み入るわね。……あなた、死にたいの？」

皇帝から七星《レガリア》の称号を得たクランマスターである自分が、他国の諜報員に協力しろ、と言われたのだ。これほどの侮辱は無い。ドリーは本気でレイセンを殺すつもりだった。だが、レイセンはドリーの殺意を受けても物怖《ものお》じ一つ見せず、薄い笑みを浮かべた。

「侮辱、と受け取りましたか？　だったら申し訳ありません。ですが、あなただって理解しているはずです。このままヨハンの好きにさせれば、必ずあなたの不利益となる。先日の討論会《シンポジウム》、ヨハンは自らの野心を隠そうともせず、全てのクランを手中に収める意思を見せました。それはあなたも望まない結末なのでは？」

「否定はしないわ。だけど、だからってロダニアの諜報員と協力するほど愚かじゃない。いくらヨハンを排除するためとはいえ、リスクが大き過ぎる」

「ならば、このまま放置しても構わないと？」

レイセンに問われたドリーは首を振る。

「そうは言ってないわ」

情報が全て正しいと仮定した場合、確かにヨハンは脅威だ。一刻も早く葬るべきである。ロダニアの諜報員と協力した方が得なのもわかっている。だが、それを踏まえても、やはりリスクの方が大きい。もっと上手《うま》い立ち回り方があるはずだ。

ドリーはソファから立ち上がり、花瓶に挿さっている花を撫《な》でた。

「……その件、私の裁量に任せてもらえるなら、諜報員の活動支援だけは確約してあげてもいいわ」

「つまり、条件さえ揃《そろ》えば、あなた自ら動いてくれると？」

「条件さえ、揃えばね……」

「わかりました。先方には、そう伝えさせて頂きます」

「ところで――」

ドリーは花瓶から花を抜き、レイセンを真《ま》っ直《す》ぐ見返した。

「あなたは美しさを保つ一番の秘訣《ひけつ》を知っているかしら？」

「さて？　美容にはあまり興味がありませんので」

「私も興味は無いわ。でも、自分が劣化するのは嫌い。人が美しさを保つ一番の秘訣は、ストレスを溜めないことよ。だから私は、気に入らない相手はすぐに殺すことにしているの。だって、嫌いな人が私の知らないところで楽しくしているのを想像したら、とっても腹が立つでしょ？」

ドリーの持っていた花が、一瞬にして干からびた。

「私の職能《ジョブ》は【治療師《ヒーラー》】。命を司《つかさど》るスキルを行使できるわ。与えることも、奪うことも思いのまま。Aランクである【大天使《アークエンジェル》】になってからは、魔王《ロード》の命にも影響を及ぼすことができるようになった。なのに――」

ドリーは自然と口元を歪《ゆが》めていた。その笑みは、獣が牙を剝《む》くのに似ていた。

「あなたは生きている。それは何故《なぜ》？」

ドリーの無音無動作で発動したスキルを受けても、レイセンには何の変化も現れない。抵抗《レジスト》されているのは明白だった。Aランクであるドリーのスキルを完璧に抵抗《レジスト》することは、たとえ魔王《ロード》であっても――EXランクであっても難しい。

だとしたら、目の前にいる女はいったい何者なのか？

「怖い人だ。私はこれで退散させて頂きます」

レイセンはドリーの質問には答えず、ソファから立ち上がった。そして、髑髏《どくろ》を模した口面《マスク》を顔に付ける。

「趣味の悪い口面《マスク》」

「好きなんですよ、人がね」

それでは、とレイセンは笑って退室した。

†

白い月が皓々《こうこう》と輝く夜の森――。

「あの忌々しい蛇めッ!!」

ヨハンは傍《そば》に立つ大木を殴って叫んだ。帝都から遠く離れた遠征先。ヨハンたち人魚の鎮魂歌《ローレライ》は、新たに現界した悪魔《ビースト》を討伐するために、この森を訪れていた。

討伐対象は、深度十二の悪魔《ビースト》、有角の狩猟王《ケルヌンノス》。魔王《ロード》に分類される大物だが、戦いはヨハンたちの圧勝に終わった。

ただでさえ強力なメンバーが揃っているのに、今の人魚の鎮魂歌《ローレライ》には人工悪魔《デミ・ビースト》の力がある。いかに討伐対象が魔王《ロード》であろうと、勝利を収めることは容易だった。

だが、魔王《ロード》の討伐に成功した後だというのに、ヨハンの機嫌はどこまでも悪い。ヨハンに殴られた木は根元から圧《へ》し折れ、地響きを伴いながら倒れた。

「よくも、この私の顔に泥を塗りやがってッ!!」

糞《くそ》ったれ、とヨハンは地団太を踏みながら毒づく。まるで子どもの癇癪《かんしゃく》だ。理性ある大人の姿とは程遠い。

もっとも、と傍に控えるゼロは内心で苦笑する。実際にその通りなのだから、感情を抑えられないのも当然だ。銀雪花盗賊団の一員だった当時も、彼はずっとこんな調子だった。

「まったく、こんなところまで再現しなくてもいいのに……」

ゼロが独りごちると、ヨハンが振り返った。

「……何か言ったか?」

「いいえ、何も」

血走った眼《め》に見据えられたゼロは、軽く微笑《ほほえ》んで首を振った。他のクランメンバーたちは、人魚の鎮魂歌《ローレライ》が所有している飛空艇の周囲で野営を行っている。部下たちの前で醜態を晒《さら》さないことだけが救いだ。

とはいえ、癇癪を起こす度にこうやって付き添うのは、流石《さすが》に面倒だ。夜泣きをあやす母親じゃないんだぞ、とゼロは呆《あき》れていた。

そんな思いが表情に出ていたのか、ヨハンの顔が更に険しくなる。

「あまり調子に乗るなよ? おまえが私を見くびっていることは知っている。だが、おまえがいくらあいつに信頼されているからといって、所詮は〝出来損ない〟に過ぎない。身の程を弁《わきま》えろ、ゼロ」

「肝に銘じておきます」

　ゼロが恭しく礼をすると、ヨハンは舌打ちを鳴らした。

「蛇を始末する算段はどうなっているんだ？　奴《やつ》は私たちを蹴落とすつもりだ。このまま手をこまねいているようでは、全てが奴の思い通りになるぞ」

「対策は進めております。ですが、蛇は我々の予想を遥《はる》かに超えて危険な存在。無闇に手を出せば、文字通り藪《やぶ》をつついて蛇を出すことになります」

　蛇――ノエルは鉄道計画を妨害し、その責任を人魚の鎮魂歌《ローレライ》に押し付けたどころか、株の空売りで莫大《ばくだい》な利益を得ていた。しかも得た利益の大半を、ヴォルカン重工業に投資したため、今では鉄道計画の功労者扱いだ。

　対して、ノエルに利用された人魚の鎮魂歌《ローレライ》は、他の事業関係者たちから厳しい責任追及を受け、事業内での立場を悪くしている。

　この状況を打開するためには、更に身銭を切って、事業内の発言力を高める必要があった。だが、クランの財力を削ると、ノエルに付け込まれるきっかけになりかねない。金は力だ。力を失ってしまっては、捕食者に食われるだけである。

「確実に蛇を仕留めるためにも、今は外堀を埋めていくべき段階かと」

「何を悠長なことを言っているんだ！　こちらが警戒して、身動きできなくなることこそが、奴の狙いだろう！　戦力では明らかに私たちの方が上だ！　だが、そんなことは奴も知っている！　それでも私たちを狙ってきたのは、時間が経《た》てば戦力でも上回れる手段を持っているからだ！　外堀を埋める段階だと？　それこそ奴の思う壺《つぼ》だぞ！」

ヨハンの叱責に、ゼロは返す言葉を持たなかった。たしかに、その通りだ。時間が経てば経つほど、ノエルにとって有利になることは容易に想像できた。最善策は、すぐにでも圧倒的な武力差で打ち負かすことだ。

だが、ノエルはヴォルカン重工業に多額の投資を行ったことで、鉄道計画の功労者という盤石な地位を得ている。この状況でノエルを排除しようとすれば、奴は政治的手段で人魚の鎮魂歌《ローレライ》を潰すことを選ぶだろう。その選択を取らないのなら、武力でも人魚の鎮魂歌《ローレライ》を圧倒することで、自らの絶対的な力を誇示するためだと予想できる。

全てを俯瞰《ふかん》して見た時、どう足掻《あが》いても人魚の鎮魂歌《ローレライ》が痛手を負うことは確実だ。ならば、こちらも相応の覚悟を決めるしかないだろう。

「わかりました。帝都に帰還次第、早急に手を打ちます」

ゼロの言葉にヨハンが頷《うなず》いた時だった――。

その場に強烈な違和感を抱いた二人は、咄嗟《とっさ》の判断で大きく飛び退《すさ》る。

だが、ゼロもヨハンも、敵に先手を取られたことを理解していた。二人の背中が、不可視の壁――結界に阻まれる。

結界は強固だ。簡単には壊せそうにない。この場に閉じ込められたことを悟った瞬間、まずゼロが臨戦状態となり、スキルを発動した。

「《死の大鎌《デスサイズ》》ッ！」

暗黒スキル《死の大鎌《デスサイズ》》。膨大な魔力によって形成された大鎌は、敵を空間ごと断ち切ることができる。このスキルの前には、いかなる防御も無意味。まさしく、絶対死の一閃《いっせん》だ。スキルの発動によって、ゼロの右手に膨大な魔力が集中する。だが、魔力は大鎌を形成することはなく、あろうことか暴発し、ゼロの右手を吹き飛ばした。

「ぐぅぅっ!?」

苦痛に呻《うめ》いたゼロは、血が溢《あふ》れ出す手首を押さえながら膝を突く。その姿を目の当たりにしたヨハンは、目を見開き驚愕《きょうがく》した。

「この結界内では、魔力が暴走するのか!?」

通常、スキルの発動には魔力を必要とする。魔力消費無しにスキルを発動できる職能《ジョブ》もあるが、ゼロもヨハンも魔力消費型だ。魔力が暴走し自らを傷つけるならば、全てのスキルは封じられたも同じだった。

「御名答。【断罪者《パニッシャー》】である私のスキル、《不義法廷《トリックルーム》》の中では、私が許可した者以外、何人たりともスキルを発動することはできません」

小馬鹿にするような拍手と共に現れたのは、背の高い白髪の女だ。艶《なま》めかしいボディラインを露《あら》わにする、タイトなレザースーツを着ている。氷のように冷たい美貌には、薄い笑みが浮かべられていた。言葉から僅かに感じるロダニア訛《なま》りは、女がロダニアの出身者である証拠だ。

「なるほど。貴様はロダニアの刺客か」

「それも御名答。私の名前はロザリー。その御命《おいのち》、頂戴仕《つかまつ》ります」

「未《いま》だに私を狙うなんて、よほどロダニアは暇なようだな」

「ヨハン・アイスフェルト、あなたは危険です。国のため、あなたを生かしておくわけにはいかない」

「国のため？　殺し屋風情が大義を語るなんて、片腹痛いな」

ヨハンが挑発すると、ロザリーは眉をひそめた。

「議論する気はありません。あなたにはここで死んでもらう」

ロザリーは傲岸に宣言し、指を鳴らす。その音に応じて、漆黒のローブを纏《まと》った何者かが新たに現れた。男か女かもわからない。その顔は不自然なほど暗いフードの陰に隠れており、無貌の様相を呈している。

不気味な怪人を見たヨハンは、思い当たる存在があった。

「その風体、噂《うわさ》で聞いている。貴様、〝蠅《はえ》の王〟だな？」

ヨハンの問いに、怪人は大袈裟《おおげさ》な身振りでお辞儀をする。

「お初に御目《おめ》に掛かります。お察しの通り、私は蠅の王。人魚の鎮魂歌《ワーレライ》のマスター、ヨハン・アイスフェルト様。あなたの首を頂くために参上しました」

蠅の王。金さえ払えばどんな依頼も引き受ける屍肉喰らい《スカベンジャー》だ。

「屍肉喰らい《スカベンジャー》にまで頼るなんて、ロダニアは相変わらずだな。あんな国のために命を懸けて、報われるとでも思っているのか？」

ヨハンが嘲笑交じりに尋ねると、ロザリーは静かに首を振った。

「言ったはずですよ。議論をするつもりはない、と。――やれ」

命令に応じて、地中から無数の巨大な蟲《むし》が現れた。成人男性並みの大きさから、その三倍近くに達する大きさのものまでいる。形状は百足《むかで》や蟷螂《かまきり》に、蜘蛛《くも》や蠍《さそり》。鋭い牙と爪、または鎌を備えている。

ロザリーは自分が【断罪者《パニッシャー》】だと言った。【斥候《スカウト》】系Aランクの【断罪者《パニッシャー》】は、直接的な戦闘能力こそ他の前衛に劣るが、対人に特化した様々な特殊能力を持っている。

発言内容が正しいと判断した場合、蟲を操っているのは蝿の王だ。【断罪者《パニッシャー》】に足りない攻撃力を、蝿の王が補う作戦なのだろう。

ヨハンたちを閉じ込めている結界は固いだけでなく広い。声の反響でおよその広さを計測したところ、約五百メートル四方といったところだ。また、声が反響しているということは、外に音が漏れないということ。つまり、他のクランメンバーたちが異変に気が付く可能性は低い。

冷静に状況を分析したヨハンは、腰のベルトに差していた短剣に手を掛けた。この短剣には、手に持つと柄が伸びて槍《やり》に変形するギミックがある。

ヨハンの職能《ジョブ》は、【槍兵《そうへい》】系Aランクの【魔天槍《ルーンランサー》】。スキルを封じられていても、筋力と敏捷《びんしょう》の補正値は高い。まずは蟲を蹴散らし、結界を張っているロザリーを殺す。そう考えた瞬間――不意に足場が崩れた。

「なにっ!?」

「ヨハンッ!!」

砂状化した地面に呑《の》み込まれる寸前、ゼロがヨハンを突き飛ばした。その身体《からだ》が、一瞬にして真っ二つになる。

ゼロの血と腸を撒《ま》き散らしたのは、地面から飛び出した巨大な蟻地獄《ありじごく》の顎だ。砂に沈んでいくゼロの身体を、ヨハンはただ見つめることしかできない。

「終わりですよ、何もかも。あなたの野望も、憎しみも、伝説も――」

ロザリーは憐《あわ》れみを感じさせる声で言った。

「…………くくく」

だからこそ、ヨハンは笑うしかなかった。

「クハハハハハハハハッ!!」

腹をゆすって哄笑《こうしょう》し続け、肩で息をしながらロザリーを見据える。

「私が終わりだと？　貴様は何も知らないんだな」

「あなたの力は知っています。ですが、今のあなたは弱っている。そうでなければ、とっくに〝本当の力〟を使っていたはずだ」

「なんだ、やっぱり何も知らないじゃないか」

ヨハンは邪悪な笑みを浮かべる。ロザリーが眉をひそめた瞬間、地面が大きく揺れた。

まるで、地の底で何かが蠢動《しゅんどう》しているかのような揺れだ。

「これは、いったい!?」

ロザリーは驚き狼狽《うろた》える。

「ほら、〝怪物〟がやってくるぞ」

からかうようなヨハンの声。それが真実だとわかったのは、ほぼ同時に地面から巨大な黒く節くれ立った腕が現れたからだ。鋭い爪を持つ腕は、ゼロを真っ二つにした蟻地獄を握り締めている。蟻地獄は逃げようともがくが、容易《たやす》く握り潰された。

蟻地獄の体液が雨のように降り注ぐ中、地面から黒い腕の本体がゆっくりと姿を現す。その姿は紛れもなく――〝龍〟だった。

「GUOOOOOOOOOOOOO!!」

翼をはためかせ、月に吠《ほ》える、黒く禍々《まがまが》しい龍。その剛腕が、一瞬にして蟲たちを木っ端微塵《こ　ぱみじん》に粉砕した。

「あ、ありえない……」

信じ難い光景を目の当たりにしたロザリーは、ただただ呆然《ぼうぜん》と立ち尽くす。龍とは本来、神話上の獣であり、転じて似た姿を持つ高位悪魔《ビースト》の名である。悪魔《ビースト》である以上、深淵《アビス》でもない場所に現れることはできない。

だが、目の前の黒龍は、たしかに存在している。その正体が何であるか――また誰であるかを、ロザリーはようやく理解した。

「ゼロ・リンドレイク……あなたは、絶滅種の龍人なの？」

ロザリーの問いに、黒龍は――ゼロは、その口角を笑みに見える形に歪《ゆが》めた。

「龍人、かつて龍種の悪魔《ビースト》と交わることで生まれた、忌むべき種族。人の身でありながら、彼らは龍に変じる力を持っていた。だが、それも遥か昔、神話の時代だ。ここにいるゼロは、紛《まが》い物《もの》でしかない。その意味、ロダニアの諜報員《ちようほういん》なら知っているだろ?」

「非正規復元体《ゼロナンバーズ》……」

喋《しやべ》れないゼロに代わって、ヨハンが質問に答える。

ロザリーは嫌悪に顔を歪め、慄《おのの》くように呟《つぶや》いた。

「どうします?」

蝿の王がロザリーの横で首を傾《かし》げる。

「いくらスキルを封じたからといって、龍人と【魔天槍《ルーンランサー》】相手では、私たちも分が悪い。このままでは、退却するしかなさそうですね」

「退却……だと?」

それができるなら苦労はしない。勝って生きるか、負けて死ぬか、残された道は二つに一つだけだ。だが、勝って生きるにしても、未来が無いことは確実。勝つために〝奥の手〟を使うのならば、国のために全てを捧《ささ》げる覚悟が必要だった。

ロザリーが決断を迷った時、流れる雲が月光を遮る。急に暗くなった世界で、ヨハンの口元に小さな火が灯《とも》った。

「ロダニアの人、君は二つ誤っている。まず一つ――」

その抑揚の無い声を聞いた瞬間、ロザリーの背筋が凍った。

——違う。

ヨハンの声だが、さっきまでと声音が違う。神経質でプライドが高そうだった口調が消え、代わりに無機質で底知れない何かを感じた。

まるで、中身が入れ替わったかのように、気配が完全に異なる。

雲が流れ、再び月光が世界を照らした。ヨハンは煙草《たばこ》を咥《くわ》えていた。穏やかな微笑を湛《たた》え、紫煙を揺らめかせながら、言葉を続ける。

「私は本当の力を使えないんじゃない。使おうとしなかっただけさ」

「蠅の王ッ!!」

「そして、もう一つ——」

「今すぐに、あれを使えッ!!」

ロザリーは必死に叫んだ。もう迷っている時間は無い。

「ご命令のままに」

蠅の王が笑いを含みながら応じるや否や、ロザリーの身体から無数の触手が飛び出す。

触手はロザリーの両手足に密集し、剝《む》き出しの筋肉のような形となった。

「ぐっ、うぅおぉおっ………おおおおッ!!」

異形と化したロザリーの口から、獣のような唸《うな》り声《ごえ》と、白い吐息が漏れる。白目は黒く染まり、瞳は赤く輝いていた。

組織は、ヨハンを確実に抹殺するために、蝿の王の力を借りるよう命じた。蝿の王の力とは、戦力だけでなく、触手による強化施術も含んでいる。

ロザリーに拒否権は無かった。組織の――国の狗《いぬ》として生きる以上、命令は絶対だ。背くことなどできない。

たとえ、〝異形〟に身を堕《お》とすことになったとしても……。

「ヨッハンンンンンンッ!!」

辛うじて残る理性で、ロザリーはヨハンに突進を仕掛ける。触手によって強化された脚は、音速の何倍もの速度で移動することを可能にした。ロザリーはヨハンに接触する刹那、右腕を鋭い剣状に変形させる。これでヨハンの心臓を貫けば、確実に殺せるだろう。混濁が始まる曖昧な意識の中、ロザリーはたしかに勝利を確信した。だが――

「止まれ」

ヨハンのたった一言で、ロザリーの身体は動きを止めた。

「な、なん……で?」

驚愕《きょうがく》するロザリーに、ヨハンは自ら歩み寄る。

「君は、結界内にいる限りスキルを発動できないと言ったが、それは誤りだ。魔力を消費しなくても、発動できるスキルは存在する。たとえば――」

ヨハンは煙草片手に、笑みを深くした。

「この話術スキル、《狼の咆哮《スタンハウル》》のように」

「ヨハン・アイスフェルトの暗殺ですか？」

「その通りだよ、ロザリー君」

ロダニア情報防衛局の主席次官は、顎鬚《あごひげ》を撫《な》でながらロザリーの質問に頷《うなず》く。デスクワーク続きですっかり中年太りした男だが、この男も若かりし頃は腕利きの諜報員として活躍していた。ロザリーに諜報技術を叩《たた》き込んだのも彼だ。肉に埋もれた眼《め》が、鋭くロザリーを見据える。

「大統領府からの命令だ。人選は主任である君に任せる」

「ちょ、ちょっと待ってください」

ロザリーは突然の話に困惑するしかなかった。

「相手は、あのヨハンですよ？　我々だけでは、逆立ちしても勝てっこありません。それに、ヨハンが今いるのは帝国です。我々が自由に動くことは難しい」

「君が困惑するのも無理はない。ヨハンが帝国で生きていることを知ったのは数年前。現地の諜報員がもたらした情報のおかげだ。だが、我々は今日に至るまで、何の手出しもすることができなかった。理由は君が言った通りだよ」

「なら、今になってどうして……」

「ヨハンは貴重なサンプルだ。当時の研究資料は全て焼失し、生き残りも彼だけ。だが、彼の死体が手に入れれば、計画を再開できるかもしれない。……大統領府に、そう考えた者が現れただけさ」

「そうですか……」

　あの計画の失敗で、どれだけの被害が出たと思っているのだろうか。喉元過ぎれば熱さを忘れるのは人の常だが、だとしても正気だとは思えなかった。

「全くの勝算が無いわけでもない。ヨハンは最強だが、時の流れが我々に味方をしてくれる。適切な作戦を行えば、あの化け物を打ち倒すことも可能だ」

　机に作戦資料が置かれる。それを読んだロザリーは、内心で頭を抱えるしかなかった。こんな杜撰《ずさん》な作戦で、あのヨハンを暗殺できると考えていることに眩暈《めまい》を禁じ得ない。かつての師も、ここまで衰えてしまったのか……。

「通達は以上だ」

「主席次官、ヨハンの暗殺ですが、私が担当してもよろしいでしょうか？　私なら、作戦の成功率を格段に上げられます」

　ロザリーの提案に、主席次官は訝《いぶか》しむ顔をした。

「……どういうつもりだ？　たしかに、君は組織の中でもトップクラスの諜報員だが、君自身が刺客になる必要はないと思うがね。部下に任せたまえ。君の部下には、君と同じぐらい優秀な諜報員がいるじゃないか」

「お言葉ですが、部下には実戦経験が足りません。私こそが適任です」

「君が現地でチームの指揮を執るということかな？」

「いえ、チームは必要ありません。作戦の成功条件は、ヨハンを暗殺し、その死体を回収することですよね？　だったら、私独りの方が動きやすい」

ロザリーが断言すると、主席次官は少し考え、薄い笑みを浮かべた。

「いいだろう、君の判断を信じるとしよう。だが、いかに君だろうと、失敗した時はわかっているね？」

主席次官の脅しに、ロザリーは強く頷いた。

国に忠誠を誓った身ではあるが、死の恐怖が無いと言えば嘘《うそ》になる。だが、ロザリーにとっては、自分の命よりも、手塩に掛けて育ててきた部下の方が遥《はる》かに大切だ。

こんな作戦で彼らが命を落とすなんて、絶対にあってはならない――。

《狼の咆哮《スタンハウル》》によって停止状態《スタン》にあったロザリーは、数秒の後に動けるようになった。自由になった瞬間、ヨハンから飛び退《の》き距離を取る。

「何故《なぜ》、攻撃しない？」

ロザリーが停止状態《スタン》にあったにも拘《かか》わらず、ヨハンは全く攻撃してこなかった。そのことを訝しむロザリーに、ヨハンは肩を竦《すく》める。

「だって、フェアじゃないだろ？」

「何を……言っている？」

「君はゼロのことも、私が本当の力を使えることも知らなかった。事前調査が足りなかったと言えばそれまでだが、何も知らない者を一方的に殺すのは趣味じゃない。私たちの戦力は十分に把握したね？　ほら、ここからが本番だ」

　さも当然だと言わんばかりに笑って、ヨハンは手招きをした。自分が負けるとは微塵《みじん》も思っていない。いや、戦いそのものを楽しんでいる。すぐに終わらせるなんてもったいない、と考えているに違いない。

「純粋な戦闘力は私たちの方が上だが、この結界内にいる限り、魔力消費型のスキルを使うことはできない。一方、君たちは使い放題だ。いくらでも戦況を覆す手段はあるはず。さあ、次の手を見せてくれよ。時間が経《た》つほどに、勝機は無くなっていくぞ」

「お、まえ……」

　ヨハンが言ったように、ロザリーの活動限界には数分も無い。直に理性を失った化け物となるだろう。蠅《はえ》の王は信用できない。僅かな勝利の可能性に賭けてヨハンと戦うのなら、迷っている暇などありはしなかった。

　だが、そうとわかっているのに、身体《からだ》が動かない。停止《スタン》はとっくに解けている。動けないのは、ロザリーの心が折れてしまったからだ。

「こないのかい？　その姿は、命を懸けた証《あかし》じゃないのか？　このまま睨《にら》み合っていても、君が死ぬことに変わりはないんだぞ？」

　ヨハンは淡々と尋ねてくる。ロザリーは動けない。ふと、ヨハンは大きな溜息《ためいき》を吐《つ》き、その眼を鋭くした。

「甘えるなよ。私の仲間たちは、最期まで諦めなかったぞ」

心臓が凍り付くほどの殺意。だが、その強烈な殺意によって、ロザリーの覚悟が決まった。もう、全てを捨てても構わない。自分のままで勝てないのなら、自分などいらない。

――正真正銘の化け物になってやる。

「蝿の王ッ!! 私の全てを捧げるッ!!」

「その言葉を待っていましたよ。――《巫蠱転変《エビル・ミューテーション》》」

蝿の王がスキルを発動し、黒い魔力の奔流が迸《ほとばし》った。魔力はゼロによって蹴散らされた蟲《むし》の死骸――そこに宿る魔力をも引き寄せ、まるで竜巻のように激しく渦巻き始める。そして、その中心にいるロザリーを、更なる異形に変質させていく――。

「混合魔像《キメラ》か」

ヨハンは目を眇《すが》めて呟《つぶや》く。

召喚、あるいは使役系スキルの中には、複数の使い魔を融合させる奥の手がある。だが、魔力消費が激しく、また核となる素材が脆《もろ》ければ一瞬で分解してしまうため、非常に高度かつコストの掛かるスキルだ。Aランク以上でなければ、まともに扱うことはできない。

その点、蝿の王は間違いなくAランクであり、また核となったロザリーもAランク。今ここには、最高の術者と素材が揃《そろ》っている。果たして、蝿の王が生み出した混合魔像《キメラ》は、龍と化したゼロよりも更に巨大な怪物だった。

「KYSHAAAAAAAAA!!」

全体のシルエットは蟷螂《かまきり》に似ている。前足は鎌状に発達していて鋭い。残り六本の逞《たくま》しい足が、大地を踏みしめ、怪物の膨大な質量を支えていた。だが、本物の蟷螂とは異なり、見るからに頑強な外殻に覆われ、頭部にも長い一本角が生えている。例えるなら、白い甲《かっ》冑《ちゅう》を纏《まと》った蟷螂、という姿だ。

「GUOOOOOOOOOOOO!!」

ゼロが混合魔像《キメラ》に突進する。二体の巨獣がぶつかり合い、轟音《ごうおん》と共に激しい衝撃波が発生した。龍の一撃を受けても、混合魔像《キメラ》はびくともしない。――質量が違い過ぎる。だが、そんなことはゼロも承知の上だ。

ゼロの鋭い爪が、混合魔像《キメラ》の外殻の隙間に突き立てられる。容易には振り解《ほど》けない状態になった瞬間、ゼロは鋭利な乱杭歯《らんぐいば》が並ぶ口を大きく開いた。そして放たれる、超高温の熱線。即《すなわ》ち――〝龍の息吹《ドラゴン・ブレス》〟である。

この結界内では魔力を消費するスキルを使うことはできないが、そもそも龍の息吹《ドラゴン・ブレス》はスキルではなく、龍に最初から備わっている身体機能だ。一点に収束された熱線は、分厚い市壁ですら一瞬で蒸発させる。だが――

「龍の息吹《ドラゴン・ブレス》が効いていない？」

目の当たりにしている状況に、ヨハンは眉をひそめた。

ゼロの龍の息吹《ドラゴン・ブレス》は、混合魔像《キメラ》に直撃しているにも拘らず、白い外殻を焦がすだけで、一向に穿《うが》つことができない。外殻に反射される火の粉が、花火のように鮮烈な有様となって散っている。

「SHAAAAAAAA!!」

「GYAAAAAAAAA!!」

混合魔像《キメラ》の背中から無数の触手が飛び出し、ゼロを突き刺した。その痛みにゼロの摑《つか》む力が弱まった瞬間、音を超える速度で混合魔像《キメラ》の鎌が振り払われる。衝撃波で吹き飛ばされるゼロの巨体、そして切断された右腕。大量の赤い鮮血が地面を泥濘《でいねい》に変えた。

「素晴らしい。単純な戦闘能力だけを見れば魔王《ロード》級だな」

ヨハンは嬉々《きき》として口元を歪《ゆが》める。その背後でゼロが巨体を起こし、獰猛《どうもう》な唸《うな》り声《ごえ》を上げた。混合魔像《キメラ》との戦闘を続行するつもりだ。龍の再生能力は驚異的で、血も既に止まっている。切断された右腕を身体にくっつければ、すぐに繫《つな》がることだろう。

だが、ヨハンはゼロを手で制し、前に出た。

「ゼロ、もう十分だ。彼女の覚悟は私が受け止める」

涼しい声で宣言した瞬間、ヨハンは一筋の風となって駆けていた。混合魔像《キメラ》の触手に狙われるが、悉《ことごと》くを躱《かわ》してのける。触手はヨハンの残像を貫くことしかできない。

混合魔像《キメラ》を操っているのは、蠅の王だ。本来なら、術者を殺せば混合魔像《キメラ》も活動を停止する。だが、この場にいる蠅の王もまた使い魔であることを、ヨハンは見抜いていた。

使い魔を殺しても、混合魔像《キメラ》は止まらない。つまり、ヨハンが勝つには、混合魔像《キメラ》を倒す必要がある。彼我の戦力差を鑑みて、《狼の咆哮《スタンハウル》》は効きそうにない。だから、直接攻撃のみで倒す。

混合魔像《キメラ》に肉薄したヨハンは、その巨体に取り付くため跳躍した。だが、逃げ場の無い空中で、鎌による迎撃が襲いくる。両断される刹那、ヨハンは渾身《こんしん》の力を込めて、自らの槍《やり》を振り抜いた。スキルに頼らない一撃が、龍の息吹《ドラゴン・ブレス》にも耐えた混合魔像《キメラ》の両鎌を粉砕し、その巨体を仰《の》け反《ぞ》らせる。

槍もまた粉々に砕け散ったが、ヨハンは混合魔像《キメラ》の頭部に取り付くことに成功した。そして、眼孔に右腕を突っ込む。

「KYEEEAAA!!」

眼《め》を潰された痛みで暴れ狂う混合魔像《キメラ》は、触手でヨハンを滅多刺しにする。だが、ヨハンは苦痛に呻《うめ》くことなく、ただ静かに呟いた。

「魔力は――暴発しても構わない」

ヨハンの右腕に集中する、膨大な魔力。《不義法廷《トリックルーム》》の効果によって、スキルを発動することはできない。だが、暴発した魔力は、ヨハンの右腕だけでなく、混合魔像《キメラ》の頭部をも吹き飛ばしたのだった――。


――良い夢を見ていた。

「お母さん、おかえりなさい！」

家のドアを開けた瞬間、娘がロザリーに抱き付いてきた。まだまだ甘えん坊で、帰ってくる度にこうやって出迎えてくれる。

「ただいま。良い子にしてた？」

「うん！　お父さんと一緒に夕飯を作っていたの！」

「そう、偉いわね」

優しく頭を撫《な》でてやると、娘は嬉《うれ》しそうに目を細めた。

「ちゃんとお手伝いできるお姫様には、ご褒美をあげましょう」

「お土産、買ってきてくれたの!?」

持っていた紙袋を娘に手渡す。紙袋に印刷された店のロゴを見た娘は、向日葵《ひまわり》のような笑顔を見せてくれた。

「これ、ケーキだ！　苺《いちご》のもある!?」

「もちろん。苺、大好きだものね。夕飯の後に皆で食べましょう」

「わーい！　やったー！」

紙袋を抱えて走り去っていく娘を見たロザリーは、苦笑を漏らした。

「お母さんも、苺のケーキには負けるわね」

「お帰り。今日は早かったんだね」

娘がいなくなって、エプロン姿の夫が姿を見せる。穏やかな笑みを浮かべながら、ロザリーに歩み寄り、着ていたコートを脱がしてくれた。

「ありがとう。今日は仕事が早く片付いたの」

「それは良かった。ビーフシチューができたところだから、早く一緒に食べよう。あの子がケーキを摘《つ》まみ食いする前に」

「ふふふ、そうね」

夫の仕事は小説家だ。留守にしがちなロザリーに代わって、家事の全てを引き受けてくれている。夫と出会ったのは、ロザリーがまだ十代後半だった頃。帽子が風に飛ばされて川に落ちた時、わざわざ水に濡《ぬ》れながら取ってくれたのがきっかけだ。

穏やかで優しい人だ。夫のおかげで、ロザリーは安心して家を空けられる。だが、本当の仕事のことは家族にも教えられない規則だ。夫には商人だと伝えてある。

「大切な商談があるから、しばらく出張することになるわ」

「しばらくって、どれぐらい？」

「一ヶ月ぐらい」

「わかった。家のことは僕に任せてよ」

「……うん、いつもありがとう」

「その代わり、あの子のお土産を頼むよ」

「素敵な物を選んでくるわ。もちろん、あなたにも」

それは楽しみだ、と夫は笑って、踵《きびす》を返した。ロザリーは耐え切れず、その背中に抱きつく。優しい温《ぬく》もりと匂いが、ロザリーの身体に伝わってきた。

「……仕事で、何か嫌なことでもあったのかい？」

「……ううん、そうじゃないの」

本当のことは言えない。言えば、家族を危険に晒《さら》すことになる。

「でも、少しだけ、このままでいさせて――」

腰に回した手に、夫の手が添えられる。優しい夫は、何も聞かずにいてくれた。結婚して数年、薄々と勘づいているものはあるだろう。夫はのんびりとした人だが、頭は良い。それでも、いつだってロザリーを尊重し、疑問や不安を心の奥に留《とど》めてくれている。

夫と娘なら、自分がいなくてもやっていける。金はたくさん残した。生活に不自由することはないだろう。叶《かな》うことなら、生きて帰ってきたい。愛する夫と一緒に年老いていきたいし、娘の成長も見届けたい。

だが、それが不可能であることは、ロザリーが誰よりも理解していた。


混合魔像《キメラ》から分離されたロザリーが目を覚ますと、ぼやけた視界の端に、煙草《たばこ》を咥《くわ》えたヨハンの顔があった。魔力暴発によって失われた右腕が、見る間に再生していく。ヨハンの再生能力は凄《すさ》まじく、ものの数秒で元通りの姿になっていた。

狂戦士《バーサーカー》スキル《自己再生《リジエネレーション》》。魔力が続く限り、あらゆる損傷を再生するスキルだ。

「何か、言い残すことはあるかな？」

ヨハンはロザリーを見下ろし、穏やかな口調で尋ねた。

負けた。完敗だった。わかりきっていたことだが、まるで歯が立たなかった。部下たちとチームを組んで戦ったとしても、結果は同じだっただろう。

「……煙草を、もらえるかしら？」

ロザリーは娘を妊娠してから、ずっと禁煙してきた。だが、最後の時ぐらい、自由に吸っても罰は当たらないだろう。

「どうぞ」

ヨハンは自分の吸っていた煙草を、ロザリーに咥えさせる。

「……不味《まず》い煙草ね。帝国の人は、こんなものを吸っているの？」

「あいにく、煙草はこれしか知らないんだ」

申し訳なさそうに肩を竦《すく》めるヨハン。ロザリーは苦笑した。

「まあ、いいわ。これで我慢してあげる」

白い月の下、紫煙は夜に揺らめく。

「……良い、人生だったわ」

ロザリーは微笑《ほほえ》みながら呟き――そして灰となった。灰は風に吹かれて、紫煙と共に消えていく。風が吹く先は、きっと彼女の故郷《ロダニア》だ。そう、強く願う。

「さて――」

ヨハンは振り返る。その視線の先にいるのは、蠅《はえ》の王だ。

「君はどうするんだい？」

「依頼人が死んでしまった以上、私の仕事もこれでお終《しま》いです」

にわかに、蝿の王の身体《からだ》が浮かび上がる。

「流石《さすが》は〝救世主《メシア》〟。ロダニアの狗《いぬ》では、何匹集まろうと勝てないでしょうね」

「命を懸けて戦ったものを侮辱するな」

ヨハンは静かな怒りを込めて、蝿の王を睨《にら》み付けた。

「自ら戦場に立つ勇気を持たない君に、他人を蔑む権利など無い」

「ははは！　ずいぶんと、甘っちょろいことを言うんですね！　そんな調子で、あの蛇に勝てるんですか？」

蝿の王はヨハンを嘲笑し、高度を上げる。

「あなた方の共食い、せいぜい楽しませてもらいますよ」

それでは、と蝿の王は消え去ろうとした。だが、ある異変に気がつく。

「こ、これは!?」

蝿の王の身体に絡みつく、幾重もの鎖。つい先刻までは影も形も無かった鎖が具現化し、蝿の王を虚空に縛り付けている。

「誰が帰っていいと言った？」

ヨハンは煙草に火を付け、冷酷な笑みを浮かべた。

「断罪スキル《魂縛の鎖《スレイブチェーン》》。魂そのものを縛る鎖だ。使い魔を拘束した場合、本体も影響下に置くことができる」

「馬鹿な!?　鎖の気配など無かった！」

狼狽《ろうばい》し叫ぶ蝿の王に、ヨハンは舌打ちしながら人差し指を振る。

「たしかに、《魂縛の鎖《スレイブチェーン》》だけなら君も気が付いただろう。だが、私は同時に、魔弾スキル《銃王の道《ロイヤル・ロード》》を発動していた。【銃使い《ガンナー》】系Aランク職能《ジョブ》、【魔弾の射手《ブラックシューター》】が使用できるこのスキルは、距離を無視して攻撃を当てることを可能にする。つまり、鎖は発動と同時に君を縛っていたんだよ」

「スキルの併用だと!?」

蝿の王は驚愕《きょうがく》の声を上げた。ヨハンは笑みを深くする。

「スキルの併用は基本中の基本じゃないか。それとも、職能《ジョブ》が異なるスキルは、同時に使えないとでも思い込んでいたのかな？　だとしたら、とんだ誤りだ」

ヨハンは蝿の王を見据えながら、右手を上げた。手中に現れたのは、魔力によって形成された、黒く禍々《まがまが》しい槍だ。

「暗黒スキル《誘死投槍《フェイタル・ストライク》》。この槍で貫かれた者は、必ず死ぬ。たとえ、使い魔だろうと、魔力の繋がりを通じて本体を仕留めることができる。蝿の王、私の言っている意味がわかるかな？」

「貴様ぁぁっ……」

鎖に拘束されている蝿の王は、憤怒と焦燥が混じった声を漏らす。

「絶対に安全だと思っていた場所が、処刑場になった気分はどうだい？　ああ、答えなくていいよ。大して興味は無いから」

ヨハンは蠅の王を鼻で笑い、右手に力を込めた。

「さようなら、蠅の王」

投擲《とうてき》される、絶対死の魔槍《まそう》。

蠅の王は、魔槍に貫かれる寸前、あらん限りの力で叫んだ。

「私を舐《な》めるなああああぁぁぁぁッ!!」

瞬間、雲を貫いて、無数の隕石《いんせき》が降り注ぐ。それは全て、蠅の王が雲海の上に待機させていた蟲《むし》たちの攻撃だ。直撃すれば、ヨハンとゼロだけでなく、周囲一帯が同時に消し飛ぶことだろう。離れた場所にいる他のクランメンバーたちも例外ではない。

ヨハンは即座に、新たなスキルを発動した。

「《絶対聖域《エクス・インビンシブル》》」

聖騎士《パラディン》スキル《絶対聖域《エクス・インビンシブル》》。広範囲に渡って、あらゆる攻撃を一度だけ反射できるスキルだ。ヨハンの展開した防壁《バリア》は、全ての隕石を空へと弾《はじ》き返した。

「……ふう、危ない危ない。しっかり奥の手を隠していたな」

ヨハンは冷や汗を拭い、安堵《あんど》の息を吐《つ》いた。

「逃げられてしまいましたね」

戦闘の負傷が完治し、人間の姿に戻ったゼロが、忌々しそうに呟《つぶや》く。蠅の王は自分を消し飛ばすことで、ヨハンの《誘死投槍《フェイタル・ストライク》》を回避することに成功した。既にこの場を去っており、どこにも気配は無い。

「《誘死投槍《フェイタル・ストライク》》は当たらなかったが、《魂縛の鎖《スレイブチェーン》》で拘束されている状態だった。使い魔へのダメージが術者にも影響を及ぼしているはずだ。ショック死には至らなくても、当分は寝たきりになるだろう」

それに、とヨハンは笑う。

「鎖で縛った時に、蝿の王の正体がわかった」

「本当ですか？」

「ああ、しっかりとね。だが、殺すには手間が掛かるな」

「要人――あるいは要人の縁者ということですか？」

「そういうこと」

ヨハンが頷《うなず》いた時だった。大勢がヨハンとゼロの名前を叫びながら駆けてくる。蝿の王との攻防のせいで、人魚の鎮魂歌《ローレライ》のメンバーたちが異変に気が付いたらしい。

「私はまたしばらく眠るよ。後のことは、おまえと彼に任せる」

「わかりました」

ゼロは頷いたが、その顔は渋い。

「何か問題でも？」

「嫌いなんですよ、彼のことが」

ゼロの返答に、ヨハンは声を上げて笑う。

「ははは、おまえと彼はずっと仲が悪かったからな」

「最後の最後まで、彼とだけはわかり合えませんでした。他の人に任せることはできないんですか？」

「彼が一番の適任者だよ。傍《そば》にいて、それは理解しているはずだ」

ヨハンは吸いかけの煙草を投げ捨て、ゼロの肩を労《ねぎら》うように叩《たた》いた。

「それじゃあ、お休み」

「お休みなさい、ヨハン」

糸が切れた人形のように倒れるヨハン。その身体をゼロは抱き留める。

「蛇の相手だけでも手一杯なのに、ロダニアや蝿の王まで出てくるなんて……。夢を叶えるってのも、楽じゃないな」

楽じゃない。だけど、だからこそ楽しい。生きている実感が得られる。ゼロがそう感じているように、ヨハンもまた、楽しそうな寝顔で眠っていた。

†

「うわあああああぁぁぁあああぁぁぁっ!!」

激痛で意識が覚醒する。ヨハンの使った《魂縛の鎖《スレイブチエーン》》は使い魔との繋《つな》がりをも拘束し、本体にまでダメージを反映させることになった。

だが、生きている。《誘死投槍《フエイタル・ストライク》》で貫かれていたら即死だった。自ら使い魔を滅することで、強制的に繋がりを断ち切ったのが功を奏した。

ダメージは大きい。ベッドから起き上がり身体を検《あらた》めてみると、全身にひび割れのような痣《あざ》が現れていた。魂そのものにダメージを負ったせいで、肉体が脆《もろ》くなっている証拠だ。

激しい激痛に耐えながら、胸に手を当てて回復に集中する。体内で飼っている極小の蟲たちが働き、細胞単位で損傷を癒《いや》していく。やがて、痛みが引いていくのがわかった。

「たす、かった……」

安堵《あんど》のあまり、大きな溜息《ためいき》が出た。損傷が深過ぎるせいで完全な治癒は不可能だったが、肉体は回復した。少なくとも、痣は消えている。魂そのものは蟲を使っても癒せないため、時間による回復を待つしかない。

「回復することを祈るしかないか……」

肉体と違って、実体の無い魂には不明な点が多い。ダメージを負っても回復したという事例はあるものの、癒えずに死んだという記録も少なくはなかった。

「独断専行の報いだね」

暗澹《あんたん》とした思いでいると、不意に呆《あき》れたような声がした。

「マーレボルジェ……」

照明の消えた室内、カーテンが開いた窓から差し込む青褪《あおざ》めた月の光が、東洋風のワンピースドレスを着た獣人の女を照らしていた。

「どうして、ここに？」

「どうして？　それはこっちの台詞《せりふ》だ。どうして、勝手にヨハンと戦ったんだい？」

　マーレボルジェはベッドに座り、首を傾《かし》げた。

「言ったはずだ、私たちが直接動くのは最後だと。それまでは好きに共食いをさせておけばいい。共食いを促すことはしても、その争いに私たち自身が加担してしまっては本末転倒じゃないか」

「そうは言うけど、ヨハンは本物だ。殺せる機会があるのなら、そこで殺すべきだと思ったんだ。もし、あの場に君と君の友人がいれば――」

「勝てたかもしれない。だが、負けていたかもしれない。私も私の友人も、今は不正《ズル》をしてこの世界にいる状態だ。仮にヨハンに勝てたとしても、そのせいでこの世界に残る力を失ってしまっては元も子もない」

　正論だ。反論できず目を伏せると、マーレボルジェに抱き締められた。柔らかな双丘に顔が沈み、マーレボルジェの甘く蠱惑的《こわくてき》な香りに包まれる。

「可哀想《かわいそう》に。怖かったんだね？　君は私たちとは違う。限られた時間で何も成し遂げられないまま死ぬのが恐ろしかったんだろう？」

「私は……」

「何も言わなくてもいいよ。何も言わなくても全てわかっている」

　抱き締められながら優しく背中を撫《な》でられる度に、思考する力が消えていく。失ってはいけない物まで根こそぎ奪われていくような恐怖を抱いたが、それすらもすぐに忘れてしまった。何も考えられないことが、どこまでも心地良い。

「良い子だ。辛いことは全て忘れて、今はゆっくりとお眠り、ベルナデッタ」

　魂を撫でるような声で呼ばれたベルナデッタは、マーレボルジェの胸の中で小さく頷《うなず》いた。月明りに照らされる中、銀髪の少女は抗《あらが》えない眠りに囚《とら》われる。

三章：吾、覇王たらんと欲する者故に

　この日、俺は繁華街の裏通りで営業している、寂れた東洋料理専門店を訪れていた。店に入ると、若い男の店員に合言葉を伝える。

「注文していた激辛唐揚げを取りにきた」

「かしこまりました」

「揚げる時はピーナッツオイルを使ってくれたな？」

「もちろんです。さあ、こちらにどうぞ」

　俺は店員に店の奥へと案内される。厨房《ちゅうぼう》に入り地下室に続く階段を降りた先は、広い研究室だった。合成窯や抽出機など、様々な錬金術用の機材が置かれており、また壁にはホルマリン漬けにされた変異種《モンスター》の死体、そして悪魔《ビースト》の身体の　部が並んでいる。

「アイヤー！　ノエルさん、よく来てくれたヨー！」

　研究室で俺を出迎えたのは、長い髭《ひげ》を生やしたノームの爺《じい》さんだった。東洋の着物を着ており、話す言葉も癖がある。

　実際、この錬金術師の爺さん――リガクは、東洋の出身者だ。あちらでも【錬金術師】として活躍していたそうだが、今は帝都に住んでいる。東洋と帝国、二つの国の知識を合わせた独自の錬金術を、この地下室でずっと研究していると聞いた。

ガンビーノ組《ファミリー》の組長《ボス》だったアルバートは、この爺さんに目を付けて、特注の覚醒剤を造らせていた。危険な副作用こそあったものの、極めて純度の高い覚醒剤だったことは事実である。だからこそ、俺も利用しようと考えた。

「依頼した件、いけそうか？」

「入念に分析した結果、問題無いことがわかったネー。ノ、エ、ル、さ、ん、が、持、っ、て、き、た、素、材、は最高ヨ。あれ使えば、頼まれていた薬を作るのは簡単ネ」

リガクが目配せをすると、店員が黒い保冷箱を持ってきた。

「ワタシ、悪魔《ビースト》素材を使った錬成は得意中の得意ヨ。これまで、たくさんの悪魔《ビースト》素材を扱ってきた。もちろん、魔王《ロード》の素材もネ。その中でも、これは一級品。腕が鳴るネ」

ただし、とリガクは酷薄な笑みを浮かべた。

「副、作、用、とっても強烈。それでも欲しい？」

「どの程度だ？」

俺が尋ねると、リガクは詳しい説明をしてくれた。それを聞いた上で、俺は頷く。たしかに強烈な副作用だが、最初から想定していた範囲内だ。

「問題無い。早速、作業に入れ」

「ヒャハハハ！　そう言ってくれると思っていたヨ！　アルバートさんもイカれていたけど、ノエルさんは別格ね！　頭、完全にプッチンしている！　ワタシと同じ！」

リガクは甲高い笑い声を上げ、保冷箱を開けた。箱の中から白い冷気が溢《あふ》れ出す。やがて冷気が薄れ、リガクに預けていた物が姿を見せた。

「美しい……。これを思う存分に切り刻めるなんて、本当に最高ネ。ワタシの萎《しな》びたイチモツもカチカチに大きくなってくるヨ」

マッドサイエンティストめ。恍惚《こうこつ》とした表情のリガクに、俺は内心で毒づいた。とはいえ、やる気が出ているなら、文句を言う必要もない。生理的に受け付けないタイプだが、役に立ってくれる間は生かしておいてやる。

俺はリガクの後ろから、保冷箱を見た。冷たい箱の中には、美しい顔立ちをした男の生首が入っている。男の長い金髪が、淡い燐光《りんこう》を放っていた。

†

リガクとの話が済んで店を出た時、一羽の小鳥――ヒューゴの人形兵が俺の肩に留まった。俺はヒューゴに《思考共有《リンク》》を開く。

『ノエル、今は大丈夫かい？』

『ああ、問題無い。首尾はどうだ？』

『帝都にいる人魚の鎮魂歌《ローレライ》のメンバー全員を監視しているけど、やはり君の言っていた情報屋を監禁しているらしき者は見つからないな。つまり、仮に監禁されているとしたら、クランハウスの中ということになる』

『なるほど』

『だけど、人形兵をクランハウスの中に忍び込ませることはできない。あまり近づき過ぎると、あちらの知覚範囲に入ってしまうからね』

『わかっている。よくやってくれた。これ以上の監視は必要ない』

情報屋、とはロキのことだ。俺が暗号文で指示を送ってから大分経《た》つが、返事は未《いま》だにない。おそらく、人魚の鎮魂歌《ローレライ》に見つかって捕らえられているのだろう。あるいは始末されたのかもしれない。どちらにしても、任務が失敗したのは確実である。

救出に向かうのは得策ではない。ロキだって望んでいないはずだ。優秀な情報屋を失うのは手痛いが、人魚の鎮魂歌《ローレライ》と争っている今、ロキのためだけにリスクを冒すわけにはいかなかった。

『……念のために聞いておくが、情報屋を助ける気は無いんだね？』

『無い』

不安そうなヒューゴの質問に、俺は断言した。

『おまえの予想通り、ロキは人魚の鎮魂歌《ローレライ》のクランハウスに監禁されているんだろう。だとしたら、今の戦力で乗り込むのは単なる自殺行為だ』

『そうか。だったらいいんだ。君のことだから、一人で乗り込むんじゃないかとヒヤヒヤしていたが、その言葉を聞けて安心したよ』

『おまえは、俺のことを何だと思っているんだ？』

『マスターのことは信頼しているよ。だが、君は自分の命を削ることに頓着しないからな。危なっかしくて、目を離すことができない』

『そういうのを信頼していないって言うんだよ』

俺が呆《あき》れたように言うと、ヒューゴは楽しそうに笑った。

『流石《さすが》に疲れた。少し休ませてもらうよ』

念話が切れる。肩に留まっていた小鳥は砂となって流れ落ちた。

ロキを失ったが、人魚の鎮魂歌《ローレライ》を打倒するための準備は整いつつある。リガクに頼んだ薬が完成すれば、いよいよ決戦の時だ。

問題なのは、ヨハンの情報が不足していること。ドリーの話を聞いた限り、ヨハンには俺の知らない秘密がある。だが、それを知ろうにも、頼りにしていたロキがいない。ロキが失敗した以上、他の情報屋では絶対に不可能だ。

ならば、ドリーと手を組むか？　いいや、それは駄目だ。ドリーは圧倒的に俺よりも上の立場。手を組んだとしても、いいように利用されて終わるに決まっている。

なにより、嵐翼の蛇《ワイルドテンペスト》が確実に七星《レガリア》になるためには、単独で人魚の鎮魂歌《ローレライ》を打ち倒せることを証明するべきだ。黒山羊の晩餐会《ゴートディナー》の手を借りたのでは、人魚の鎮魂歌《ローレライ》を打ち倒す意味が薄れてしまう。

策謀を巡らし暗躍することで、有利な状況を得ることはできた。それでも、クラン自体の実力は、依然として人魚の鎮魂歌《ローレライ》が遥《はる》かに上だ。だからこそ、嵐翼の蛇《ワイルドテンペスト》が人魚の鎮魂歌《ローレライ》に勝てば、七星《レガリア》になれるだけでなく、その頂点へ至るための追い風となる。

妥協はしない。人魚の鎮魂歌《ローレライ》は嵐翼の蛇《ワイルドテンペスト》の力だけで丸呑《まるの》みにする。

ヨハンがどんな化け物だったとしても、勝算は十分にある。何故《なぜ》なら、俺がヨハンの秘密を知らないように、ヨハンたちもまた、俺が手に入れようとしている〝力〟のことを知らないからだ。

負ける気はしない。必ず勝つ。たとえ、何を犠牲にしたとしても。

「……ノエル？」

今後のことについて考えながら繁華街を歩いていると、不意に名前を呼ばれた。振り返った先では、黒いドレスを着た身なりの良い金髪の女が俺を見ている。黒いドレスは露出度が高く、胸元が大きく開いていて、また裾には深いスリットが入っていた。女のグラマラスな身体《からだ》が、惜しげもなく露《あら》わになっている。

「久しぶりね」

金髪の女は、戸惑う様子を見せながらも、その美貌に冷たい笑みを浮かべた。

だから、俺も笑った。

「久しぶりだな。――タニア」

俺の目の前には、かつての仲間だった女が立っていた。

「ぷはーっ！　やっぱり、昼間から飲むお酒は最高！」

エールを一気飲みしたアルマは、満面の笑みになった。

「ウチも同感。この背徳感が最高だよね！」

一緒にいるリーシャも、エールジョッキ片手に頷《うなず》く。

「最高なのは結構ですけども、こないだみたいに酔い潰れるのは禁止ですわよ」

二人と同じテーブルで酒を飲んでいるのは、紅衣の魔女、ヴェロニカだ。ヴェロニカは困ったような笑みを浮かべながら、エールジョッキに口を付ける。

場所は満腹猫亭。人気店の昼食時は、どこも人で一杯だ。大勢の客たちが美味《うま》い酒と料理に舌鼓を打ちながら談笑する中、三人の女探索者《シーカー》の飲み会が開かれていた。

アルマとリーシャは友人関係にある。ここにヴェロニカが加わったのは、つい最近のことだ。リーシャの所属している紫電狼団《ライトニングバイト》は、拳王会とヴェロニカがリーダーを務めていた紅蓮猛華《ぐれんもうか》と合併し、幻影三頭狼《ミラージュ・トライアド》というクランになった。そのため、リーシャとヴェロニカに繋《つな》がりが生まれたのである。

ヴェロニカは気が強いが、集団の長を務めていただけあって、しっかり者だ。また面倒見が良い。アルマとリーシャ、うっかり者の二人にとって、何かと助かる友人である。

「正直なところを聞いてもよろしいかしら？」

三人で談笑していた時、ヴェロニカがアルマに質問をした。

「私《わたくし》たち幻影三頭狼《ミラージュ・トライアド》と、嵐翼の蛇《ワイルドテンペスト》、両クランにはどれほどの差がありますか？」

「正直に言っていいの？」

「もちろんですわ」

「ここから月ぐらいまでの差。それも、一生埋まらないと思う」

アルマが正直に告げると、ヴェロニカは顔を両手で覆った。

「いくらなんでも、正直過ぎますわよ……」

ヴェロニカの泣きそうな声を聞いて、アルマは苦笑した。

「ごめん、正直過ぎた。でも、誤解しないで。アルマは苦笑した。差は無いから。せいぜい、ここから雲の上ぐらいかな」

「ちっともフォローになっていませんわよ？」

「雲の上ぐらいなら到達できるよ。死ぬほど頑張ればね」

マウントを取っているつもりはない。純然たる事実だ。

「ボクたちとヴェロニカを分ける差は、ノエル。あの子がいる以上、ヴェロニカたちは絶対に勝てないよ。耳が早いヴェロニカなら知っていると思うけど、ノエルは株で三千五百億フィルも儲《もう》けた。あんなこと、他の誰にできる？」

ただ強い探索者《シーカー》なら、この帝都には掃いて捨てるほどいる。だからこそ、ライバルを出し抜くためには、権謀術数や政治力が必要なのだ。

その点、ヴェロニカには見所がある。頭の回転が速く、情報収集にも熱心。マスターはウォルフだが、実質的にクランを支えているのはサブマスターのヴェロニカだ。だが、そのヴェロニカですら、ノエルの足元にも及ばない。

「わかってはいましたけど、はっきり告げられると凹《へこ》みますわね……」

ヴェロニカは憂うように睫毛《まつげ》を伏せ、ジョッキの縁を指で撫《な》でた。

「いつか追い越してやると思っていたんだけどなぁ……」

遠い目をして呟《つぶや》くヴェロニカ。見かねたリーシャが肩を撫でる。

「まあまあ、深刻に考えるのは止《や》めようよ。ノエルと張り合うより、ウチらにできることを考えた方がいいって」

「あなたはノエルに惚《ほ》れているから気楽に構えられるんでしょうけど、私《わたくし》にとっては乗り越えるべきライバルなんです」

「べっ、べべべ、別に、ウチは惚れてなんかいませんけど!?　勝手な決めつけは止めてくれますぅっ!?」

リーシャは顔を真っ赤にして必死に否定するが、嘘《うそ》なのはバレバレだ。誰がどう見ても、リーシャはノエルに惚れている。一緒にいる時の話題もノエルばかり。リーシャの一方的なノエルトークには、アルマもいい加減にうんざりしていた。

「発情エルフ。森に帰れ」

「急に罵倒しないで！　ていうか、発情しているのはアルマの方じゃん！　ノエルといる時は、いっつもベタベタしている癖に！」

「ボクはノエルのお姉ちゃんだから、仲良くするのは当然だし健全」

「いやいや、赤の他人でしょ！」

「リーシャがそれで納得するなら、ボクは何も言わないよ」

「なんでウチの方が頭おかしい人みたいになっているの!?」

言い争うアルマとリーシャに挟まれたヴェロニカは、溜息《ためいき》を吐《つ》いた。

「あなたたち、知能指数が下がるような会話は止めてくださる?」

頭痛を堪《こら》えるようにこめかみを押さえるヴェロニカ。その疲れ切った視線が、ふと窓の外に向けられた。

「あれ? あの通りにいるの、ノエルじゃありません?」

「「えっ、どこどこっ!?」」

目の色を変えてテーブルに身を乗り出す、アルマとリーシャ。二人の勢いにヴェロニカはたじろぎながらも、ノエルがいる方向を指で示す。

「ほ、ほら、あそこですわ」

「ほんとだ。ノエルがいる。……むっ、あの女、誰?」

ノエルを見つけて笑顔になったアルマだったが、その隣に見知らぬ金髪の女を見つけた途端、表情を険しくする。

「……嘘、あれってタニアじゃん」

「うわっ、本当ですわね……」

幽霊でも見たかのような顔をする二人に、アルマは首を傾《かし》げた。

「タニアって、ノエルの前の仲間?」

「うん……。ノエルを裏切ったせいで、奴隷に堕《お》とされたって聞いていたんだけど……。なんで、一緒にいるんだろう？」

「あの身なりを見るに、金持ちにでも買われたんでしょうね。自由に出歩けているようですし、奴隷ではなく愛妾《あいしょう》の立場なのでは？　一緒にいるのは、たぶん偶然鉢合わせしたんだと思います。帝都は広いですけど、自由に歩けるなら意図せず出くわしても不思議ではありません」

「「なるほど～」」

ヴェロニカの推理は納得できるものだった。アルマは頷き、席を立つ。

「ボク、先に出るね。あの女、ノエルに何をするかわからないから、変なことする前に殺してくる」

「ちょっと！　往来で殺人はまずいって！」

リーシャは慌ててアルマを止めた。

「殺《や》るのは、人目に付かない場所じゃないと」

「殺すのは止めませんのね……」

瞳から輝きを失ったリーシャに、ヴェロニカは呆れ果てる。

「だって、ヴェロニカもタニアの本性を知っているでしょ？」

「知っていますけど……。だからって……そこまで……」

「知ってるなら、止めないで！　アルマ、行くよ！」

「オーケー！」

殺意を漲《みなぎ》らせながら駆け足で店を出ていく二人。その背中を呆然《ぼうぜん》と見送ったヴェロニカは、呆《あき》れるのを通り越して感心するばかりだった。

「恋って、本当に人を愚かにしますわね……」

苦笑しながら呟いた瞬間、あることに気が付く。

「えっ、ここの代金、私《わたくし》が全部払いますの!?」


タニア・クラークは、一般的な商家の娘だ。裕福ではないが、貧しくもない。長閑《のどか》な田舎町で、父と母と三人の姉妹に囲まれ、平凡な少女時代を送っていた。

唯一、他の少女と違ったのは、探索者《シーカー》に憧れたこと。年頃の少年が探索者《シーカー》を志すのはよくあることだ。田舎でも都会でも、少年たちが探索者《シーカー》ごっこをする光景は至る所で見られる。大半は大人になるまでに諦めるため、ある種の麻疹《はしか》のようなものだ。

一方、少女が探索者《シーカー》を志すのは珍しい。女性探索者《シーカー》もいるにはいるが、基本的に適性面で男に負けるからだ。それでも、タニアは探索者《シーカー》になりたいと願った。きっかけは、他の少年たちがそうであるように、とある探索者《シーカー》に憧れたからである。

といっても、タニアが憧れたのは、かなり古い時代の探索者《シーカー》で、ほとんど伝説上の人物だ。〝天の巫女《みこ》〟と呼ばれた彼女は【治療師《ヒーラー》】であり、勇者――あるいは救世主《メシア》と呼ばれた青年と共に、多くの偉業を成し遂げた。

伝説によると、彼女は勇者と結ばれ、共にロダニア聖王国——現在のロダニア共和国を建国したそうだ。あまりにも昔の話であり、また建国伝説でもあるため、尾鰭《おひれ》が付き眉唾な部分も多いが、タニアはこの話が大好きだった。何度も繰り返し本を読み、暗唱できるようになったほどだ。

もっとも、勇者が全ての職能スキルを使えた、というのは、流石《さすが》に話を盛り過ぎだと、子どもながらに苦笑したが。

ともあれ、タニアの人格は、この伝説によって形成されたと言っても過言ではない。十歳を迎え、鑑定士の力で発現した自分の職能《ジョブ》が憧れの人と同じ【治療師《ヒーラー》】だとわかった時は、狂喜乱舞したものだ。ますます探索者《シーカー》に傾倒するようになったタニアは、幼い頃から探索者《シーカー》ごっこをする少年たちに交じって、探索者《シーカー》になることを夢見てきた。他の少女たちがおままごとや人形遊びをしていた時も、お洒落《しやれ》や恋の話に夢中になり始めてからも——ずっと探索者《シーカー》の虜《とりこ》だった。

当然、家族は良い顔をしなかったし、耳にタコができるぐらい小言も言われた。他の少女たちにも、男とばかり遊ぶ男たらしだと蔑まれた。一番辛《つら》かったのは、友だちであり同志だと思っていた少年たちが、タニアに色目を使うようになり始めたことだ。

子どもの頃から田舎娘とは思えない美貌を持ち、また発育が良かったタニアは、性を自覚し始めた少年たちにとって、刺激が強過ぎたのである。

色目を使われるだけならともかく、不自然なボディタッチも増え、挙句の果てには複数人に襲われそうになったこともある。なんとか身を守ることはできたが、このことがきっかけで、タニアは誰も信用することができなくなった。

以降、タニアはたった一人で探索者《シーカー》になる訓練を続け、十五歳になると同時に、家出同然で帝都に移住した。

もちろん、帝都での暮らしは楽じゃなかった。探索者《シーカー》養成学校は無料で通うことができたが、日々の生活費は自分で稼がないといけない。学校が無い時は、全ての時間をアルバイトに費やすしかなかった。

それでも、タニアは充実していた。友だちはできなかったし、遊ぶ暇も無かったけど、憧れの探索者《シーカー》になるための努力は、全く苦じゃなかった。なにより、タニアは養成学校のおかげで、才能を開花することができた。同期から妬まれることはあったが、物理的に強くなれたおかげで、前ほど他人の声を気にすることはなくなっていた。そもそも、気にする暇など無かった。

やがて卒業間近となり、タニアは将来の岐路に立った。既存の組織に所属するか、それとも自分で新たな組織を結成するか、だ。

優秀な【治療師《ヒーラー》】であるタニアなら、大手クランにも所属できる。だが、本当に優秀な探索者《シーカー》は、既存の組織に属することなく、自分の手で新たな組織を結成するものだ。

組織に属すれば、組織に染まる。探索者《シーカー》として上を目指すなら——自分の可能性を信じるなら、やるべきことは最初から決まっていた。

問題なのは、誰を創設メンバーに選ぶかだ。タニアには、個人的に信頼できる同期がいない。メンバーを募る方法もあるが、過去のトラウマのせいで踏ん切りがつかなかった。

――他人は怖い。

どうするか迷っていた時、タニアはある少年と出会った。知り合った当初から傲岸不遜で型破りだった少年の名を、ノエル・シュトーレンという。

ノエルは探索者《シーカー》の頂点を目指しており、そのために仲間を集めていた。タニアが驚いたのは、既に養成学校の前衛科で最優秀生だったロイドの勧誘に成功していたことだ。ノエルに将来性を感じたタニアは、自分も仲間にしてほしいと頼んだ。

タニアの加入が認められた後、問題児だったが確かな実力を備えたヴァルターも、ノエルの手荒な勧誘を経験して仲間になった。

斯《か》くして結成されたのが、〝蒼の天外《ブルービヨンド》〟だ。

優秀なメンバーが揃《そろ》った蒼の天外《ブルービヨンド》は、ルーキーでありながら数多くの悪魔《ビースト》の討伐に成功した。また、常に格上を狙う姿勢から、大物食いのルーキーと呼ばれることもあった。

タニアは毎日が楽しかった。夢が叶《かな》っていくのが実感できた。なにより、心の奥底に閉じ込めていた闇が晴れていく気がした。それらは全て、ノエルのおかげだった。

ノエルは誰にも忖度《そんたく》しないし媚《こ》びない。それどころか、若くして探索者《シーカー》の頂点を目指すことだけに人生を捧《ささ》げる覚悟ができていた。性格は悪いけど純粋で、邪《よこしま》な考えを持つこともない。毎日休むことなく厳しいトレーニングをこなし、探索者《シーカー》の勉強も続けている。

その徹底した合理的でストイックな姿は、人を信頼できなくなっていたタニアにとって、どこまでも心地好《よ》かった。——美しい、とさえ思えた。

ずっと孤独だったタニアにとって、ノエルは初めて得られた、心の底から信頼できる仲間だった。ノエルなら絶対にタニアの期待を裏切ることはない。その強い信頼が、タニアに人を信じる心を思い出させてくれた。

タニアは自然とノエルを贔屓《ひいき》するようになった。年下だったので、本当の弟のように可愛《かわい》がった。食事や身の回りの世話をし、服を仕立てたりもした。ストイックなノエルはタニアの過干渉を嫌がったが、それも人に慣れない猫のようで可愛かった。

こんな満たされた日々が、いつまでも続けばいいと思った。

だが、そうはならなかった——。

「私、ノエルのことが好きだ……」

突然だった。夜いつものように眠る前、今日あったことを思い出していた時、まるで天啓を得るように、タニアは自分の感情を自覚することになった。

信頼が好意に——好意が恋に変わるのは、人として当然の成り行きだ。初めて信頼できた仲間だったからこそ——同志として強い共感《シンパシー》を抱いていたからこそ、自覚した恋心は一瞬にして熱く燃え上がった。

もし、タニアが恋することを幸せだと思える類の女だったならば、天にも昇る気もちになれただろう。ノエルへの恋心は、タニアがこれまでに経験してきたどんな感情よりも強烈で、他の何も考えられなくなるほどだった。

不幸だったのは、タニアにとってノエルへの恋心は、自らのトラウマを呼び起こす感情だったことだ。まだ子どもだった頃、一緒に探索者《シーカー》になる夢を語り合った少年たちが、突如としてタニアに性的な接触を試みようとしてきた時の恐怖。そのトラウマが、まざまざと脳裏に蘇《よみがえ》った。

しかも最悪なことに、今度はタニアが少年たちと同じ立場になろうとしている。この感情は、明らかにノエルへの裏切りだ。諦めるべきだと思ったし、たとえ思いを告げたところで、ノエルは絶対にタニアを拒むだろう。そんなノエルだからこそ、タニアは信頼することができた。

駄目だと思えば思うほど、余計にノエルを崇高な存在に感じ、想《おも》いが強くなっていくジレンマ。倒錯した感情に支配されたタニアは、酷《ひど》い自己嫌悪に陥り、何度も嘔吐《おうと》した。少年たちから逃げることはできた。だが、自分からは決して逃げられない。

感情的に不安定になったタニアは、ノエルへの干渉を控えることにした。それでも恋心は募る一方で、抑圧された感情は、ノエルに好意を持つ他の女へと向けられることになった。彼女たちを陰で排除する際、大半は脅せば言うことを聞いたが、時には反抗的な女もいる。そういう時、タニアは暴力で解決することを覚えた。【治療師《ヒーラー》】であっても、攻撃手段はある。優秀な【治療師《ヒーラー》】であるタニアの敵になれる女は少ない。少し痛めつけるだけで、誰もが泣いて命乞いをした。

何も知らない男たちは、いつも笑顔を絶やさず物腰の柔らかなタニアのことを、聖女のようだと言う。だが、それはとんだ間違いだ。タニアは紛れもなく悪女だった。そのことを、タニア自身が、誰よりも自覚していた。

「タニア、俺と付き合わないか？」

ある日のことだ。タニアはロイドに告白された。以前からロイドの好意は感じていた。ロイドだけでなくヴァルターからも。

これまでの経験から嬉《うれ》しくは思えなかったし、ヴァルターでさえ仲間内を乱さないために我慢しているにも拘《かかわ》らず、よりにもよってリーダーであるロイドが告白してくるなんて信じられなかった。憤りさえ覚えた。

「正気？　あなた、リーダーでしょ？　もっとパーティのことを考えて」

「ふふふ、裏で暴力を振るっている君が言えた義理か？」

タニアは一気に血の気が引くのを感じた。

「俺は君の秘密を知っている。ノエルが知ったら、どう思うだろうな？　まず、パーティにはいられなくなるぞ」

「……それって脅し？」

怒りだけでなく、殺意が湧いてくる。相手が誰であろうと、脅迫に屈する気は無い。悪女に堕ちた身だからこそ、怖いものは何も無かった。

「勘違いしないでくれ。これは脅しじゃない」

ロイドは首を振って、溜息《ためいき》を吐《つ》いた。

「君があんなことをしているのは、ノエルに惚《ほ》れているからだろ？　だけど、わかっているはずだ。ノエルは絶対に君の想いには応えてくれない」

「そんなこと、わかっている……」

「だったら、なぜ続けるんだ？　君が傷つけているのは常に君自身だぞ」

タニアは何も答えられなかった。ただ唇を噛《か》み締め、視線を落とす。

「君は疲れているんだよ。正常な判断ができていない。俺も……俺も少しだけ疲れた。成功を重ねていくにつれて増えていく重圧が辛い」

弱音を吐くロイドに、タニアは嘲笑とも取れる薄い笑みを浮かべた。

「重圧に耐えられないなら、リーダーの座をノエルに譲ったら？」

タニアが冷たく突き放すように言うと、ロイドは顔を大きく歪《ゆが》めて不快感を露《あら》わにする。

いつも爽やかなロイドに似つかわしくない、とても醜い顔だった。

「ノエルは確かに優秀だ。だけど、俺よりも上だって認めてしまえば、俺はずっとあいつの影になってしまう。そんなこと、絶対に耐えられない」

「安いプライド……」

「君は女だから、俺の気もちなんてわからないよ」

身勝手な言い分だと思った。ロイドは自分のことしか考えていない。だが、タニアの中では、ロイドへの同情心が芽生えていた。

「要するに、あなたは誰かに支えてほしいのね……」

「君も、そうだろ？　お互いに支え合えば、パーティのためにもなる。俺たちに一番必要なのは、前を向いて歩いていくことだ。いつまでも余計な感情に囚《とら》われていては、それこそノエルに申し訳ない」

ロイドの言う通りだった。このままでは、全てが台無しになる。

「……正直に言うけど、あなたのこと、そこまで好きじゃないわ」

「でも、ヴァルターよりはマシだろ？」

「ふふふ、酷い言い方……」

乾いた笑いが漏れた時、タニアの手をロイドが握った。

「俺は、君のことがずっと好きだったよ。養成学校で初めて見た時からずっと。だから、最初は嘘《うそ》でもいい。俺のことを好きになってくれないか？」

真摯な眼差《まなざ》しを向けてくるロイド。タニアは長い間迷っていたが、やがて小さく頷《うなず》いた。

人生には、時に妥協も必要だ。

「……わかった。あなたのことを好きになれるよう努力してみる」

こうして、タニアはロイドの恋人になった。ノエルとヴァルターからは強い顰蹙《ひんしゅく》を買うことになったが、これでパーティを維持できるなら安いものだ。

だが、結果から言って、事態が好転することはなかった。

タニアはロイドと恋人になってからも、彼に身体《からだ》を許すことができなかった。恋人になった以上、夜の関係は大切だ。なのに、キスすることすら躊躇《ためら》ってしまった。どうしても過去のトラウマが蘇り、ロイドに嫌悪感を抱いてしまう。なにより、ノエルの顔がちらついて、とてもその気にはなれなかった。

ロイドに申し訳ないと思ったし、何度も謝った。優しいロイドは笑って許してくれたが、タニアがロイドを拒み続けるせいで、彼のプライドが余計に傷ついていくのがわかった。

二人は傍《はた》から見ると、誰もが羨む美男美女のお似合いカップルだ。実際、ロイドとタニアは、これまで以上に互いを気遣い合っていた。それこそ、熟年夫婦のように。だが、タニアの心にあったのは、ロイドへの同情心と罪悪感だけだった。

やがて、ロイドはギャンブルにはまり始めた。タニアはロイドを止めようとしたが、罪悪感のせいで強く言うことができなかった。だから、賭博場に付き合って、ロイドのブレーキ役になろうと考えた。

失敗だった。木乃伊《ミイラ》取りが木乃伊になるように、タニアもまたギャンブルにはまってしまったのだ。そうしていつしか、パーティ資金も横領するようになり——最後には夜逃げする羽目にまで追い詰められることになった。

ロイドは必ず逃げ切れると言ったが、タニアは無理だとわかっていた。ノエルは苛烈だ。裏切者に決して容赦しないだろう。

予想通り、ロイドとタニアは、いとも簡単に捕らえられてしまった。予想外だったのは、ノエルがタニアの想像を超えて容赦が無かったこと。徹底的に二人の罪を糾弾しただけでなく、奴隷として売り飛ばされることにまでなった。

断罪される覚悟をしていたタニアも、これには慌てるしかなかった。必死に贖罪《しょくざい》の機会を求めたが、ノエルは決して許してくれなかった。

「アンタたちも馬鹿ねぇ」

奴隷商フィノッキオは、馬車の中で二人を嘲笑《あざわら》った。

「ノエルちゃんがイカれているのは知っていたでしょうに。大人しく仲間でいればいいものを、裏切るなんて正気じゃないわ。身の程を弁《わきま》えなさいな」

返す言葉が無かった。隣にいるロイドは、ずっと嗚咽《おえつ》を漏らしている。タニアも泣き叫びたい気もちだったが、ヴァルターを罵倒し過ぎたせいで精根尽き果てていた。

感情的になっていたとはいえ、ヴァルターには悪いことをした。彼は何も悪くないのに。悪かったのは、全て自分だったのに……。

奴隷に堕《お》とされたタニアの買い手はすぐに見つかった。老いた大富豪で、彼はタニアのことをとても可愛がってくれた。まるで、自分の孫のように。

「私もね、昔は探索者《シーカー》になることが夢だったんだ」

老富豪は、タニアに買い与えた豪邸の中で言った。

「だけど、夢を叶えることはできなかった。私には、新たな当主としての責任があったからね。そのことを後悔はしていない。ただ、老い先短くなると、もしものことを考えるんだ。もし、私が探索者《シーカー》になっていたら、人生はどうなっていただろう、と」

だから、と老富豪は皺《しわ》くちゃな顔に柔らかな笑みを浮かべた。

「君には、これまで君が経験してきた冒険を語ってほしい」

「私が探索者《シーカー》として活動したのは、たった一年ですよ？　すぐに話せることは無くなってしまうと思います」

「どうせ、私が生きられるのは残り数年ぐらいだ。記憶力も集中力も衰えた。たった一年の物語ぐらいが、私にはちょうど良い。それに、君のような見目麗しい語り手を独占できるだけで、私は幸せなんだよ」

「わかりました。ご主人様が、それで良いのなら……」

どのみち、タニアに拒否権は無い。それからというもの、老富豪はたまにタニアの家を訪れては、探索者《シーカー》だった時の話を求めた。

老富豪は心から幸せそうだった。少年のように眼を輝かせながら話を聞いている彼を見ていると、タニアも誇らしい気もちになれた。身体を求められたことは一度も無い。せいぜい膝枕で耳かきをしてあげたぐらいだ。互いの関係性は、本当に祖父と孫に近かった。

だが、優しかった老富豪は、すぐに心臓発作で亡くなった。数年前から心臓病を患っていたので、避けようのない死だったようだ。

タニアは自由の身となり、手元には老富豪が買ってくれた豪邸と、莫大《ばくだい》な遺産だけが残された。老富豪の家族は特に何も言ってこなかった。タニアに与えられた金など、老富豪の総資産の中では端金《はしたがね》だったようだ。

急に全てから解放されたタニアは、途方に暮れるしかなかった。やろうと思えば、何だってできる。でも、何をすればいい？

どれだけ酒を飲んでも、高価な宝石や派手な服で着飾っても、全く心が満たされることはなかった。だが、タニアは完全な自暴自棄に陥る寸前で踏み止《とど》まった。タニアを踏み止まらせたのは、ある新聞の記事だ。そこには、嵐翼の蛇《ワイルドテンペスト》というクランのマスターになった、あのノエルの活躍が詳細に書かれていた。

ノエルは短い期間に大成し、今や七星《レガリア》の座に手が届くクランのマスターとなっていた。まるで、タニアやロイドやヴァルターなど最初からいなかったかのように、新たな仲間たちと共に覇道を歩んでいる。

嬉しかった。同時に、同じぐらい許せなかった――。

本当なら、ノエルの隣にいたのは自分だったはずだ。もちろん、全てを台無しにしたのは自分に他ならない。だが、そうとわかっていても、ノエルの人生から自分が完全に抹消されているという現実に、涙が止まらなかった。

自業自得、全部自分が悪かった。そう割り切って前を向くことができれば、どれだけ救われただろう。

だが、タニアは割り切れなかった。胸の内に渦巻く黒い感情は、憎悪であり、悲しみであり、怒りであり、そして――未《いま》だにタニアを縛り続けている、恋という名の呪いだった。

ノエルに会いたいと強く願った。会ったところで、何もできないことはわかっている。

襲い掛かったとしても、容易《たやす》く返り討ちに遭うだけだ。

だが、それでも良かった。もしノエルがタニアを殺せば、彼の手はタニアの血で汚れる。一生、かつての仲間を殺したという罪を背負うことになる。いかにノエルが優れた探索者《シーカー》だろうと、過去を消すことはできない。たとえ、僅かな引っ掻《か》き傷だろうと、自分の存在をノエルに刻むことができる。

何もできないのなら、ノエルにとって何の存在価値も無いのなら、タニアはそれでも良かった。むしろ、そうなることを、強く望んでいる。

そして、タニアの願いは、策を弄するまでもなく叶《かな》った。

「久しぶりだな。──タニア」

タニアの目の前には、未だに恋い焦がれて止《や》まない男が立っていた。

†

「……せっかくだし、お茶でもしない？」

タニアが誘うと、ノエルは腕時計を確認した。

「いいだろう。あそこのカフェでどうだ？」

ノエルが視線で示したのは、すぐ近くで営業している、小洒落《こじゃれ》たオープンカフェだ。客は少なく、空いている席が目立つ。

「わかったわ」

二人して移動し、テラス席に着いた。すぐに店員が注文を取りにくる。お互いに紅茶だけを注文した。長居をするつもりはない。

「元気そうでなによりだわ」

タニアは微笑を浮かべる。

「クランの創設、おめでとう。大活躍みたいね」

「大活躍？」

何がおかしかったのか、ノエルは吹き出した。

「大活躍どころか、もうすぐ俺たちは七星《レガリア》になる。そして、その後は、七星《レガリア》の頂点だ。おまえの薄っぺらい社交辞令なんていらないんだよ。その安い言葉に、どれほどの価値があると思っているんだ？」

ノエルの攻撃的な物言いに、タニアは頭に血が上るのを感じた。怒りに任せて口を開こうとした時、ノエルが冷たい笑みを浮かべながら手で制する。

「逆上するなら、会話はここまでだ。俺はもう帰る」

誘ったのはタニアの方だ。ノエルがいつ去っても文句は言えない。しかも、このタイミングで、店員が紅茶を運んできた。ここは怒りを呑《の》み込むしかない。

タニアは熱い紅茶を啜《すす》り、気もちを落ち着ける。

「相変わらず、性格が悪いわね……」

「俺はいつだって優しいよ。人を選ぶだけさ」

ノエルは素っ気無く言い、煙草《たばこ》を咥《くわ》えて火を付けた。

「煙草、吸うようになったんだ……」

「おまえと違って忙しい立場でね。こんなものでも役に立つ」

ノエルの言い方に、タニアは引っ掛かるものを感じた。

「あなた、私が奴隷になった後のことを知っていたの？」

「当然だ。全てフィノッキオから聞いた」

紫煙を燻《くゆ》らせながら、ノエルは続ける。

「素晴らしいご主人様に巡り合えたようじゃないか。もっとも、おまえもロイドも高級奴隷だった。良い暮らしができるのは、最初からわかりきっていた。横領罪で捕まるよりも、あのままロイドと逃避行を続けるよりも、ずっと豪勢な生活がな」

「……だから、感謝しろとでも？」

「その通りだよ、タニア。おまえは、俺に感謝するべきだ」

臆面もなく、ノエルは断言した。

「おまえは、俺のおかげで良い生活を手に入れられたんだ」

「よくも、そんなことを……」

怒りに震えるタニアを、ノエルは鼻で笑った。

「おまえがどう思っていても、それは事実だよ。おまえは俺を裏切った。俺はおまえに報復した。だが、お互いに今は恵まれた環境にいる。なら、何も問題ないだろ？　全ては過去のことだ。俺はもう、おまえに何も感じていない。怒りも憎しみもな」

「……過去、ですって？」

タニアは呆然《ぼうぜん》とするしかなかった。ノエルがタニアのことを忘れ、新たな覇道を歩んでいることは知っている。だが、直接目の前で、こうも冷淡な態度を取られるとは、流石《さすが》に思っていなかった。

謝罪がほしかったんじゃない。せめて、裏切者への憎しみをぶつけてほしかった。ノエルが持つ、タニアだけへの感情をぶつけてほしかった。そうすれば、納得できた。

だが、当のノエルは、タニアに対して、何の感情も抱いていない。ノエルの冷たい眼差《まなざ》しは、路傍の石ころに向けられる視線と全く同じだ。

「ロイドとヴァルターのことを聞かないのか？」

言葉を失っているタニアに、ノエルは質問をする。

「おまえのことを知っていたように、ロイドが誰に売られたのか、ヴァルターが故郷でどういう生活をしているのかも知っている。俺がおまえの誘いを拒まなかったのは、かつての仲間のよしみで、二人のことを教えてやろうと思ったからだ」

「あの二人のことなんて、どうでもいい……」

タニアは小さく吐き捨て、ノエルを真《ま》っ直《す》ぐに見据えた。

「それより、教えてほしいことがあるの」

「なんだ？　言ってみろよ」

「もし――もし、私たちが、あのまま仲間でいられたら、今のあなた達《たち》みたいに成功できていた？」

「当たり前だ」

ノエルは迷うことなく、即座に答えた。

「おまえたちを仲間に選んだのは俺だ。多少の差こそあっても、確実に今と同じ成功を得られていた」

「だったら、どうして私たちを許してくれなかったのッ!?」

席を蹴って立ち上がったタニアは、大声で叫んだ。

「たしかに、私たちは取り返しのつかないことをしたわ！　あなたからも逃げた！　でも、追いかけて奴隷に堕とすぐらいなら、許してくれても良かったじゃない！――ううん、許さなくても良かった！　ただ、贖罪の機会がほしかった！　贖罪も許してくれないのなら、あなたの奴隷になっても良かった！　私はロイドとは違う！　あなたのためなら、隷属の誓約書を使われても良かった！」

周囲の目に臆することなく、タニアは悲痛な声でまくしたてる。

「そうよ、隷属の誓約書よ！　あなたは私のことを信じられないと言った。でも、隷属の誓約書を使えば、信じられるでしょ？　私、あなたのためならなんだってできるわ。命だって惜しくない。だから、お願い。もう一度、仲間にして。私の才能は、あなただって認めてくれたじゃない。優秀な【治療師《ヒーラー》】が増えれば、今よりもずっと――」

「断る」

熱に浮かされたように喋《しゃべ》り続けるタニアを、ノエルは短く切り捨てた。

「どう、して？」

「俺の望みは、全ての探索者《シーカー》の頂点に立つことだ。そのために必要な仲間は、猛《たけ》る狼《おおかみ》だけ。自ら鎖に繋《つな》がれることを望む犬なんていらない」

だから、とノエルは目を細めた。

「今のおまえはいらない」

冷たい言葉に突き放され、タニアはよろめくように一歩下がった。

「知り合いの馬鹿エルフが言っていたよ。おまえが本当に好きだったのは、ロイドではなく俺だったってな。どうやら、本当のことだったらしい」

言いながら、ノエルは可笑《おか》しそうに笑った。

「おまえ如《ごと》きが、この俺を求めるのか？　身の程を弁《わきま》えろよ」

瞬間、タニアはドレスの裾を翻し、太もものガーターホルスターに隠し持っていたナイフを抜いた。そして、ノエルに突き刺そうと振り被《かぶ》る。だが――

「……どうして、反撃しないの？」

タニアがナイフで襲い掛かったにも拘《かかわ》らず、ノエルは微動だにしなかった。ただ、無表情でタニアを見上げている。

「あなたの体術なら、反撃は簡単だったでしょ！　答えてよ！」

詰問しても、ノエルは何も言わないままだ。タニアの眼《め》から、止めどなく涙が溢《あふ》れてきた。手からナイフが滑り、地面に落ちた。異変に気が付いた周囲の客たちから、安堵《あんど》の息が漏れる。痴情のもつれによる騒動だと認識しているようだ。実際、その通りだった。

「ねえ、なんで何も言ってくれないの？　何か言ってよ、お願い……」

懇願するタニア。ノエルは煙草を吹かした。

「俺のことは忘れろ。おまえにはおまえの人生がある」

「忘れられるわけないよ……。あなたがいたから私は——」

言葉に詰まったタニアは、ノエルに唇を押し付け、熱い吐息を注ぎ込んだ。だが、ノエルは驚くこともなく、冷静にタニアを押し退《の》ける。重なり合った互いの唇から、細く透明な糸が伸びて、すぐに千切れた。

「俺を求めるな」

吸いかけの煙草を灰皿に押し付け、ノエルは立ち上がった。テーブルに二人分の紅茶の代金を置き、踵《きびす》を返す。

「じゃあな」

一度も振り返らずに去っていくノエル。その背中を見送りながら、タニアは血が滲《にじ》むほど拳を握り締めた。そして、叫ぶ。

「あなたが私のものにならないのなら、それでもいいッ!!　でも、忘れないで！　私は絶対に、あなたを許さないッ!! あなたのことを忘れない! あなたに近づく女は、全員殺してやるッ!! 私は本気よ! 今の私には、それができる力がある!! それが嫌なら――それが嫌なら…………」

タニアは耐え切れず、頽《くずお》れるようにテーブルに突っ伏した。

「……それが嫌なら、ずっと私が憧れたままのあなたでいて。人としての弱さを見せないで……。誰も寄せ付けない、最強のあなたでいて……」

嗚咽《おえつ》交じりに呟《つぶや》く呪詛《じゅそ》。ノエルは一瞬だけ立ち止まった。

「俺の王は俺だけだ。俺は誰にも縛られない」

背中越しに宣言し、再び歩き出すノエル。タニアは顔を上げずとも、ノエルが絶対に戻ってきてはくれないとわかっていた。

「……好き。死ぬほど、好き。…………愛している」

そんな男だからこそ、タニアは気が狂うほど愛してしまったのだから。

だが、蛇は決して、人と相容《あいい》れることはない――。

†

「「うわぁ……」」

とんでもないものを見てしまった。物陰に潜み、ノエルとタニアの様子を覗《のぞ》き見ていたアルマとリーシャは、青褪《あおざ》めた顔で同時に慄《おのの》く。

「興味本位でくるんじゃなかった……」

「ボクも……」

　半ば放心状態のリーシャが呟くと、アルマも頷《うなず》く。

　ノエルが心配だったのは本当だ。奴隷に堕《お》とされたタニアが、ノエルに恨みを抱くのは当然である。たとえ、原因がタニアにあったとしても。体術に優れたノエルが容易《たやす》く命を奪われるとは思えないが、不意を突かれたらどうなるかわからない。もしもの時は、一緒にノエルを助けるつもりだった。

　だが、アルマとリーシャの一番の目的は、ノエルとタニアがどんな会話をするのかを知ることだった。要するに、野次馬根性である。

　ノエルが再会したタニアにどんな態度を取るのか？　自分を奴隷に堕とした想《おも》い人《びと》に、タニアがどんな言葉と感情をぶつけるのか？

　好奇心を掻《か》き立てられた二人は、一部始終を見届けたかった。だが、一連のやり取りを目撃した二人に残ったのは、筆舌に尽くしがたいほどの罪悪感だけだった。

　浮ついた心で見るんじゃなかった。聞くんじゃなかった。心の底から後悔している。時間を巻き戻せるなら巻き戻したい。

「タニアがノエルを好きなのは知っていたけど、あそこまで本気だったなんて……。単に独占欲が強いだけだと思ってた……」

リーシャの耳には、未《いま》だにタニアの悲痛な叫びがこびりついている。血を吐くような呪詛だった。そして、強烈な愛の言葉だった。人は誰かのことを、あんなにも深く愛せるものなのか、と戦慄するばかりだ。

「ウチ、タニアのことは好きじゃないよ。前に酷《ひど》いことも言われたし。でも、可哀想《かわいそう》だなって思った。あんなに愛してても報われないなんて……」

俺を求めるな。ノエルは自分に縋《すが》るタニアを、容赦無く切り捨てた。

「ノエルにはノエルの都合があるのはわかっているけど、男って自分を好きな女の子に、ああも冷たくなれるものなの？」

憤っているわけじゃない。ただ、理解ができなかった。ノエルにとってタニアは、全くの赤の他人ではない。裏切られたとはいえ、一年間も苦楽を共にしてきた仲間だ。にも拘らず、少しも情けを見せなかったことに愕然《がくぜん》とさせられた。

「男だからじゃない。ノエルだから」

アルマは苦笑し、肩を竦《すく》めた。

「普通の男なら、あの娘《こ》みたいな美人を切り捨てないでしょ」

「そういうもん？」

「だと、ボクは思う。ノエルは普通じゃない。あの子もまた、呪いに縛られているから……。そういう意味では、タニアと似ているのかも」

最強になるという呪いのせいで、ノエルは目的に不要な全てを切り捨てている。決して健全とは言えない生き方だ。

「タニアと違うのは、ノエルの呪いは自分を強くすること」

「どっちにしても、幸せになれる生き方じゃないよ……」

「それは否定しない」

　幸せの定義は人それぞれだが、一つの目的のためだけに全てを犠牲にするのは、誰がどう考えても間違っている。

　アルマが自らの手で葬った父も、極端な視野狭窄《きょうさく》に陥っていたせいで道を見失った。ノエルは父よりも遥《はる》かに強い心を持っているが、奥底に同じ危うさを孕《はら》んでいる。

　ここ最近、アルマはノエルの役に立てているか不安だった。戦力面ではレオンとヒューゴに及ばず、真祖《ノーブル・ブラッド》に止《とど》めを刺したのもコウガだ。彼らに才能で劣っているとは思っていないが、結果を出せていないのは事実だった。

　不安だったし――焦りもあった。だが、焦ったところで、急激に成果を得られるわけじゃない。むしろ、性急に過ぎるノエルの下で働いているからこそ、彼を支えるためには心の余裕が大切なのだと考えている。

　その答えは、ノエルとタニアの会話で証明された。タニアのようになっては、ノエルを支えることなんて絶対に無理だ。アルマにはアルマの強さが求められている。

「安心して。ノエルにはボクがいるから」

　アルマが胸を張って微笑《ほほえ》むと、リーシャも笑った。

「そうだね。ウチもいるし」

「いや、リーシャは別にいらない」

「ええっ!?」

驚くリーシャに、アルマは溜息《ためいき》を吐《つ》いた。

「そもそも、リーシャは他所《よそ》の子。仲間面しないで。気もち悪い……」

「酷くない!? たしかにクランは別だけどさ！」

「百歩譲ってリーシャも仲間だとしても、どうせすぐにいなくなる」

「……ど、どういう意味？」

不穏な言葉に身構えると、アルマは悲しそうに眉尻を下げた。

「ノエルの周りをウロチョロしている発情エルフなんて、タニアにとっては真っ先に殺したい邪魔者。……きっと殺される」

「こ、ここ、殺されないよ！」

リーシャは否定したが、前に「二度と近寄るな」と釘《くぎ》を刺されたことはある。あの時の記憶が恐怖心となって蘇《よみがえ》り、冷や汗が止まらなくなった。

「か、仮に、タニアに襲われても、ウチだって負けないし！」

リーシャは戦いの経験を積み、ランクアップすることができた。【弓使い】系Bランク職能《ジョブ》、【鷹の眼《ホークアイ》】となった今、探索者《シーカー》業から遠のいたタニアなど敵ではない。

「でも、タニアはお金持ちっぽい。優秀な刺客を雇われたら、リーシャでも負けると思う。

可哀想……」

「そ、それを言うなら、アルマだって同じじゃん！」

「ボクは大丈夫」

断言するアルマに、リーシャは首を傾《かし》げた。

「なんで？」

「ボクはお姉ちゃんだから」

「どういう理屈!?」

リーシャが驚き叫ぶと、アルマは舌打ちしながら指を振った。

「お姉ちゃんはポジション的に無敵。恋人じゃないから恋敵に狙われることもないし、タニアみたいに拒絶されることもない。合法的にノエルとイチャイチャし放題。つまり、時代はお姉ちゃん」

「どういう理屈なの……」

言っている意味がわからず、リーシャは頭を抱えた。

だが、恋愛関係を望まない限り、たしかに拒絶されることはないのかもしれない。臆病者と自ら爆弾に火を付ける愚か者、どちらか選ぶのなら圧倒的に前者だ。

ノエルは誰にも媚《こ》びないし、靡《なび》くこともない。そういう男だからこそ、リーシャも好意を持つようになった。我ながら難儀な男を好きになったな、とリーシャは苦笑する。

「……ちなみに、お姉ちゃん枠って、まだあるの？」

「無い。ノエルのお姉ちゃんは、ボクだけ」

「そっか……」

すげなく即答されたリーシャは、心の内で誓った。

もし、タニアに狙われたら、絶対にアルマも巻き込んでやる、と――。


翌日、一つの新聞記事が帝都を賑《にぎ》わすことになった。

『嵐翼の蛇《ワイルドテンペスト》のマスター、ノエル・シュトーレンの熱愛発覚!? 相手は元仲間のタニア・クラーク！』

飛ぶ鳥を落とす勢いにあるクランマスターの熱愛報道は、瞬く間に帝都中に広がり、朝から晩まで話題の的となった。記事には最新の投影技術――写真も載せられており、そこには口づけを交わすノエルとタニアの姿があった。

ここまでなら単なる熱愛報道で終わりだが、記事には続きがある。

『熱愛関係にある元仲間のタニアは、ノエルによって奴隷に堕とされていた!? 更に、タニアを買った大富豪は、心臓発作で亡くなっていた事が発覚！ タニアは莫大《ばくだい》な遺産の一部を相続していた！ あまりに不自然な関係性と事件！ 両者の間に見え隠れする、黒い疑惑の真実とは!?』

新聞記事はノエルが元仲間を奴隷に堕としたことを公にしたばかりか、タニアの主人をノエルが金目当てに謀殺したように思わせる内容が書かれていた。

小さな新聞会社の記事だったため、熱愛報道以外を真に受けた者は少なかった。信憑《しんぴょう》性《せい》の薄い記事を鵜呑《うの》みにする馬鹿は少ない。ただ、元から嵐翼の蛇《ワイルドテンペスト》に良い印象を持っていなかった者たちは、これ幸いと便乗して悪評を流し始めた。影響される者も多く、嵐翼の蛇《ワイルドテンペスト》のブランドに傷がついたのは間違いなかった。

このまま流言飛語のせいでイメージダウンを続けるかと思いきや、そうはならなかった。最初の記事以降、ノエル――嵐翼の蛇《ワイルドテンペスト》についての新たな情報は、全く報道されることがなかったからだ。他の新聞会社はもちろん、渦中にある記事を書いた新聞会社まで沈黙を守っている。

結果として、騒ぎは一週間も経《た》たない内に収束してしまった。人の噂《うわさ》も七十五日と言うが、大都会である帝都では、燃料となる新情報が与えられない限り、噂の賞味期限は三日と持たない。あっという間に他の情報に押し流されてしまう。ノエルの悪評を話題にする者も、すぐに見られなくなってしまった。

そして、そのことを誰よりも嘆いている男がいた。

「帝都の記者は腰抜けばかりだッ!!」

場末の寂れたバーで、一人の男が酔っ払っていた。髭面《ひげづら》で着ている服もよれよれだが、年齢はまだ若く、二十代後半だ。ウイスキーグラス片手に、誰へとなく息巻いている男の名はジョゼフ。ノエルの暴露記事を書いた張本人である。

ジョゼフはフリーの新聞記者で、帝都に来る前は別の街を拠点にしていた。強引な取材方法のせいで敵が多く、ついに街にいられなくなってしまったが、誰にも忖度《そんたく》しない真実のみを追求する記事には、多くのファンもいた。

かつての拠点に未練は無い。どのみち、帝都に拠点を移すつもりだった。帝都は帝国の中心であり、記事となる事件に事欠かない場所だ。新天地で記者としての腕を振るえることに興奮さえ感じていた。

帝都に到着して早々、ジョゼフはノエルと彼が率いる嵐翼の蛇《ワイルドテンペスト》に目を付けた。日の出の勢いで快進撃を続けている嵐翼の蛇《ワイルドテンペスト》は、驚くことに創設されてまだ半年も経っていない。しかも、クランマスターは十六歳のガキだ。いかに優秀な人材が揃《そろ》っているとはいえ、きな臭いものを感じずにはいられなかった。何より、ジョゼフの記者としての勘が、ノエルを調べるべきだと伝えていた。

勘は当たっていた。調べれば調べるほど、黒い話が出てくる。ジョゼフは歓喜し、帝都の大手新聞会社に特集記事を組ませてほしいと売り込んだ。だが、どの会社も、決して首を縦に振ることはなかった。

仕方なく大手は諦め、中小に絞って営業を続けたところ、ようやく話を聞いてくれる会社が見つかった。そうして世に出せたのが、件《くだん》の記事だ。反応は想像以上に良かった。しかも、あれは前ふりだ。ノエルについて書けるネタは、まだまだたくさんあった。

なのに――

「残念だが、君の記事はこれ以上載せられないよ。……何故《なぜ》って？　や、やはり、特定の誰かを誹謗《ひぼう》中傷するのは、企業倫理に反するからね……。そ、そういうわけだから、うちにはもうこないでくれ！」

ジョゼフは編集長に追い出され、記事の続きを書けなくなってしまったのだ。記事の反響に一番喜んでいたのは、当の編集長だったにも拘《かか》わらず……。

「企業倫理に反する？　はっ、寝言は寝て言いやがれ……」

誰かの圧力に屈したのは明白だった。嵐翼の蛇《ワイルドテンペスト》か、あるいは嵐翼の蛇《ワイルドテンペスト》のスポンサーか。どちらにしても、また同じような記事を書いたら許さない、と脅迫されたに違いない。他の新聞会社も、同じ理由でジョゼフを拒んだのだろう。

「記者が脅しに屈して、誰が真実を追求できるってんだッ‼」

怒りを思い出して興奮したジョゼフは、グラスをテーブルに叩《たた》きつけた。客はジョゼフ以外にいないため、店主だけが冷たい視線を向けてきた。

虚《むな》しかった。感情が空回りしているのが自分でもわかる。だが、どの新聞会社も、ノエルの脅迫に屈している状況だ。記事として世に出せないのなら、取材をこれ以上続けたところで時間の無駄にしかならない。

「引き際が肝心、か……」

ジョゼフが肩を落とし、大きな溜息を吐いた時だった。

「浮かない顔ですね」

不意に隣で声がした。驚いて視線を向けると、黒いコートを着た黒髪褐色の青年が立っていた。口元がコートの襟で隠れているが、整った顔立ちをしている。

ゼロ・リンドレイク。人魚の鎮魂歌《ローレライ》のサブマスターだ。ジョゼフは彼と面識があった。というのも、ノエルの情報を集める際、積極的に協力してくれたからだ。最新式の小型投影機を譲ってくれたのも彼である。

もちろん、善意で協力してくれたわけではない。嵐翼の蛇《ワイルドテンペスト》と人魚の鎮魂歌《ローレライ》は敵対関係にある。ゼロはジョゼフを利用することで、嵐翼の蛇《ワイルドテンペスト》のイメージダウンを狙っていたに違いない。利用されていることはわかっていたが、目的のためなら拒む理由も無かった。

「浮かない顔にもなるさ。どの新聞会社も、嵐翼の蛇《ワイルドテンペスト》の言いなりだ。俺の記事はもう出せない」

ジョゼフが吐き捨てるように言うと、ゼロは肩を竦《すく》めた。

「なるほど。それは困りましたね」

ですが、と笑って続ける。

「手が無いわけではありませんよ」

「……本当か？」

縋《すが》る思いで見上げると、ゼロは頷《うなず》いた。

「ええ、もちろん。要は、記事さえ出せればいいんですよね？　だったら、こちらで手配しましょう」

「新聞会社を通さず、個人で記事を出すってことか？」

「そういうことです。資金援助は惜しみませんよ」

悪くない手だった。だが、大きな問題がある。新聞会社を通さず個人で記事を出したところで、誰も信用しないだろう、ということだ。

人が信じるのは情報ではなく、情報を出した個人——延《ひ》いては組織である。何の知名度も無いジョゼフが個人で出した記事を、いったいどこの誰が信用するというのか。読者に信用してもらえない記事など、存在しないも同じである。

「……資金援助だけでなく、あんたとこの看板も貸してほしい。七星《レガリア》である人魚の鎮魂歌《ローレライ》のお墨付きがあれば、読者も俺の記事を信用してくれるだろう」

ジョゼフが頼むと、ゼロは無表情で首を振った。

「無理ですね。我々の関係を公にすれば、それこそ誰も信用しなくなる。人魚の鎮魂歌《ローレライ》と嵐翼の蛇《ワイルドテンペスト》が敵対関係にあることは、あなたも知っているでしょう?」

「たしかに、そうだな……」

読者も馬鹿じゃない。人魚の鎮魂歌《ローレライ》の看板を借りたら、嵐翼の蛇《ワイルドテンペスト》のイメージダウンを目的にしていると、すぐに見破るだろう。信用を得るどころか、不埒《ふらち》な輩《やから》の妄言だと見なされる可能性が高かった。

「なら、どうすればいい?」

「簡単ですよ。蛇に独占取材を頼めばいい。あなたは蛇の弱みを握っている。弱みを盾に取材を行い、それを記事にすればいい。取材対象との接点が明確なら、読者もあなたの記事を信用するに違いありません」

ゼロの提案を聞いたジョゼフは、口元に手を当てて思案した。

「……可能だと思うか？」

「難しいでしょうね。だからこそ、記者としての腕が問われる」

他人事《ひとごと》のような物言いに、自然と眉間に皺《しわ》が寄る。だが、試してみる価値はあった。危険な相手であることは重々承知している。かといって危険を恐れていては、真実を明らかにすることなどできない。

「わかった。やってやるよ」

腹を据えたジョゼフの眼《め》は、獲物を狙う獣のように爛々《らんらん》と輝いていた。


「マスターは取材を受けるとおっしゃっています」

ジョゼフが嵐翼の蛇《ワイルドテンペスト》のクランハウスを訪れると、独占取材は大した交渉をせずとも受け入れられた。応対したのはノエルではなく秘書だったが、ノエルと交わした約束であることに間違いはない。

ジョゼフは興奮した。同時に、恐怖心が芽生えてきた。ノエルは危険人物だ。取材をしている途中で襲われ、ドブ川に沈められる可能性は高かった。だから、すぐに取材はせず、後日改めてフクロウ便を使い、ジョゼフが取材場所を指定した。

馴染《なじ》みの宿屋で行えば、流石《さすが》に手を出せないはずだ。危害を加えられそうになっても、密室なら犯行を言い逃れることはできない。拉致監禁しようとしても、宿屋の従業員と客の目を欺いて実行することは不可能だ。

　身を守るにはうってつけの場所だった。それだけに、ノエルが簡単に認めることはないと思っていたのだが、意外なことに、返信には承諾すると書いてあった。しかも、仲間を連れず、たった一人でやってくるらしい。

　あまりに話がうますぎるせいで、ジョゼフはかえって警戒することになった。用意していた交渉材料を使わずとも、ノエルはジョゼフの望むがままに動いている。考えるまでもなく不自然な成り行きだ。警戒するなという方が無理な注文である。

「奴《やつ》め、いったい何を考えているんだ……」

　ジョゼフはノエルの考えがわからず悩んだ。だが、どれだけ頭を働かせても答えは得られなかった。そして、こう考えるようになった。

「ノエル・シュトーレンも所詮はただのガキなのかもしれない……」

　大した考えもなく、ジョゼフを脅して言いなりにするつもりなのだろう。脅しに屈しない大人もいることを、想像できていないに違いない。不安はまだ残っていたが、納得できる理屈だった。

　そして、取材当日。約束の時間になり、指定した部屋で取材を行うことになった。テーブルを挟んで、ジョゼフとノエルが向き合っている。

「ふ～ん、あんたがあの記事を書いた記者か」

　ノエルは傲慢に顎を上げて、ジョゼフを値踏みするように見た。

「記事は三流も良いところだったが、写真は綺麗《きれい》に撮れていたな。もっとも、本当に良い道具は使う者を選ばないから、それも当然か」

　その視線が、ジョゼフの首に掛かっている小型投影機に移った。

「それ、あんたのような三流記者が買える代物じゃないいな。大方、人魚の鎮魂歌《ローレライ》に貰《もら》ったんだろ。俺たちと奴らは敵対関係にある。イメージダウンを狙って記者を利用するなら、奴らしか考えられない」

　いきなり背後関係を見抜かれて、ジョゼフは驚いた。だが、予想の範囲内だ。この程度の推理なら誰でもできる。

「三流とはご挨拶だな」

　ジョゼフは口元を歪《ゆが》め、挑発的な口調で言った。

「オーケー。おまえがそういう態度を取るのなら、俺も下手に出るつもりはない。お互い、腹を割って話そうじゃないか」

「もとからそのつもりだ。さっさと用件を言え」

　ノエルの舐《な》め切った態度に、ジョゼフは軽く奥歯を噛《か》んだ。ガキの癖に、大人を見くびりやがって。すかした面に泡を食わせてやる、と心の中で息巻く。

「用件を言うも何も、俺の用件は既に済んでいる。おまえの悪行はとっくに調査済みだ。この取材は、読者からの信頼を得るためだけのもの。おまえが何を言わなくても俺の目的は達成できる」

　読者からの信頼を得るのに必要なのは、取材をしたという事実のみ。ノエルが何を言おうと、書く内容は最初から決まっていた。

「ほう、つまり俺はまんまと罠《わな》に掛かったわけだ」

　興味深そうに言うノエルに、ジョゼフは失笑した。

「余裕振るのはよせよ。往生際が悪いぜ。おまえがバルジーニ組《ファミリー》と懇意の仲であること、それだけでなく、監獄爆破事件の黒幕であることは調べがついている。俺の暴露記事が世に出れば、おまえは終わりだ」

　言っておくが、と勝利の笑みを浮かべて続ける。

「ここで俺に手を出すのは賢明じゃないな。大声を出せば、すぐに宿にいる奴らがやってくる。罪を重くしたいのならともかく、そうでないのなら大人しくしていろ。仮に俺を殺しても、信頼できる仲間に情報を預けてあるから無意味だ。俺からの連絡が途絶えたら、奴が真実を公にする手筈《てはず》になっている」

　ジョゼフは得意げに言ったが、これはブラフだ。今のジョゼフに信頼できる仲間などいない。だが、こう言えば、ノエルも手を出すのを躊躇《ためら》うだろう。

「もう一度言う。おまえは終わりだ」

　ジョゼフは勝ち誇り、ノエルに向けて投影機の撮影ボタンを押した。カシャ、という音が鳴って、発光装置《ストロボ》が光を放つ。

眩《まぶ》しそうに眼を細めたノエルは、困ったように笑った。

「目的は金だろ？　いくら欲しいんだ？」

その軽薄な言葉を聞いた瞬間、ジョゼフは激昂《げきこう》しテーブルを殴った。

「糞《くそ》ガキがッ!!　大人を舐めるんじゃねえぞッ!!」

ノエルを指差し、勢い良くまくし立てる。

「金で全てが解決すると思うな！　俺が記者をやっているのは、金や名声のためじゃねえ！　全ての読者に真実を届けるためだ！　そう、俺の使命はただ一つ、おまえの悪行を白日の下に晒《さら》すことなんだよッ!!」

金や名声が欲しくないと言えば、それは嘘《うそ》だ。だが、それよりも大事なものがある。どれだけの大金を積まれても、翻意するつもりはなかった。

「ペンは剣よりも強し。おまえがいかに優秀な探索者《シーカー》でも、真実からは逃げられない」

ジョゼフは判決を告げるように断言した。

「なるほど、信念の男ってわけか」

ぱちぱち、とノエルは乾いた拍手を鳴らす。

「素晴らしい。金で俺に屈しなかった記者は、あんたが初めてだ。心から敬意を表するよ。三流と言って悪かった」

だから、と背筋が凍るような邪悪な笑みを浮かべ、言葉を続ける。

「俺もあんたに倣って、ペンで勝負するとしよう」

ノエルは宣言通り懐からペンと紙を取り出し、その場で何かを書いた。

「どうぞ」

差し出された紙に目を通した瞬間、ジョゼフは心臓を鷲摑《わしづか》みにされる錯覚を抱いた。全身から滝のような汗が噴き出し、恐怖で身体《からだ》が硬直する。

「どうやら気に入ってもらえたようだな」

「お、おまえ……」

紙に書かれていたのは、名前だった。そして、その名前は全て、ジョゼフの血縁、あるいは知人だったのだ。両親、祖父母、また兄と妹と彼らの家族。それどころか、友人だった者や、昔の恋人の名前まであった。

「記者というのは、常に自分たちが情報を支配する側だと思っている。だから、いざ自分たちが調査対象になると、途端に脆《もろ》さを露呈する。ペンは剣よりも強し、その言葉の本当の意味を、あんたはしっかり考えたことがあるのかな？」

愕然《がくぜん》としているジョゼフにノエルは微笑《ほほえ》み、おもむろに立ち上がった。そのままジョゼフの後ろに回ると、肩に手を置く。少女のように華奢《きゃしゃ》な外見をしているにも拘《かかわ》らず、ノエルの手は最初から抵抗が不可能だとわかるほどの力強さを備えていた。

「俺の悪行は調査済みらしいな」

耳元で囁《ささや》く声が、ジョゼフの耳朶《じだ》を撫《な》でる。

「だったら、彼らがどんな目に遭うか、わかっているはずだ。女子どもや老人だろうと関係無い。全員、同じ姿にしてやる」

「や、やめろ……」

ジョゼフが恐怖に震えながら言うと、ノエルは楽しそうな笑い声を上げる。無邪気で無慈悲な笑い声だった。

「おいおい、さっきまでの威勢はどこにいったんだ？　真実を追求することだけが使命なんだろ？　家族や知人の命ぐらい、犠牲にしてみろよ」

嘲笑交じりの声に、ジョゼフは唇を噛み締める。仕事に命を懸けていることは本当だ。だが、何の関係も無い者たちの命まで犠牲にすることはできない。

「た、頼む、やめてくれ……。俺が悪かった……」

「はぁ？　なんだって？　聞こえないなぁ」

わざとらしく耳に手を当て、聞こえない振りをするノエル。ジョゼフは悔しさと恐怖心で身体を震わせながら懇願するしかなかった。

「申し訳ありませんでした。お願いします、許してください……」

瞬間、ノエルが耳元で甲高い笑い声を上げた。

「アハハハハハハッ！　許してくださいだぁ？　あれだけ啖呵《たんか》を切っていたのに、それは都合が良すぎないかなぁ？　真実を追い求める一流記者さんが、俺みたいな糞ガキに屈して恥ずかしくないのか？――どうなんだ、オイッ！　答えろォッ!!」

ドスの利いた声に、ジョゼフは奥歯を鳴らす。

「ビビッて情けない姿を見せたら、俺が許すとでも思ってんのか？　ゴミ虫風情が、舐めてんのか。おい、聞いてんのか。この俺を舐めてんのかって聞いてんだッ!!　てめえの妹のガキ、今すぐここに連れてきてやろうか？　ああっ!?」

恐怖のあまり、目に涙を滲《にじ》ませて首を振るジョゼフ。これまでに何度も修羅場を潜《くぐ》り抜けてきたが、どんな機転を利かせても逃れられないと確信したのは初めてだった。

罠に嵌《は》めたつもりだった。このまま全てが上手《うま》く行くと思っていた。……浅はかだった。ノエルの異名は〝蛇〟。人に情けを掛けることなどありえず、一度食らいついた獲物は容赦無く丸吞《まるの》みにする。

死よりも恐ろしいことがあるだなんて、思いもしなかったのだ……。

「情けねえな。情けねえよ、あんた」

呆《あき》れ果てたように呟《つぶや》いたノエルは、いきなり装備していたナイフをテーブルに突き立てた。そして、恐怖で竦《すく》み上がるジョゼフに、猫撫《ねこな》で声《ごえ》で言う。

「ジョゼフ君、暴力団《ヤクザ》のケジメの付け方って知っているかな？」

言っている意味がわからず、震えながらノエルを見上げると、そこには井戸の底のように暗い二つの眼があった。

「俺は寛容だ。五本で許してやるよ」

冗談のように明るい声が、ジョゼフを地獄の底へと誘《いざな》う。

　ゼロが個室で書類に目を通していると、ドアがノックされた。

「副長、荷物が届いています」

「入ってくれ」

　部下であるクランメンバーが、小包を持って部屋に入ってきた。ゼロよりも若い青年で、気が良いため、よく雑事を引き受けてくれている。

「これ、副長にって届きました。でも、差出人が不明なんですよね」

「中身の確認はしたか？」

　人魚の鎮魂歌《ローレライ》には透視スキルを持ったメンバーもいる。彼らの力を借りれば、不審物の正体を知ることも簡単だ。

「いえ、勝手に中身を確認するわけにもいきませんから。副長さえ良ければ、すぐに透視を頼みますけど？」

　ゼロは少し考え、首を振った。

「荷物はこのまま僕が受け取るよ。ご苦労様」

「ひょっとして、これですか？」

　部下は小指を立てて悪戯《いたずら》っぽい笑みを浮かべた。どうやら、親しい女からの贈り物だと勘繰っているようだ。ゼロは苦笑した。

「そんなところだ。ほら、仕事に戻れ」

「わかりました。詳しい話は、また今度聞かせてください」

部下が小包を置いて部屋から出て行くのを確認した後、ゼロは小包の包装紙を丁寧にはがし始めた。すると、一枚のメッセージカードが机の上に舞い落ちる。

『親愛なる友へ。敬意を込めて』

達筆で書かれたメッセージに悪意を感じるのは、決して気のせいではないはずだ。メッセージと共に包まれていた白い小箱は、底の部分が少しだけ赤く染まっていた。

「さて――」

ゼロは箱を開ける。中に入っていたのは、ゼロがジョゼフに送った小型投影機と、そして――切断された五本の指だった。まず間違いなく、ジョゼフの指だろう。

「これが蛇か。完全に暴力団《ヤクザ》の手口だな」

冷静に呟いたゼロの口元には、薄い笑みがあった。

蛇は目的のためなら手段を選ばない男だ。しかも、残忍かつ卑劣でもある。だが、その行動理念が那辺にあるかがわからなかった。衝動的なものなのか、それとも考えた末の行動なのか、あるいは性格的な偏りなのか。

だからこそ、ジョゼフを捨て駒にして、ノエルの内側にあるものを知ろうと考えたのだ。

斯《か》くして、答えは得られた。

「プライドに縛られる完璧主義者、それが君の正体か」

ノエルの立場で考えた場合、ジョゼフを処理する方法はいくらでもあった。秘密裏に始末することもできただろう。懐柔して逆に人魚の鎮魂歌《ローレライ》の懐を探るスパイにすることだってできた。

だが、ノエルが選んだのは、ジョゼフに制裁を加え、背後にいた人魚の鎮魂歌《ローレライ》に自らの残虐性――恐怖を示すことだった。

恐怖という感情で他者を支配する手段に拘《こだわ》るのは、プライドが高く、他者の過ちを許せない性格である証拠。まさしく、暴力団《ヤクザ》によく見られる性格傾向だ。そのことは、仲間の不祥事を決して許さなかった過去が裏付けている。

内面がわかれば、対策を立てることは容易だ。人は自分から逃げることはできない。どれだけ優れた知性と判断能力を持っていても、必ず性格的志向に沿った決断を下す。

ゼロは席を立ち、昇降機を使ってクランハウスの地下四階に降りた。

地下四階に来れるのは、クランマスターであるヨハンと、サブマスターであるゼロだけだ。二人が持つ専用の鍵によってのみ、地下四階への降下を作動できる。つまり、この階層は、他のメンバーも知らない秘密の場所だった。

淡い照明が照らす廊下に、ゼロの靴音が反響する。やがて、ゼロは金属製の頑丈な扉の前で立ち止まり、視察孔を開いた。ツンと饐《す》えた臭気が鼻を突く。部屋の中心には、小さい影が蹲《うずくま》っていた。

ここは独房。囚人にはスキルの発動を妨害する首輪が嵌められている。独房は非常に頑丈であるため、スキル無しではどれだけ暴れても出ることはできない。仮に出られたとしても、昇降機以外に出入口が無い地下四階からの脱出は不可能だ。

「やあ、元気かな？」

ゼロが声を掛けると、囚人はおもむろに顔を上げた。疲弊しきった顔には精気が無く、絶望だけが張り付いている。死なないよう最低限の食事は与えているが、ずっとこの独房に閉じ込めたままなので精神的疲労が大きいようだ。

「あまり体調は良くないようだね。僕としても君のような人にこんな扱いをするのは気が引けるが、スパイに容赦をするわけにもいかないんだ。わかってほしい」

心苦しく思っているのは嘘じゃない。かといって、扱いを改善する気も無かった。下手に情けを掛ければ、同情心が湧くかもしれない。この囚人は道具だ。道具は道具として扱うべきである。

「君をどう使うべきか、やっと決まったよ」

ゼロは小さな声で呟くように言った。

「千変万化《フェイスレス》」

四章：雪花に舞う

深い森の中、俺は独りで歩を進める。共に付き従う者は誰もいない。ヒューゴの人形兵すらいない。

人魚の鎮魂歌《ローレライ》と抗争中である今、仲間たちが知れば血相を変えて怒ることだろう。街中ならともかく、誰の目も届かない郊外の森を独りで歩くなんて愚か者のすることだ。実際、俺も愚かだと思う。まったくもって、らしくない。

そもそもの発端は、クランハウスに届けられた、俺宛のプレゼントだった。

早朝、俺がクランハウスを訪れると、従業員たちがざわついていた。何事かと彼らを掻《か》き分け確認した俺は、入り口の前に置かれた〝狐《きつね》の頭部〟を目にした。切断されてまだ新しいらしく、滴る血が床を赤く染めていた。

「……憲兵には報《しら》せたか？」

他のメンバーはまだ姿を見せていない。不安そうな顔をしている秘書に尋ねると、彼は首を振った。

「いいえ、問題があった時は憲兵に報せる前に、マスターに連絡するよう仰せつかっておりましたので……。ちょうど連絡しようとしていたところです」

「それでいい」

戦いを生業《なりわい》とする探索者《シーカー》が安易に憲兵を頼ると、周囲からの評価を大きく落とすことになる。特に今は大事な時期だ。問題は内々に解決したい。それに、このプレゼントの送り主には見当がついている。

「意趣返しとしては上出来だな」

俺は呟き、狐の首を持ち上げた。非戦闘員である従業員たちが悲鳴を漏らしたが、それに構わず首を調べる。

「ふむ、ただの狐か」

最初に首を見た時、その持ち主はロキだと思った。姿を自由に変えられる【摸倣士《もほう》】という希少職能《ジョブ》を持つロキには、妖狐《シェイプシフター》の血が混じっている。獣人とは異なり変異種《モンスター》と人間とのハーフだ。だから、これがロキの正体なのかと思った。だが、違うようだ。

「うん？　口の奥に何かあるな」

狐の口を開くと、その中に折り畳まれた紙が入っていた。取り出し開いた紙には、俺とロキだけが知っている暗号文が書かれていた。それを読んだ俺は、すぐに紙を破った。

「悪いが、これを片付けておいてくれ。それと、憲兵だけでなく他のメンバーにも、この件は伝えなくていい。君たちはいつも通りの業務を頼む」

従業員たちに指示を出し、俺は踵《きびす》を返した。

「マスター、どこに行かれるんですか？」

「喧嘩《けんか》」

秘書の質問に俺は笑って答えた。

あれから早馬を駆り、郊外の森にやってきた。乗馬したままでは進めないので、付近の村の宿に馬を預けてからはずっと徒歩移動だ。

もうすぐ暗号文で指定された場所に辿《たど》り着く。暗号文には、こう書かれていた。

『情報屋を返してほしければ、翡翠《ひすい》湖まで一人で来い。仲間を連れてくれば、情報屋は殺す。——と脅しても、君は気にしないだろう。情報屋の命なんて惜しく無いはずだ。だから、こうしよう』

暗号文には続けて、こう書かれていた。

『もし、君が情報屋を見殺しにする選択をした場合、情報屋の死体と共に、そのことを帝都中に喧伝《けんでん》させてもらう。嵐翼の蛇のクランマスターは、自らの命惜しさに仲間を見殺しにする臆病者だと、帝都中が知ることになるだろう』

当然ながら差出人の名前は書かれていなかったが、間違いなく差出人は人魚の鎮魂歌《ローレライ》の誰かだ。やはり、ロキは任務に失敗し、人魚の鎮魂歌《ローレライ》に捕らわれていた。

暗号文に書かれていたように、本当ならロキを見殺しにすることに躊躇《ちゅうちょ》は無い。ロキはプロだ。任務に失敗した時の覚悟はできているだろう。死んだとしても、それは本人の責任である。俺が負うべき責任は何も無い。

だが、俺が見殺しにしたと喧伝されるのは不味《まず》い。帝国人にとって、探索者《シーカー》とは即《すなわ》ち、強者の象徴だ。強く、恐れを知らず、どんな困難にも果敢に立ち向かう、真の英雄である。

実際の姿はともかく、そうあるべきだと固く信じられている。

なのに、仲間を見捨てたと喧伝されてしまっては、大きなイメージダウンだ。ロイドとタニアを奴隷に堕《お》とした時とは違う。

ロキは任務に失敗しただけで、俺を裏切ってはいない。正規のメンバーではなく、仕事上の繋《つな》がりしかないものの、その関係性は確かに仲間と言っても差し支えないものだろう。

仲間を見捨てることは、探索者《シーカー》にとって最も信頼を失う行為だ。

また、喧伝すると脅している以上、人魚の鎮魂歌《ローレライ》は俺とロキの関係を詳細に把握しているはずである。拷問に屈したか、それとも自白系スキルを使われたか、どちらにしてもロキが持っている情報の全てを人魚の鎮魂歌《ローレライ》は持っているはずだ。

帝都中の新聞会社には俺の不利となる情報を流さないよう脅してあるが、七星《レガリア》であ
人魚の鎮魂歌《ローレライ》なら、新聞会社を通さずとも情報発信の術《すべ》はいくらでも持っている。

俺は情報戦略を駆使して名声を得てきた。だからこそ、今回の件を見過ごせば、取り返しのつかない負債を背負うことになる。信頼と評判を失わないためには、人魚の鎮魂歌《ローレライ》に従うしかなかった。俺一人で、ロキを助けなければいけない。

「本当に、それだけか？」

呟《つぶや》いた言葉に答えてくれる者は誰もいない。俺は独りだ。仲間を頼らず、たった独りで死地に向かおうとしている。だが、俯瞰《ふかん》して状況を考えてみると、愚かとしか言いようが無い。らしくないと自分でも思う。

「情報戦は俺の独擅場でもある。ロキを見殺しにしたとしても、挽回《ばんかい》する策はあるはずだ。なのに、頭を使うよりも先に行動しようとしている……」

理屈ではない。認めたくないが、今の俺は感情に支配されている。臆病者だと喧伝すると脅されたこと、そして、ロキを人質にされていることに腹を立てている。プライドに縛られ、情に惑わされている。俺が人の弱点だと侮ってきた感情に、今まさに俺自身が支配されているという事実。これを愚かだと言わずに、何を愚かだと定義できるだろう。

「だが……」

愚かだと自嘲する一方で、それを〝良し〟とする心もあった。捕らわれた仲間を助けるために、自らの命も顧みず、敵が待つ死地に赴く、まさしく英雄の物語だ。

勝つためなら、どんな卑怯《ひきょう》な手でも使う。仲間だった者も切り捨てる。それが俺だ。【話術士】という最弱の職能《ジョブ》に生まれた俺が、最強の探索者《シーカー》になるという祖父との誓いを果たすために選んだ道だ。

だが、それだけが全てじゃない。

何故《なぜ》なら、俺が求める最強は、誰もが認める絶対的な称号だからだ。悪に徹して得たとしても、それを称賛する者は誰もいないだろう。いや、真実、望めば騙《だま》し続けることは可能だろう。

だが、自分だけは騙せない。

智謀《ちぼう》策謀を駆使するのは良い。卑怯な手段も厳しい競争世界では当然の戦い方だ。勝つためならどんな手段も忌避せず使うべきである。

だが、どんなに嘘《うそ》と虚飾に塗《まみ》れようと、自分が誇れる自分であるべきだ。

「仲間を人質に取られて、臆病者だと侮られて、それでも確実な勝利を得るためだけに引き籠るような在り方、俺は認めない」

最強を求めるなら、最強に相応《ふさわ》しい生き方というものがある。たとえ愚かな選択であっても、喧嘩を売られて逃げるという生き方は許されない。絶対に。

「来ると信じていたよ、蛇」

大きな翡翠色の湖に辿り着いた俺に、褐色の男が柔らかく微笑《ほほえ》んだ。


「素敵なプレゼントをありがとう。御礼《おれい》を言いに来た」

俺が微笑み返すと、褐色の男――人魚の鎮魂歌《ローレライ》のサブマスターであるゼロ・リンドレイクは、楽しそうに笑い肩を揺すった。傍らには縄で縛られたロキが転がっている。俺が知っている軽薄そうなチンピラ風の姿だ。猿轡《さるぐつわ》をされているので喋《しゃべ》ることはできない。だが、俺を責めるような眼《め》をしていた。

おそらく、何で来たんだ、と怒っているのだろう。

「同感だな」

俺は呟き、一歩前に出た。

「約束通り一人で来たぞ」

「わかっているよ。周囲に気配は無い。いや、気配を探らなくても、君が一人で来たのはわかっている。君は、そういう男だ」

「へえ、えらく信頼してくれているじゃないか。俺の人格分析《プロファイリング》は完璧ってことかな？　わざわざ人質まで取って脅迫してきた男らしいな。臆病者の臭いで鼻が曲がりそうだ」

「ふふふ、こうでもしないと会ってくれないと思っていたからね。その代わりと言っては何だけど、ここには僕もまた一人で来た」

「……何？」

ゼロの言葉に、俺は眉を顰《ひそ》めた。たしかに、敵の姿は他に無く、また周囲からも気配を感じない。【話術士】である俺には気配察知スキルも職能《ジョブ》補正も無いため、素の状態の五感のみに頼った判断だが、間違いないと断定できる。気配がわからなくても、ゼロの微表情から嘘か否かの判断ができるためだ。

俺が口を噤《つぐ》んでいると、ゼロは愉快そうに口元を歪《ゆが》めた。

「おや、喜んでもらえると思っていたんだけどな。それとも、仲間を連れて来ていた方が都合が良かったのかい？」

「おまえ……どこまで知っている？」

「さあね。頭を使うのが得意なんだろ？　自分で考えてみなよ」

食えない男だ。思わず舌打ちをしてしまう。……情報源はリガクか？　奴《やつ》が裏切って、俺の切り札を話したのか？　だから、ゼロは一人で俺を呼び寄せたのか？

いや、違うな。おそらく、ゼロは何も知らない。だが、俺に何らかの切り札があると想定し、一計を案じて仲間を連れてこなかったのだろう。正しい判断だ。もし仲間を連れてきていたら、まとめて殺すことができたというのに。

「大きな損失だな」

世の中、全てが思い通りにいくわけじゃない。脅迫に従い独りでやってきたが、完全な無策というわけではなかった。俺には切り札があったのだ。人魚の鎮魂歌《ローレライ》の全メンバーを敵に回しても、単独で勝てる見込みがあった。

だが、切り札は何度も使えるものじゃない。つまり、俺はゼロ一人を殺すためだけに、切り札を使わなくてはいけないのだ。この後のことを考えると頭が痛い。

「さて、そろそろ始めようか」

ゼロはナイフでロキの拘束を切った。

「君は邪魔だ。さっさと消えてくれ」

自由になったロキは立ち上がり、俺に問うような視線を向けてくる。

「そいつの言う通りだ。おまえがいても役には立たない。早く逃げろ。ここよりもずっと遠くにな」

「わ、わかった……」

ロキは頷《うなず》き、脱兎《だつと》の如《ごと》く駆け出した。

「やはり、戦う術があるみたいだね。楽に殺すのは無理そうだ」

油断なくこちらの様子を窺《うかが》うゼロに、俺は肩を竦《すく》める。

「まさか！　俺は【話術士】だぜ？　仲間に守ってもらわなければ戦えない雑魚だ。【暗黒騎士】であるあんたには、逆立ちしたって勝てっこないよ」

「よく言うよ。君の殺意に満ちた眼、今すぐに僕を殺したいのが丸わかりだ。僕もまだ死にたくないんでね。――最初から本気で行かせてもらうぞ！」

一瞬で臨戦状態になったゼロは、勢いよく外套《がいとう》を脱ぎ捨てた。

「うおおおおぉぉぉぉっ!!　はあああああぁぁぁぁっ!!」

獣のような咆哮《ほうこう》と共に、ゼロの肉体が見る間に変貌していく。髪が逆立ち、筋肉だけでなく身体《からだ》そのものが肥大化し、背中を破って翼が生え、固く頑丈そうな鱗《うろこ》が全身を覆った。

僅か数秒、変身を終えたゼロの姿は、紛れもなく巨大な黒龍だった。

「あははは、ははははははっ！　素晴らしい！　素晴らしい手品だな！」

俺は黒龍となったゼロを見上げながら、称賛の拍手を送った。まさか、ゼロの正体が、神代の伝説である龍人だったとは。敵ではあるものの、その威風堂々とした生ける伝説の姿には、拍手の一つだって送りたくなる。

「GURURURU……」

黒龍の口から、漆黒の炎と恐ろしい唸《うな》り声《ごえ》が漏れる。その相貌には辛うじて人の知性が垣間見《かいまみ》えるが、狂暴な獣の色の方が濃く現れていた。

「感謝するよ、ゼロ・リンドレイク。龍退治は英雄の誉れだ」

俺は笑って呟き、コートの内ポケットから金属製の注射器を取り出した。そしてその針を首に刺し、中の〝薬〟を血管に流し込む。

効果は劇的だった。【話術士】は職能《ジョブ》特性のおかげで、魔力を使わずにスキルを行使できる。支援《バフ》にしろ異常《デバフ》にしろ、対象の魔力を利用するためだ。【話術士】のスキルは効果をもたらす呼び水に過ぎない。

だが、特性で魔力を必要としないからといって、俺の身体に魔力が流れていないわけじゃない。これまで使うことがなかった魔力が、身の内で激流のように循環している。身体が熱く燃えるようだ。そして、恍惚《こうこつ》たる万能感と充足感に満たされている。

ゼロが黒龍に変じたように、俺の身体にも変化があった。身体が山のように大きくなったわけじゃない。強固な鎧鱗《よろいうろこ》に覆われたわけじゃない。鋭い牙と爪を持ったわけでもない。空を駆ける翼だって生えていない。

見た目でわかる変化はほとんど無かった。だがそれでも、俺の変化は、ゼロよりも大きかった。俺の変化を本能で察したゼロは、その巨体で後退《あとずさ》る。

恐怖の臭いがした。今の俺は、恐怖の臭いに敏感だ。

「人がどこまで狂暴になれるか、その身で知るがいい……」

身の内から止めどなく溢《あふ》れてくる殺意と狂気が、俺を突き動かす。

逃げろと言われて逃げたのは二回目だ。

「糞《くそ》っ、ちくしょう……」

ロキは走りながら涙を流す。全ては自分の責任だ。人魚の鎮魂歌《ローレライ》への潜入捜査さえしくじらなければ、こんな醜態を晒《さら》すこともなかった。情報屋のプロともあろうものが、任務に失敗しただけでなく、捕らえられ人質になるなんて、決してあってはならないことだ。悔しい。死ぬほど悔しい。

なにより悔しいのは、ノエルが助けに来たことだ。彼の性格からして、絶対に助けにこないと思っていた。だが、ノエルは助けに来た。ゼロの目論見《もくろみ》通り、ロキはノエルを呼び寄せるための餌となってしまった。取り返しのつかない失敗の重さが、容赦無くロキを苦しめる。

一瞬、足を止めた。ロキの職能《ジョブ》は【摸倣士《ものまねし》】。分類としては戦闘系だが、実際の戦闘能力は皆無だ。姿を変えることしかできない。戦えない者にできることなどない。そんなことはわかっている。だから足を止めたのは、一瞬の迷いに過ぎなかった。

足を止め、後ろを振り返る。その瞬間、凄《すさ》まじい衝撃波がロキを吹き飛ばした。大木に叩《たた》き付けられ、その激痛に見悶《もだ》えする。

「な、何だ?……何が起こった?」

痛みが治まり周囲を見回すと、駆け抜けた衝撃波が木々を圧《へ》し折っていた。衝撃波が発生したのは、ロキが逃げてきた方向、つまりノエルとゼロがいる場所だ。

呆然《ぼうぜん》としているロキの頭上から、大量の水が降り注ぐ。初めは雨かと思った。だが、違った。水は僅かに生臭く、また空からは水だけでなく、魚の死体まで降ってきた。

「これ、もしかして……あの湖の水か？」

確証があるわけじゃない。だが、状況的にそうとしか思えなかった。それほどの異常事態が起こったにも拘《かかわ》らず、森の中は一転して恐ろしいほどの静寂に包まれている。小鳥が囀《さえず》る声すらしない。耳が痛いほどの完全な無音だ。

「終わった、のか？」

戦いが終わったのなら、負けたのは間違いなくノエルだ。いくらノエルが不滅の悪鬼《オーバーデス》に鍛えられた探索者《シーカー》であっても、ゼロには絶対に勝てない。勝敗は火を見るよりも明らかだ。だからロキは、逃げてきた道を戻り始めた。

ノエルが死んだのなら、せめて確認だけでもしなければいけない。そして、彼の仲間に伝えなくてはいけない。その使命感が足を動かす。

だが、翡翠《ひすい》湖に戻ったロキが目にしたのは、全く異なる状況だった。

「ノ、ノエル？」

水が無くなった大きな穴の前で、ノエルは静かに佇《たたず》んでいた。周囲の地面は醜く抉《えぐ》れており、また大量の赤い血が水溜《みずた》まりを作っていた。だが、ノエルの血ではない。ノエルに損傷を負っている様子は見られない。

「戻ってきたのか」

ノエルはロキを振り返り、薄い笑みを浮かべる。彼と目が合った瞬間、ロキは恐怖で凍り付くかと思った。姿形は変わっていない。いつものノエルだ。だが、眼が違った。赤く光る眼は、まるで深淵《アビス》のように、底知れない凶兆を予感させる。

立ち竦むロキを尻目に、ノエルは自分の首に注射器を刺した。その薬の効果が働いたのか、ノエルの眼が元に戻る。そして、ノエルは力無く膝を突いた。

「お、おい！　大丈夫か!?」

慌てて駆け寄ったロキは、間近で見たノエルの姿に絶句する。彼の皮膚には、無数の罅割れ状の痣が現れていた。

「……仕留め損なった。奴一人のために〝力〟を使ったのに、逃がしてしまうなんて……。最悪だ……。すぐに対策を練らないと……」

ノエルは息も絶え絶えの状態で、うわ言のように呟《つぶや》く。

「な、なんだか知らないけど、とにかく生き延びたんだ。今は安静に――」

していろ、と言い終わるよりも先に、ノエルは倒れ伏した。

「ノエル！」

ロキはノエルの容態を確認する。呼吸はしているが、かなり荒い。それに、体温が異様に低い。このまま放置したら危険だ。ロキは意識を失っているノエルを背負った。

「待っていろよ！　すぐに医者に連れて行ってやるからな！」

「はぁはぁっ、まさか僕が尻尾を巻いて逃げる羽目になるなんて……」

満身創痍《そうい》のゼロは、大木に背中を預けて自嘲する。

「切り札を持っているのはわかっていたが、あの力は尋常じゃないな……。彼は死ぬことが恐ろしくないのか？」

ゼロはノエルと戦い、そして敗北した。それも、一方的な敗北だった。黒龍に変化したにも拘らず、手も足も出なかった。それほどに、ノエルが持っていた切り札は強力だったのだ。逃げ延びることができたのは奇跡に近い。

「だけど、切り札の正体はわかった」

恐ろしい力だったのは間違いない。あれほどまで明確に死を覚悟したのは、ゼロにとって初めての経験だった。だが、それ故に確信があった。あれは何度も使える力ではない。種が割れてしまえば、対策は容易だとも理解していた。

「自ら試金石になった甲斐《かい》はあったな」

仲間を連れて来ていたら、大損害になっていたところだ。人魚の鎮魂歌《ローレライ》のメンバーは誰もが優秀だが、彼らが何人いても、あの状態のノエルには勝てる気がしない。勝てるのは本気になったヨハンだけだろう。

逃げ延びた今でも、あの戦いを思い出すだけで震えが止まらなくなる。心を落ち着かせるために深呼吸を繰り返していると、ヨハンから念話が届いた。

『首尾はどうだ？』

『……負けましたよ』

ゼロが答えると、驚愕《きょうがく》する気配が伝わってきた。

『どういうことだ？　蛇は仲間を連れて来たのか？』

『いいえ、彼は一人でした。僕は彼一人に負けたんです』

何故《なぜ》ゼロが負けたのか、その全てを話した時、ヨハンは大笑いした。

『ははははははっ、とんでもない男だな、蛇は！』

『笑い事じゃありませんよ。危うく死ぬところでした』

『悪い。だが、それが蛇の——いやノエル・シュトーレンの意志か。彼の評価を改めないといけないな』

『確かに脅威ですが、対策は容易です』

『そういうことじゃない。もっと根本的な話だよ。私は——』

ヨハンは言葉を区切り、穏やかな声で続けた。

『ノエル・シュトーレンこそが、最後の敵に相応《ふさわ》しいと考えている』

『……どういうことですか？』

ゼロは尋ねるが、ヨハンは何も答えなかった。念話が切られたのだ。こちらから繋《つな》ぐ手段はない。

『まったく、勝手な人だ……』

ヨハンの心の内はわからない。だが、どんな決定であれ、それに従うつもりでいた。クランマスターだからじゃない。

たった一人の親友だからだ。

ゼロとヨハンは、帝国の七星《レガリア》と魔工文明――それらを背景とする武力に対抗するためロダニアが行った〝極秘計画〟の産物である。即《すなわ》ち、大昔の偉人、あるいは神代の種族、彼らの遺骸を元に復元された実験体だ。

深度十二、魔王《ロード》に分類《カテゴライズ》される不死火の鳥王《フェニックス》は、魔力が続く限り僅かな肉片からも全身を復元できる驚異的な再生能力だけでなく、喰《く》らった遺骸を自らの下僕《鳥の化け物》として再生する能力を持つ。この不死火の鳥王《フェニックス》の心臓から作った生体器具を女の背骨に寄生させると、その女は不死火の鳥王《フェニックス》と同じように、食べた遺骸の復元体を孕《はら》むことができるようになる。

不死火の鳥王《フェニックス》と違うのは、下僕ではなく、独立した命を産み出せる点だ。

母体への負担が大きく、まともな復元体が生まれる確率は極めて低いが、数多《あまた》の犠牲の果てに、ロダニアは複数の成功作を手中に収めた。

ロダニアの建国の祖である、全ての職能《ジョブ》を扱えた伝説の勇者にして、本来は存在するはずのない規格外生命体《ミュータント》、【救世主《メシア》】レックス・ロダニウスの復元体が十一人。

ヨハン。シメオン。アンジェイ。ディエゴ。フォーマ。レヴィ。シェーマス。バート。サディアス。フェリパ。ジューダス。

この十一人を正規復元体《メシアナンバーズ》と言う。対してレックス以外の復元体を非正規復元体《ゼロナンバーズ》と言う。

非正規である理由は、研究データを得るためだけに創られた廃棄前提の実験体だからだ。

ヨハンは正規復元体《メシアナンバーズ》であり、ゼロは非正規復元体《ゼロナンバーズ》だった。

運命の日、ヨハンを含む十一人の子どもたち――正規復元体《メシアナンバーズ》が反旗を翻し、実験施設からの脱出を企てた。隷属の誓約書によって支配されていたにも拘らず、彼らの血に宿る【救世主《メシア》】の力は、絶対だったはずの拘束をも破ったのだ。研究者たちにとって完全な誤算だった。

正規復元体《メシアナンバーズ》は圧倒的な力で施設関係者たちを皆殺しにした。そして脱出しようとした時、ヨハンがゼロの捕らわれている牢獄《ろうごく》にやってきた。

「君も来い！」

ゼロは非正規復元体《ゼロナンバーズ》の中で、人の形を保っていた唯一の成功体だ。他の兄弟たちは、理性どころか知性すらも持たない肉塊だった。ゼロは彼らと共に、暗い牢獄の中で、ただ廃棄されるのを待つだけの日々を過ごしていた。

ゼロに救いの手を差し伸べたヨハンは、まさしく【救世主《メシア》】だった。

正規復元体《メシアナンバーズ》の十一人にゼロが加わり、十二人となった子どもたちは、追手から逃げながら行く先々の村や街を襲い、いつしか名うての盗賊団として恐れられるようになった。子どもたちもまた、人々の恐怖を利用するため、自分たちを銀雪花《ディープスノウ》盗賊団と名乗った。

リーダーのシメオンは、小心者で抜けているところもあるが、憎めない性格をしているため、仲間の皆から好かれていた。

ヨハンは陽気な自惚《うぬぼ》れ屋だ。目立ちたがり屋でもあり、スタンドプレーを好んだ。そのせいで窮地に陥ることもあったが、最後には必ず勝利した。生粋の英雄気質だ。

アンジェイは空気を読むことに長《た》けており、仲間たちの仲裁役を務めていた。彼がいなければ、銀雪花盗賊団《ディープスノウ》はすぐに瓦解していただろう。

ディエゴは気性が荒く喧嘩《けんか》っ早い。仲間たちとも喧嘩をするのは日常茶飯事だったが、戦闘の際には誰よりも果敢に戦った勇者だった。

フォーマは頭が切れるため、組織の参謀役を務めていた。一方で疑《うたぐ》り深く神経質な性格でもあるため、事ある毎《ごと》に後から仲間になったゼロを冷遇した。

レヴィは金にがめつく、仲間たちの中で最も略奪行為に積極的だった。だが、決してケチではなかった。市井に紛れて買い物をする際には、よく他の仲間に奢《おご》っていた。

シェーマスは無口で自己主張しない性格だが、最も戦闘能力が高かった。誰とでも喧嘩をするディエゴですら、シェーマスにだけは手を出さなかったほどだ。

バートは正直者で、歌と音楽を愛する素朴な青年だ。あまり群れることを好まず、アジトでは仲間たちから離れて、独りでギターを弾いていた。

サディアスは無類の酒好きだ。いつも酔っ払っていて、戦闘時にですら酒を欠かすことがなかった。一方で誰よりも信心深く、神への祈りを大切にしていた。

フェリパは正規復元体《メシアナンバーズ》の中で唯一の女だ。温厚で誰に対しても慈悲深く、戦闘時にも敵を極力殺さずに済むよう戦っていた。

ジューダスは仲間内で最も真面目な常識人だった。厳格ですらあった。だが、仲間に強要することはなく、あくまで彼自身の生き方だった。

ゼロは誰よりも仲間意識が強かった。戦闘時にはヨハンとディエゴと共に最前線で戦うことを好んだ。目立ちたいわけでも戦いが好きなわけでもない。仲間を守りたかった。

銀雪花盗賊団《ディープスノウ》は上手《うま》くいっていた。単に個々の戦闘能力がAランク上位、またはEXランク相当だっただけでなく、仲間たちの絆《きずな》が深かったからだ。討伐にやってきた軍も、探索者《シーカー》たちも、その全てを悉く《ことごと》返り討ちにすることができた。行政府は被害を恐れ、次第に手出しすることを躊躇《ちゅうちょ》するようになったほどだ。

だが、雪が必ず解けるように、銀雪花盗賊団《ディープスノウ》にも終わりの日が近づいていた。

「力を上手く使うことができないんだ……」

最初に異変が現れたのは、仲間内で最も戦闘能力に長けていたシェーマスだった。負けることのない戦いで傷つき、治療を行っても衰弱が止まらなかった。そして、死んだ。

仲間たちはシェーマスの死を悲しむと共に、自らの傍らに死神の存在を感じて恐怖した。シェーマスは兄弟にして同一存在だ。彼を捕らえた死の鎖は、自分たちにも繋がっている。

実際、すぐに他の者たちも身体《からだ》に変調を来すようになった。

個人差こそあったが、シェーマスと同じ状況だ。能力を上手く使えなくなり、身体機能も下がっている。正規復元体《メシアナンバーズ》ほど顕著ではないものの、非正規復元体《ゼロナンバーズ》であるゼロもまた、同じ変調に苦しむことになった。

原因は明らかだ。自分たちは紛《まが》い物《もの》でしかない。身に余る力を行使し過ぎた結果、その寿命を大きく削る羽目になったのだ。

以前のように敵を蹴散らすことはできなくなったが、それでも銀雪花盗賊団《ディープスノウ》は強かった。多くの戦闘経験が、子どもたちを鍛え上げたからだ。

だが、銀雪花盗賊団《ディープスノウ》は壊滅した。決定的だったのは、リーダーだったシメオンの死、そして信頼していたジューダスの裏切りだった。

「もう疲れた……。終わりにしよう」

終わりのない戦いの日々と、紛い物ゆえの限られた命。ジューダスは誰よりも真面目だったからこそ、冷酷で無慈悲な運命に耐えることができなかったのだ。

アジトを襲撃された銀雪花盗賊団《ディープスノウ》は奮戦したものの、仲間の裏切りという信じられない展開に心を乱され、本来の戦い方ができず敗北した。

生き残ったのは、ヨハンとゼロだけだ。二人を逃がすためにサディアスが自爆し、裏切ったジューダスと敵の大半を道連れにした。戦闘中に死んだ仲間たちの死体も、その全てが塵《ちり》と化した。

ヨハンとゼロは生き残ったものの、心も身体もボロボロで、生きる気力を失っていた。市井に潜伏しながら静かに死を待つ日々。そんな二人の前に、帝国の諜報員《ちようほういん》が現れた。

「君たちが望むなら、帝国への亡命を手伝おう」

「……何が望みだ？」

「私の雇い主は、皇室が自由に動かせる探索者《シーカー》を求めている」

「探索者《シーカー》だと？」

ヨハンの問いに諜報員は頷《うなず》いた。

「帝国の探索者《シーカー》は優秀だ。だが、優秀過ぎるゆえに、皇室も支配し切れてはいない。かといって法で強制しようとすれば、探索者《シーカー》だけでなく国民からも大きな反発を受けるだろう。だからこそ、皇室の意思を尊重する、強力な探索者《シーカー》がほしい」

「僕たちに、おまえたちの狗《いぬ》になれと言っているのか!?」

ゼロは憤慨して諜報員を睨《にら》み付けた。諜報員は救いの手を差し伸べているわけじゃない。都合の良い駒を求めているだけだ。大人たちの都合で廃棄前提の命を押し付けられたゼロにとって、体制側はそれだけで憎悪の対象である。

だが、ヨハンは違った。

「いいだろう。君たちの狗になってやる」

「ヨハン!?」

信じられないという顔をするゼロに、ヨハンは疲れた顔で笑った。

「どのみち、このままだと野垂れ死ぬだけだ。だったら、帝国の狗になるのも悪くはない。だが、唯々諾々と狗になるのは嫌だ」

「君の望みはなんだね？」

「私は――」

ヨハンは眼《め》に闘志の光を宿して続けた。

「英雄になりたい」

その真意は、痛いほど理解できた。限られた命だからこそ、この世界に爪痕を残したいのだろう。元より、ヨハンは英雄気質を備えていた。仲間を失い人生の岐路を問われている今、望むままに生きたいと願うのは自然な感情だ。

「ゼロ、君はどうする？」

ヨハンに問われたゼロは、溜息《ためいき》交じりに笑った。

「あなた一人じゃ心配だ。仕方ないから、僕も付いていってあげますよ」

他の仲間たちは死んだ。ゼロが親友と呼べるのは、もうヨハンだけだ。

帝国に渡った二人は、皇室の指示に従って、早速活動を始めた。寿命の不安はあったが、すぐに限界がくることはないだろう。

ゼロは正規復元体《メシアナンバーズ》ほどの力を持たないため、他の仲間たちより活動負担が少なく、寿命も長い。一方、ヨハンは力の消費を抑えるため、スキルを組み合わせることで複数の別人格を生み出した。別人格は死んだ仲間たちがベースだ。彼らが状況に応じて活動している間、本人格であるヨハンは深い眠りに就き、力の温存と回復に努めた。

反体制思想が強かった人魚の鎮魂歌《ローレライ》を内側から乗っ取り、七星《レガリア》となってからは、皇室に従う振りをしながら、全てを掌握するために動いてきた。

「英雄は誰にも屈さない。誰にも支配されない」

そうヨハンが嘯《うそぶ》いたのは、鉄道計画を考え出した時のことだ。

「必ず勝てますよ、ヨハン」

ゼロは灰色の空を見上げて呟《つぶや》く。蛇という障害こそ現れたが、覇道に試練はつきものだ。いや、試練無き覇道などありはしない。人魚の鎮魂歌《ローレライ》は蛇を喰らい、その先へと進む。

全てはこの世界に自分たちが生きた爪痕を残すために。


冬の太陽は坂を転げ落ちるような速さで沈む。

人魚の鎮魂歌《ローレライ》のクランハウスに来客が現れたのは夕方のことだ。護衛を伴い応接間に入ってきた長髪の美丈夫は、冷ややかな眼差《まなざ》しをヨハンに向けた。

「私が何の用で来たかはわかっているな？」

ヨハンはおどけるように肩を竦《すく》めた。

「もちろんです、カイウス殿下」

穏やかな声で応えたヨハンに、カイウス第二皇子は眉を顰《ひそ》めた。

「ふん、その気障《きざ》ったらしい態度、フォーマでもシメオンでもアンジェイでもない。ヨハン、直接会うのは数ヶ月ぶりだな。相変わらず、気に入らん男だ」

カイウスもまた、ヨハンに複数の人格があることを知っている。通常、ヨハンは行動の全てをフォーマに任せているが、相手によってはシメオンかアンジェイに代わることもある。共に円滑なコミュニケーションを行える人格だ。フォーマは頭の回転が速く物怖《ものお》じすることもないため、ヨハンが最も信頼している人格であるものの、横柄でプライドが高い欠点もあるため、気位の高い相手と話す際には不向きだからである。

「お会いできて嬉《うれ》しく思っていますよ、殿下」

「黙れ」

飄々《ひょうひょう》としているヨハンに対して、カイウスは冷たい。いや、激怒していた。

「貴様、どういうつもりだ？　今になって鉄道計画を降りたいだと？　そんなことが許されるとでも思っているのか？」

激情を押し殺したカイウスの問いに、ヨハンは笑って頷く。

「はい。密書でお伝えした通りです。人魚の鎮魂歌《ローレライ》は計画の全てから手を引きます」

「……理由を言え」

「理由と申されましても、それは殿下もよく御存じでしょう？　私の不手際で計画は大きく遅延し、協力してくれる貴族の方々、そして国民からの信頼も失いました。ならば、その責任を取って、私は計画から身を引くべきです」

「本心で言っているなら、涙の一つも流してやれるんだがな。せっかく全てが上手くいっていたのに、新参者の蛇に足を掬《すく》われて無様を晒《さら》した男の悲哀、理解できないわけじゃない。だが――」

カイウスは鼻に皺《しわ》を刻み、怒りを露《あら》わにした。

「この私に対して駆け引きをするつもりなら、断じて許さん。計画から降りると脅せば、失態の責任を取らなくても済むと思っているのか？　愚か者め。貴様は自らの意志で賽《さい》を投げたのだ。賽を振った後で降りるという選択は無い。粛々と自らの役割を果たせ。どうしても計画を降りるつもりなら、人魚の鎮魂歌《ローレライ》を七星《レガリア》から罷免する。それだけではない、貴様の探索者《シーカー》登録そのものを抹消する。それが本当の責任の取り方だ」

カイウスの言葉は脅しではない。だが、当のヨハンは余裕を崩さなかった。

「蛇に足を掬われた事に関しては、弁明のしようがありません。私の立場が悪くなり、得られるはずだった利益が少なくなった事も、自業自得だと受け入れましょう。だから、それを帳消しにしてもらうために、駄々をこねているわけじゃないんですよ」

「ならば、何が目的だ？」

「……喧嘩、と言ったら笑いますか？」

「貴様ぁっ、戯言《たわごと》を抜かすのも大概にしろッ!!」

堪忍袋の緒が切れたカイウスは、ヨハンを指差し怒鳴り続ける。

「言うに事欠いて、喧嘩だと？　子どもの遊びじゃないんだぞ！　誰が貴様の命を救ったと思っている!?　あのまま野垂れ死ぬはずだった貴様を助けたのは、この私だ！　亡命を手助けし、戸籍を与え、人魚の鎮魂歌《ローレライ》が七星《レガリア》になるまでの支援も行った！　貴様の鉄道計画も、この私がいたからこそ実現可能となったのだ！　それだけの大恩に後ろ足で砂を掛けるつもりか!?」

実際のところ、カイウスにも自らの思惑があってヨハンを手駒にしたのだから、恩を振り翳《かざ》される筋合いは無い。だが一方で、カイウスがいなければヨハンが野垂れ死にしていたのも事実だ。恩は無くても果たすべき義理はある。

「殿下には感謝していますよ。だから、人工悪魔《デミ・ビースト》を生産するための生物工場《バイオプラント》と研究データはお譲り致します。あれがあれば、私がいなくても問題ないでしょう」

人工悪魔《デミ・ビースト》は施設を脱走する時に持ち出した研究資料を元に開発した産物だ。帝国に鉄道を開通させるためには欠かせない存在である。だが、今となっては不要だった。もう鉄道計画に拘《こだわ》るつもりはないからだ。

「それだけで許されると思っているのか？」

カイウスの問いに、ヨハンは微笑を浮かべながら首を振った。

「いいえ。だから、これもお渡し致します」

ヨハンは机の引き出しから資料を取り出し、カイウスに手渡した。資料の中身を確認したカイウスは、一瞬にして顔面蒼白《そうはく》となる。

「き、貴様……」

「殿下なら、そこに書かれている情報の価値がわかるはず。それは、帝国が各国に派遣している諜報員の情報です。もし他国に渡れば彼らの命はありませんね」

他国の情報収集、また工作活動に従事している諜報員たちは、自国の安全と繁栄を守るため、身分を偽り危険な仕事を続けている。

だからこそ、もし彼らの素性が潜入先に知られてしまえば、拷問の末に殺されるだろう。

仮に帝国が他国の諜報員を見つけても、同じように扱うしかない。

金で懐柔できれば拷問も殺す必要もないが、そんな軟弱な精神の持ち主では、そもそも諜報員に選ばれるわけがない。故に、自国の諜報員の情報は絶対に漏洩《ろうえい》させるわけにいかず、同時に他国の諜報員の素性は大金を積んでも得るべき情報なのだ。

「この私を脅すつもりか？」

カイウスの眼には怒りを超えて憎悪が滲《にじ》み出ている。

「これは明確な背信行為だ。私だけでなく、帝国そのものに貴様は牙を剝《む》いたのだ。その覚悟はできているのだろうな？」

「ふふ、私を殺すつもりですか？　それも結構。受けて立ちますよ。ですが、私と多くの愛国者たちの命が一蓮托生《いちれんたくしょう》であることだけは、覚えておいてください」

いかにヨハンといえども、帝国の全戦力相手では分が悪い。だが、ただで殺されるつもりはない。死ぬ前に資料を他国に渡す。そうなれば帝国は大損害を被ることになる。悔しさに奥歯を嚙《か》み締めるカイウスの顔には、既に諦めの色が表われつつあった。

「……何が望みだ？」

「言ったはずですよ。私の望みは、蛇との喧嘩《けんか》です。殿下は、これから私がすることを黙認して下さるだけでいい。他のことは一切望みません」

「蛇の小僧と喧嘩をするためだけに、これまで得た全てを捨てると言うのか？」

ヨハンが頷くと、カイウスは頭を抱えた。

「貴様は正気じゃない。……英雄になりたいんじゃなかったのか？」

「その願いは今でも変わっていませんよ。私は私が生きた証《あかし》を世界に刻むため、英雄になりたい。ですが、英雄と言っても、人民の英雄に拘っているわけじゃないんです。私は私の英雄でありたい。私が誇れる私でありたい。それだけなんですよ」

探索者《シーカー》の頂点に立ち、冥獄十王《ヴァリアント》を討伐し、誰もが認める英雄になるのも悪くはないと思っていた。仮初の【救世主《メシア》】から本物の【救世主《メシア》】になれる機会《チャンス》に、運命を感じなかったと言えば嘘《うそ》になる。

だが、ヨハンは現実主義者だ。未だ見ぬ強敵《冥獄十王》よりも、今まさにヨハンの心震わす強敵《嵐翼の蛇》にこそ、この命を燃やしたいと願っている。

「あの少年は面白い。私の全てを賭けて殺すだけの価値があります」

ヨハンが断言すると、カイウスは大きな溜息を吐《つ》いた。

「……貴様のような愚か者、もう知らん。好きにするがいい」

踵《きびす》を返し扉に向かうカイウス。その足が不意に止まった。

「望むままに生き、望むままに果てよ、英雄」

カイウスが部屋を出た後、扉に向かってヨハンは頭を下げた。

「身に余るお言葉、感謝します。カイウス殿下」

しばらくして、部屋のドアがノックも無く乱暴に開けられた。部屋に入ってきたのはゼロだ。ゼロはヨハンと視線が合うと、呆《あき》れたような笑みを浮かべた。

「クランハウスの玄関で、カイウス殿下に会いました。殿下、怒っていましたよ。嫌な予感はしていましたが、まさか本当に決行するなんて。どうしようもない人ですね」

既に事情は知っているようだ。ヨハンは肩を竦めるしかなかった。

「怒られることには慣れている」

「慣れてどうするんですか。反省してくださいよ」

「過去を顧みるより、前を向いて生きるのがポリシーなんでね」

ヨハンは悪戯《いたずら》っぽく笑い、煙草《たばこ》を咥《くわ》えた。煙草に火を付け、紫煙を燻《くゆ》らせる。

「相談もせずに決めて悪かった。だが、もう決めたんだ」

「……クランメンバーはどうするんですか？」

「彼らは優秀だ。ここが無くなっても困らないだろう。クランの資産から、相応の金も渡すつもりでいる」

「無責任ですね。皆、あなたを慕っています。申し訳ないと思わないのですか？」

「思わない。私は私だ。彼らへの忖度《そんたく》で生き方を変えるつもりはない」

だが、とヨハンは笑って続けた。

「本当に彼らが私を慕っているというのなら、これからする喧嘩に付き合わせてやってもいい。絶対に楽しいぞ。大暴れできる」

「好き勝手言って、誰が説得すると思っているんですか？」

「それはもちろん、信頼できるサブマスター様だよ」

ヨハンの物言いに、ゼロは開いた口が塞がらなかった。

「やってくれるんだろう？」

「今日ほど、あなたを殺したいと思ったことはありませんよ。……他のメンバーは一旦クランを解雇し、その後に希望者を傭兵《ようへい》として雇います。それなら、彼らに大きな責任が及ぶことはないでしょう」

「わかった。その件に関しては、全てゼロに任せる」

頷《うなず》くヨハンを、ゼロは訝《いぶか》しげに見た。

「今回の件、寿命が原因なんですか？　もう長く生きられない、だから冥獄十王《ヴァリアント》ではなく、蛇との戦いに全てを費やすつもりなんですか？」

「どうかな。寿命にはまだ余裕があると思うが、冥獄十王《ヴァリアント》との戦いの時には、間違いなく今よりも弱っているはずだ。全力を出せる間に、相応《ふさわ》しい敵と戦いたいという思いが無いわけじゃない。だが、それだけってわけでもないんだ」

言葉にできない感情がある。それを確かめるための選択でもあった。

「蛇――ノエル・シュトーレンで構わないんですね？」

「ああ、私は彼を望む」

力強く頷くヨハンに、ゼロは穏やかな顔で笑った。

「承知致しました。お供しますよ、最期まで」

「いつも助かる」

「それで、どんな作戦を考えているんですか？」

「蛇は今まで、私たちをたっぷりと持て成してくれた。きちんとお礼をしなければいけない。私たちは私たちのやり方で、彼らを歓迎しよう」

ヨハンは獣が牙を剝くような獰猛《どうもう》な笑みを浮かべた。

「そう、懐かしき〝盗賊〟の流儀でな」


「やはり駄目ですね。何度治療を行っても回復が遅いです。当分の間は目を覚ましそうにありません」

クランハウスの医務室、産業医は重い表情でレオンに告げた。

「そうですか。わかりました」

頷いたレオンが視線を向けた先では、ノエルがベッドの上で苦しそうに眠っている。ここに運び込まれて既に五日。運び込まれた時こそ受け答えできる意識はあったが、深い眠りに囚《とら》われてからというもの、一度も目を覚ますことはない。【治療師《ヒーラー》】でもある産業医が様々な治療を試みたが、回復する様子は全く見られなかった。

「ということは、ヒューゴの推測が正しかったことになるな……」

　レオンの近くにいたヒューゴが頷く。

「ああ、間違いない。ノエルは〝魂〟そのものに損傷を受けている」

　魂とは生命の本質だ。魂があるからこそ、肉体は同族の中でも多様な個性を持ち、それが個の意思、即《すなわ》ち精神の発生に繋《つな》がる。言わば、目には見えない生命の原形だ。

　魂に損傷を負うと、肉体に問題が無くても衰弱が続き、やがて死に至る。何より問題なのは、傷ついた魂を癒す術は無いということだ。回復する者もいれば、そのまま衰弱死する者もいる。全ては文字通り、本人の生命力の多寡にかかっていた。

「魂にダメージを与えるスキルにやられたか、それとも自らダメージを負う戦い方をしたのか……彼の話を信じるならおそらく後者だな。そうだろ？」

　ヒューゴが水を向けたのは、情報屋のロキだ。彼がここまでノエルを運んでくれた。また、事の顚末《てんまつ》も彼から全て聞いた。ノエルは人魚の鎮魂歌《ローレライ》のサブマスターであるゼロと戦い、勝利したものの動けなくなったらしい。

「ああ、嘘は言ってねえよ。ゼロを倒したのは大将だ」

「【話術士】が対人戦特化の【暗黒騎士】に勝ったなんて、信じ難いな」

　レオンが呟《つぶや》くと、ヒューゴは肩を竦《すく》める。

「だからこその結果だ。どんな手段を使ったかは知らないが、本来持ちえない力を使った代償は大きい。一応、ノエルが持っていた注射器を調べさせたが、調べようにも中身は既に無かった。私たちより付き合いの長い二人も、詳細は知らないようだ」

付き合いの長い二人というのは、アルマとコウガの事だ。

「何も聞かされとらんわ。ワシらにも秘密にしたかった、ちゅうことじゃろ」

コウガが不貞腐《ふてくさ》れたように言うと、アルマも頷いた。

「ボクも聞いてない」

だが、コウガと違って、あからさまな不満は見られなかった。

「ノエルは不必要な馴《な》れ合いを好まない。だから、言う必要が無いことは、仲間にも言わない。実際、知っていてもボクたちにできることはなかった。頼るべき時に頼らなかったならともかく、今回に限っては正しい判断。……少しむかつくけどね」

達観したアルマの物言いに、レオンは眉を顰《ひそ》める。

「アルマ、君はノエルが心配じゃないのか？　このままずっと目を覚まさないかもしれないんだぞ？」

「ノエルは目を覚ますよ。そういう子だもの。蛇のように執念深い。最強になるという目的を果たすまでは、殺しても死なない」

「それは妄信だよ」

「妄信でも構わないよ。ボクが納得できている以上、正しさは求めていない。それに、自分のことさえ信じられないレオンには言われたくない」

「……どういう意味だい？」

レオンが尋ねると、アルマは鼻先で笑った。

「こんなところでイライラしているよりも、レオンにはレオンの果たすべき役割があるんじゃないの？　そうでしょ、サブマスター？」

レオンは反論できなかった。だが、頭ではわかっていても、感情が先に立つ。いかなる理由があったとはいえ、独断専行したのはノエルだ。仲間を信用せず、話すべきことを話さなかったのもノエルだ。なのに何故《なぜ》、自分が尻拭いをしなければいけないのか。

「おいおい、こがぁな時に喧嘩は止《や》めろや！」

レオンがアルマを睨《にら》んでいると、コウガが間に割って入った。

「仲間同士でいがみ合っても、何もならんじゃろうが！」

「馬鹿馬鹿しい」

冷たい声で言ったのは、黙って話を聞いていたヒューゴだ。

「君たち二人とも、ノエルに依存し過ぎだ。アルマだけでなく、レオン、君も心のどこかでノエルを妄信しているな。ノエルが動けない時は、君が自由に判断していいと任せられているはずだぞ」

「俺は……」

レオンが言い淀《よど》んでいると、医務室のドアが勢いよく開かれた。

「大変です！　トロンが落とされました！」

血相を変えた従業員がもたらした、帝国内、コルマンド領の大都市であるトロンが陥落したという報告は、レオンたちを震撼《しんかん》させた。

「現地の状況はどうなっているんだ!?」

「これまでの二都市と同じく、突如現れた謎の武装集団に街が焼かれ、領主も誘拐されたそうです。一般人に死者こそ出ていませんが、軍は壊滅し、街の被害も甚大。帝都の行政府は軍を派遣することを決めた模様です。ただ……」

「やはり、積極的に討伐するのではなく、形だけのパフォーマンスか……」

　都市が落とされたのは、これで三度目だ。帝国中が大混乱の最中にあるが、何故か行政府は事態の収拾に消極的だった。七星《レガリア》を派遣する様子も見られない。まるで、武装集団の凶行を黙認しているかのように。

「もはや疑いの余地はない」

　ヒューゴが深刻な声で言った。

「武装集団の正体は人魚の鎮魂歌《ローレライ》だ。何故なら、これまでに誘拐された領主の全員が、ノエルに唆され、ヨハンを裏切った者たちだからだ。どんな手を使ったのか知らないが、奴《やつ》らは行政府に襲撃を黙認させている。いや、皇室直下の行政府にしても、裏切った領主たちを見せしめにしたいと考えているのかもしれないな」

「だからといって、ここまで暴れたら、人魚の鎮魂歌《ローレライ》が責任の追及を逃れることはできないはずだ……。彼らは全てを捨てるつもりなのか？」

「つもり、じゃない。もう全てを捨てたんだ」

　レオンの疑問に、ヒューゴは淡々と答えた。

「七星《レガリア》の座も返還し、鉄道計画も降り、今の人魚《ローレ》の鎮魂歌《ライ》は、ただの盗賊団だ。全てを捨てたからこそ、今の彼らは〝無敵〟なのさ。法や言葉では止められない怪物となった」

「それが何の意味を持つっていうんだ!?」

「わからないか？　奴らが表舞台を降りた以上、全ての責任は嵐翼の蛇《ワイルドテンペスト》が取らないといけない。人魚《ローレ》の鎮魂歌《ライ》の成果を横取りしたのはノエルだ。なのに、何の責任も果たさず看過することは許されない。奴らは言っているんだ。今度は、おまえたちの番だぞ、と。俺たちを力ずくで止めてみろ、と」

「そんな……。それだけのために……」

レオンが絶句していると、コウガが手を挙げた。

「ちいとええか？　人魚《ローレ》の鎮魂歌《ライ》が全てを捨て、ワシらと正面から戦いたいちゅうのは、むしろチャンスちゃうんか？　だって、そうじゃろ？　本当なら、ワシらみたいな新興クランの相手なんてせえへんはずじゃ。それが盗賊団にまでなってワシらを誘っちょるんじゃ。この大義ある戦いに勝てば、ワシらの評価は更に上がるじゃろ？　そしたら、そのまま七星《レガリア》じゃ」

「人魚《ローレ》の鎮魂歌《ライ》と俺たちの戦力差は絶望的だ。勝てるわけが――」

ない、と言い切る前に、レオンは口を閉じた。勝てる戦いしかしない、そんなものは本当の探索者《シーカー》じゃないからだ。

コウガの言うように、現在の状況はむしろチャンスなのかもしれない。遥《はる》かに格上である人魚の鎮魂歌《ローレライ》を、戦いの場に引きずり出すことができたのだ。負ければ全てを失うが、勝てば七星《レガリア》になることも可能。いや、確実だろう。

レオンはノエルに視線を落とす。まさか、ここまで読んでいたのか？　あのヨハン・アイスフェルトが、嵐翼の蛇《ワイルドテンペスト》を叩《たた》き潰すためだけに全てを捨てると、予想していたというのか？　そんなことが可能なのか？

「……サブマスターとして、今日中に答えを出す。少しだけ待ってくれ」

レオンは医務室を離れ、自分の個室に戻ることにした。

†

個室に戻ったレオンは、クランの方針《スタンス》をどうするか迷っていた。

「……退《ひ》くか、戦うか、どうする？」

残された時間はほとんど無い。今すぐに今後の方針《スタンス》を決めて動き出さなければ、退くにしても戦うにしても手遅れになる。

退けば七星《レガリア》への道は完全に閉ざされるだろう。責任の全てを追及され、莫大《ばくだい》な借金を背負うことにもなりかねない。それはクランの誰も望んでいない選択だ。だが、勝ち目の薄い危険な戦いは避けられる。地位も名誉も金も、全ては命あっての物種だ。

戦えばメンバー全員を死の危険に晒《さら》すことになる。探索者《シーカー》が危険な戦いに挑むのは本分ではあるものの、人魚の鎮魂歌《ローレライ》と戦って勝てる確率は一パーセントも無いだろう。人魚の鎮魂歌《ローレライ》の保有戦力は、Aランクが七人、Bランクが六十五人、Cランクが十八人。調査班がもたらした情報によると、人魚の鎮魂歌《ローレライ》のクランメンバーたちは誰一人欠けることなく、全員がヨハンの暴挙に従ったらしい。即《すなわ》ち、それほどまでにヨハンはカリスマ性を備えており、またクランメンバーの士気が高いということだ。

嵐翼の蛇《ワイルドテンペスト》では逆立ちしても勝てないだろう。危険を恐れない勇気と、道理を弁《わきま》えない蛮勇は異なる。絶対に負ける戦いに挑むのは愚か者のすることだ。

この状況を覆せるのは、ノエルだけだ。彼の不可能を可能にする頭脳があったからこそ、嵐翼の蛇《ワイルドテンペスト》は新興クランであるにも拘《かかわ》らず、短期間で七星《レガリア》候補にまで上り詰めた。レオンもまた、人魚の鎮魂歌《ローレライ》との戦いに命を賭す覚悟ができていた。だが、ノエルが昏睡《こんすい》状態にある今、嵐翼の蛇《ワイルドテンペスト》に勝機は無い。

「……ヒューゴの言った通りだな」

どれだけ考えを巡らせても、ノエルがいないから勝てないという結論に至ってしまう。これは明確な依存だ。

以前、ノエルはレオンに言った。トップと異なる考えを持つ者がナンバー2になるからこそ、組織に多様性が生まれ、停滞することなく発展できるのだと。

だが、実際はどうだ？

たしかに、レオンはノエルと考え方が根本的に異なる。ノエルのダーティなやり方は好きになれないし、天翼騎士団の解散の原因となったことも、心の底からは許せていない。だがそれでも、ノエルの実力は本物だ。戦闘能力こそ低いものの、ノエルの頭脳と胆力は、既に帝都内でもトップクラス。大手クランマスターとしての風格と威厳すらも備えている。レオンとは格が違う。キャリアも戦闘能力もレオンの方が圧倒的に上だが、組織の長としての才能は比べるまでもなくノエルの方が上だ。

勝てない。勝てないとわかっているからこそ、及ぶはずがないノエルの思考をトレースしようとしてしまっている。そして、その壁の高さに絶望し、次の一歩を踏み出せないでいるのが現状だ。自分さえも信じることができない、まさしくその通りだと思う。

「あの時と同じか……」

仲間だったカイムを信じることができなかった結果、天翼騎士団は敗北し、解散した。もう二度と同じメンバーで活動することはできない。全てはレオンの至らなさが招いた結果だ。あの時と同じ過ちを繰り返すのか？　自分と仲間の可能性を信じることができず、命惜しさに無様な敗北を晒して、また笑いものになるのか？

「違う。あの時できなかったことを、俺はやらなければいけない」

ノエルとは違った強《したた》かさで、クランを勝利に導かなければいけない。それこそが、サブマスターであるレオンの役割だ。

レオンは机の引き出しから封蠟《ふうろう》されたままの一通の手紙を取り出した。差出人は、カイムだ。届いてからずっと読むことができなかった。……読むのが怖かった。だが、レオンは変わらなければいけない。前に進まないといけない。勇気を出して封を開き、中身に目を通していく。

ゆっくりと読み始めた手紙には、まず真摯な謝罪と深い悔恨が書かれていた。

天翼騎士団が解散した原因は、全て自分にある。身勝手な感情でレオンの意向を無視し、それどころか裏切り者と罵って腹を刺した。心が弱かったことなんて理由にならない。取り返しのつかないことをしてしまった。本当に申し訳ない。

「……違う。そこまで追いつめたのは俺だ……。カイムは悪くない……」

目頭を押さえて洟をすするレオン。謝罪の後に書かれていたのはカイムの近況だ。大切な仲間を傷つけた自分が、これから何をするべきなのか、旅をしながら考えているらしい。

一人ではなく、オフェリアも一緒のようだ。二人で帝国を巡り、自分たちに足りなかったものを見つけようとしている。様々な人と出会い触れ合う中で、自分たちの至らなさを実感する日々。更に見聞を広めるために、いずれは他の国も見ようと考えている。

「そうか……オフェリアと一緒に……」

レオンは安堵《あんど》したように微笑《ほほえ》んだ。

「良かった……。二人共、元気でいてくれて本当に良かった……」

噛《か》み締めるように喜ぶレオン。涙ぐんだ目が、手紙の文字を追う。近況報告の後には、カイムの願いが書かれていた。

――いつかは旅を終えて、帝都に帰ってくる。その時に、改めて謝罪させてほしい。もちろん、許してくれとは言わない。だが、もし許してくれるなら、またあの酒場で杯を酌み交わしたい。一緒に一晩中語り明かそう。

おまえの新しい冒険譚《たん》を聞けるなら、俺にとってそれ以上に嬉《うれ》しいことはない。おまえが歴史に名前を刻まれるような英雄になることを、心から祈っている――

レオンは涙が止まらなかった。堪《こら》えようとしても、あまりに大き過ぎる感情を堰《せ》き止めることができない。全てを失ったと思っていた。だからこそ、思い出を守るために戦い続けることを決めた。レオンが探索者《シーカー》として称賛を浴び続ける限り、天翼騎士団の名もまた人々の記憶に残るからだ。

だが、心のどこかで、無駄なことをしているという思いもあった。誰からも理解されない願いだと、自らを卑下してすらもいた。――間違いだった。天翼騎士団の名を守ることは無駄ではない。その価値があるのだ。誰が認めなくても、レオンだけは信じなければいけない。戦い続けなければいけない。

過去に縛られるのではなく、友との絆《きずな》を守るために。

「きっと、カイムは笑うだろうな」

愚直過ぎる、と苦笑するに決まっている。もっと気楽に生きろ、と諭されるかもしれない。だが、レオンはそれでも良いと思っている。

自分が正しいと思ったことを馬鹿正直に貫き通す、それがレオン・フレデリクという不器用な男の在り方なのだと、胸を張って言えるようになるべきなのだ。

自分からは逃げられない。自分を認めた先にこそ、道はあるのだから。

「カイム、俺は強くなるよ」

笑って呟《つぶや》いた時だった。部屋のドアがノックされる。

「副長、いらっしゃいますか？」

「ああ、いるよ。入ってくれ」

レオンが応じると、従業員が部屋に入ってくる。従業員はレオンを認めると、少し驚いた顔になった。大の男が赤く泣き腫らした目をしているのだから、驚くのも当然だ。レオンはそのことに気が付き、慌てて目元を袖で拭った。

「だ、大丈夫だ！　問題ないよ！……どうかしたのかい？」

「マスターに来客があります。……例の件で狙われている領主の方々と、ヴォルカン重工業の代表です」

従業員は重い口調で言った。レオンは背筋を伸ばす。

「ついに、お歴々の登場か……」

用件はわかっている。人魚の鎮魂歌《ローレライ》を一刻も早く片付けろ、と命令しに来たのだろう。皇室に助ける気が無い以上、彼らが頼れるのは嵐翼の蛇《ワイルドテンペスト》しかいない。なにしろ、人魚の鎮魂歌《ローレライ》は軍隊も軽く蹴散らす猛者たちだ。このままだと自分の権威だけでなく、命そのものが危ういと恐怖しているはずである。

「ノエルのことは伝えたか？」

「いえ、指示通り、何も伝えていません。応接間で待ってもらっています」

この状況でノエルが昏睡状態にあると素直に教えれば、彼らが取り乱すのは目に見えている。取り乱して喚《わめ》き散らすだけならともかく、こちらの害となる行動に出る可能性もあった。ノエルのことを教えるわけにはいかない。少なくとも、今は。

「わかった。後は俺が応対するよ」

レオンは椅子から立ち上がり、自分の頬を叩いた。

「初めての戦いだ。気合を入れないとな」


応接間に集まっていたのは、タキシードを着た四人の男たち。一目して誰もが高貴な身分にあることがわかる。レオンの記憶が正しければ、神経質そうな老人三人が領主、残された恰幅《かっぷく》の良い中年紳士がヴォルカン重工業の代表だ。

周囲に護衛の姿は見られない。外で待たせているのだろう。そもそも、連れてきた護衛の数も少ないはずだ。彼らはここにお忍びで来ている。人魚の鎮魂歌《ローレライ》に狙われている今、領地に残る胆力が無かったのだ。つまるところ、恐怖に駆られて逃げ出したのである。だが、そんなことを誰にも知られるわけにはいかなかった。

「お待たせ致しました。当クランのサブマスターである、レオン・フレデリクです。この度は遠路はるばるお越し頂き、ありがとうございます」

レオンが恭しくお辞儀をすると、四人の視線が集まった。

「蛇はどうした？」

「サブマスターだと？　私たちが呼んだのは蛇の方だ」

「貴様では話にならん。蛇を連れてこい」

蛇、ノエルの巷《ちまた》での異名だ。三人の領主は口々にノエルを連れてこいと要求した。だが、当のノエルは昏睡状態だ。連れてくることはできない。

「マスターは現在、外に出ています」

「外だと？　どこに行っているんだ？」

「申し訳ございませんが、当クランの機密事項になります」

「機密事項だと!?　ふざけるな！」

老人たちはヒステリックな声を上げ始めた。

「今更、私たちに隠し事か!?」

「元はといえば、誰のせいでこうなったと思っている!?」

「貴様たちが分を弁えず、虎の尾を踏んだことが原因だ！」

「激怒した人魚の鎮魂歌《ローレライ》のせいで、どれだけの民が苦しんだと思っている!?」

「貴様たちがいなければ、誰も苦しまずに済んだのだ！」

「蛇がここにいないなら、すぐに使いの者を出して呼び寄せろ！」

「責任は全て蛇にある！　私たちは被害者だ！」

「そうだ！　私たちは被害者だ！　蛇に全ての責任を取らせろ！」

あまりに身勝手で幼稚な言葉の数々に、レオンは呆《あき》れ果てるしかなかった。これが領主だというのだから、貴族の腐敗は甚だしい。

たしかに、彼らを唆してヨハンの鉄道計画に異議を唱えさせたのはノエルだ。ノエルにも大きな責任はある。だが、唆されたとはいえ、最終的な決断をしたのは他ならぬ領主たち自身だ。にも拘《かかわ》らず被害者面をするのは、恥知らずとしか言い様がない。利権の欲に駆られたのは、一体どこの誰だ？

我先にと領地を逃げ出した卑怯《ひきょうもの》者が、その汚い口で領民を案じる言葉を吐くなど、笑止千万。分を弁えるべきなのは、貴族という身分にしか価値が無い老害たちの方だ。

「おい、貴様！　私たちの話を聞いているのか!?　この木偶《でく》の坊《ぼう》が！　すぐに蛇を呼べと
――ひぎゃあっ!!」

喚き散らす老人の顔面を、レオンの右拳が打ち抜く。殺さないよう手加減はしたものの、老人は転倒して鼻血を流しながら気絶した。突然の暴力に他の老人二人は自失していたが、我に返ると怒りで顔を赤く染めた。

「き、貴様！　自分が何をしたのかわかっているのか!?」

「この痴《し》れ者《もの》が！　貴族に対しての暴力、決して許されることではない！」

レオンは鼻先で笑い、老人二人を傲岸に見下ろした。

「いいや、許されるね」

その冷たい言葉に、老人二人は肩を震わせて硬直した。

「そもそも、今のあんたたちに貴族を名乗る資格は無い。人魚の鎮魂歌《ローレライ》に怯《おび》えて領土を捨てた卑怯者が、どの面を下げて貴族を騙っている。果たすべき責務も果たさず、領民の血税を貪るだけの老いた豚共め。恥を知れ」

痛いところを突かれた老人たちはレオンを睨《にら》んだが、すぐに視線を逸《そ》らして口を噤《つぐ》んだ。貴族の責務から逃げ出した以上、貴族を名乗る資格は無い。貴族ではない彼らは、ただの非力な老いぼれだ。探索者《シーカー》として前線で戦い続けるレオンの威圧に敵《かな》うわけもない。

「だが、安心しろ。おまえたちのことは俺たちが守ってやる」

「ほ、本当か!?」

救いを求める哀れな老人に、レオンは笑って頷《うなず》いた。

「もちろん、相応の報酬はもらう。一人頭、百億フィルだ」

「ひゃ、百億フィル!?　そんな馬鹿げた額を出せるか!?」

「払えるだろ。隠し財産があることは知っている」

実際には知らないが、強欲で小賢《こざか》しい悪党ならありえる話だ。レオンの読みは当たった。老人たちは図星を突かれたように狼狽《ろうばい》する表情を見せた。

「本当に百億あれば守ってもらえるんですね？」

これまで黙っていたヴォルカン重工業の代表が、静かに口を開いた。

「私はヨハンを裏切っていませんが、彼の牙は最終的に私にも向けられるでしょう。死の恐怖はありません。真に恐ろしいのは、鉄道計画が頓挫することです。鉄道は帝国の未来に欠かせません。必ずや更なる富と繁栄をもたらしてくれるでしょう。私は帝国の歴史に名を残したいのです」

彼の言葉が真実であることは、レオンにもわかった。似ている。ノエルと同じように、彼の双眸《そうぼう》には野心の光があった。

「……約束しましょう。必ず守ります」

「わかりました。あなたの言葉を信じましょう。金は明朝までに用意します」

それだけ言うと、彼は部屋を出て行った。レオンは老人たちに視線を戻す。

「さて、あんたたちはどうする？」

「……わかった。私も払おう」「私もだ……」

「早めに用意しろ。報酬は前払いだ。そこで気絶している馬鹿も説得しておけ。三人揃《そろ》って三百億、それが納められない内は動かない」

渋い顔をして頷く老人たちに、レオンは微笑んだ。

「おまえたちはすぐに自分の領地に戻るんだ。領主らしく威厳を以《も》って振るまえ。いつもみたいに偉そうにふんぞり返っていればいい」

「だ、だが、領地に戻れば危険だろ？　人魚の鎮魂歌《ローレライ》は必ず襲ってくるぞ」

「そのための俺たちだ。心配するべきなのは、俺たちが人魚の鎮魂歌《ローレライ》を倒した後の事。領主としての責務を果たさなかったことが公になれば、領地没収は免れられないぞ」

「た、たしかに……」

「加えて条件がある」

「条件だと？」

レオンは頷き、表情を改めた。

「事件が解決した後、失った財産を領民の血税で補填することは許さない。正しい税と統治によって領民の生活を守れ。それができなければ、おまえたちが逃げたことを公にする。地位も名誉も財産も全て失うと理解しろ」

厳かに言い放ったレオンに、老人たちは項垂《うなだ》れるように頷いた。


応接間から来客が去ると、入れ替わるように仲間たちが入ってきた。どうやら部屋の外で話を聞いていたらしい。

「合計で四百億も得るなんて、流石《さすが》は蛇の副長だ」

ヒューゴは愉快そうに手を叩《たた》いた。

「よう決心したのう。怖気《おじけ》づいとったら、ケツ蹴っ飛ばすところじゃった」

コウガは不敵に笑い、闘志を漲《みなぎ》らせていた。

「レオンにしては、やるじゃん」

アルマはレオンに歩み寄り、その胸を拳で軽く小突いた。

三人の仲間たちはレオンを労《ねぎら》い、気持ちを一つにしている。サブマスターであるレオンが掛けるべき言葉は決まっていた。

「皆、話は聞いていたな？　これがサブマスターである俺の決定だ。嵐翼の蛇《ワイルドテンペスト》は人魚の鎮魂歌《ローレライ》を迎撃する。死闘は必至。だが、大義ある戦いだ。負けることは許されない」

レオンは静かに、だが確固とした意志で告げた。

「マスターに代わって、指示《オーダー》を出す。——立ちはだかる全てを蹴散らせ」

「「「応！」」」

ウェルナント帝国南西部に位置するバスクード領は、今でこそ帝国領ではあるが、かつてはメディオラ王国という国が支配していた。冥獄十王《ヴァリアント》の一柱、銀鱗《ぎんりん》のコキュートスに滅ぼされた後、ウェルナント帝国に取り込まれた三国の一つである。

この地域は一年を通して温暖な気候に包まれており、冬ですら平均最低気温が十度を下回ることはない。だが、今年は異常気象のせいで、雪が降るほどに冷え込んでいた。街や街道に積もるほどではないものの、地元住民たちが神聖視する巨大台地《テーブルマウンテン》は薄《う》っすらと雪化粧に染まっている。

バスクード領は人魚の鎮魂歌《ローレライ》の襲撃を受けたトロンに近い。そして、ヨハンを裏切った領主の一人が治める地でもある。まず間違いなく、人魚の鎮魂歌《ローレライ》が次に襲撃するのは、ここバスクード領の最大都市であるファンマリアだ。

レオンは人魚の鎮魂歌《ローレライ》を迎え撃つため、仲間たちと共にファンマリア近辺の街道に陣を構えた。背後に見えるファンマリアでは、既に住民の避難が完了している。

「冷えるな」

レオンの隣に立ったのは、背中に二本の剣を背負った茶髪の好男子、幻影三頭狼《ミラージュ・トライアド》のクランマスターであるウォルフだ。

「そうだね。帝都ほどではないけど、身体《からだ》が冷えたままだと戦いで不利だ。そっちの皆に気を付けるよう指示してくれるかな？」

「うちのサブマスターがもう指示したよ」

ウォルフが顎で示した先では、ヴェロニカが仲間たちに指示を出していた。

「クランになっても俺はお飾りのままさ。紫電狼団《ライトニングバイト》だった仲間たちも、俺よりヴェロニカの言うことを聞く始末だぜ？　やってらんねえよ」

呆れたように肩を竦《すく》めるウォルフを見て、レオンは苦笑した。

「それでも、幻影三頭狼《ミラージュ・トライアド》のクランマスターは君だ。君の決断に仲間たちは従う。改めてになるけど、俺の依頼を受けてくれてありがとう」

レオンが軽く頭を下げると、ウォルフは照れ臭そうに手を振った。

「報酬は前払いでたっぷりもらったんだ。礼はいらねえよ」

「その通り。礼はいりませんわ」

凜《りん》とした声で横から口を挟んだのは、栗毛《くりげ》の少女、ヴェロニカだ。いつの間にか、レオンとウォルフの間に立っていた。

「報酬は貰《もら》いましたし、私たちは受けた依頼を全力で遂行するつもりです。ですが、契約時にも伝えたように、私たちは傭兵に過ぎません。雇用主である貴方《あなた》が行動不能、もしくは戦死した場合、独自の判断ですぐに撤退します。幻影三頭狼《ミラージュ・トライアド》と嵐翼の蛇《ワイルドテンペスト》の間にあるのは、金と契約の関係のみ。そのことをお忘れなきよう」

ヴェロニカの冷徹な物言いに、ウォルフは眉を顰《ひそ》める。

「おい、ヴェロニカ。そんなことはレオンだってわかっているんだ。戦いの前に改めて言うことはないだろ」

「戦いの前だから、です。無責任な馬鹿狼《おおかみ》は理解していないようですけど、上に立つ者には部下の安全を守る義務があるのです。男同士の馴《な》れ合いは結構。ご自由になさってください。ですが、それで判断が覆ることだけは許しません」

「お、おまえなぁ――」

反論しようとするウォルフを、レオンは手で制した。

「わかっているよ、ヴェロニカ。俺も必要以上のことは望んでいない。お互い、契約通りにいこう」

レオンが幻影三頭狼《ミラージュ・トライアド》と結んだ契約とは即《すなわ》ち、対人魚の鎮魂歌《ローレライ》の傭兵《ようへい》だ。圧倒的な戦力差を埋めるには、他のクランの力を借りる必要があった。そこで選んだのが、幻影三頭狼《ミラージュ・トライアド》だ。クランとしての活動期間は少ないが、優秀な者たちが揃っている。紫電狼団《ライトニングバイト》、紅蓮猛華《ぐれんもうか》、拳王会は、合併前のパーティ時代から数多くの功績を挙げてきた。

レオンと直接的な関係があるのはリーシャだけだが、彼ら全員が同時期に活動を始めたノエルと戦友《ライバル》関係にあることを知っている。実際、クランマスターを決める決闘では、ノエルが立会人を務めたらしい。

その関係性を頼りに傭兵の依頼を出したところ、快く引き受けてくれた。釘《くぎ》を刺してくるヴェロニカでさえ、依頼そのものには乗り気だったことを覚えている。報酬は全額前払いで百億フィル。新興クランとして大きく飛躍することを望んでいる幻影三頭狼《ミラージュ・トライアド》にとっても、レオンの依頼は悪い話ではなかったからだ。

幻影三頭狼《ミラージュ・トライアド》の保有戦力は、ウォルフ、ヴェロニカ、ローガン、リーシャ、他四名を含んだBランクが八人、そしてCランクが二十人。Cランクである者たちも半数がBランク相当の実力者であるため、Aランクこそいないが非常に層が厚いクランだと言える。

もっとも、七星《レガリア》である人魚の鎮魂歌《ローレライ》の保有戦力は、Aランクが七人、Bランクが六十五人、Cランクが十八人だ。幻影三頭狼《ミラージュ・トライアド》の力を借りても、戦力差は歴然である。普通に戦えば、一方的に蹴散らされるだけだ。他にも傭兵を雇いたかったが、信頼できるクランが幻影三頭狼《ミラージュ・トライアド》以外に無かった。信頼できない者たちを雇っても、金だけ奪われる可能性が高い。全力で戦ってくれる保証が無い者たちは雇うだけ無駄だ。

つまり、これ以上の戦力強化が不可能である現状、こちらの最大戦力であるヒューゴをいかに守り抜くかが肝要だ。ヒューゴを倒された時点で、嵐翼の蛇《ワイルドテンペスト》は負ける。そのため、コウガとアルマには、ヒューゴの護衛を任せていた。レオンが視線を送ると、布陣の奥にいる三人が頷く。その眼《め》には闘志の光が宿っていた。

「本当に人魚の鎮魂歌《ローレライ》は来るんだろうな？」

屈強な大男、ローガンがやってきた。その後ろには、リーシャと、かつてレオンの仲間だった狼獣人のヴラカフがいる。

「間違いない。そもそも、彼らの本当の目的は俺たちと決着を付けることだ。ここで待っていれば、嫌でもやってくるよ」

レオンが答えると、ローガンは満足そうに頷いた。

「だったらいい。七星《レガリア》の力、どれほどのものか楽しみだぜ」

傲慢な物言いだが、七星《レガリア》相手に臆していないのは頼もしい。ローガンは幻影三頭狼《ミラージュ・トライアド》の斬り込み隊長だ。臆することなく先陣を切ることで、仲間たちの士気を上げる役割も担っている。

「レオン、蛇――ノエルの姿が見えないのは何故《なぜ》だ？」

次に質問したのは、ヴラカフだった。かつての仲間だったにも拘《かかわ》らず、言動の端々から心理的な距離を感じる。互いに所属を鞍《くら》替えした身、気まずくないと言えば嘘《うそ》になるが、あからさまに距離を置かれると悲しい。――悲しくもあり、気が楽になった想《おも》いもある。

「マスターは別件で動いている。ここにはこないよ」

嘘だった。ウォルフたちにも、ノエル不在の理由は明かしていない。ただ、ここにはこないとだけ伝えてある。

「承知した。拙僧は持ち場に戻る」

ヴラカフは暫《しばら》くレオンと視線を合わせた後、踵《きびす》を返した。

「どうせ来るでしょ」

わかりきっているかのような声で言ったのは、リーシャだ。

「ノエルは駆け出し時代からスタンドプレーが大好きだもん。こんな派手な舞台で一人だけ裏方に徹することなんてできないよ」

リーシャの言葉に、ウォルフとヴェロニカ、それにローガンも頷《うなず》いた。

「あいつ、目立ちたがり屋だからなぁ」

「そうでなかったらこの依頼を受けていませんわ」

「絶対に来る。全財産を賭けてもいい」

レオンは彼らに何と言っていいかわからなくなった。ノエルは昏睡《こんすい》状態だ。どう足掻《あが》いても、ここには来られない。だが、そう考える一方で、たしかにノエルなら現れるかもしれない、という謎の期待もあった。

「かもしれないね」

レオンが笑って呟《つぶや》いた時だった。

「レオンさんッ!!」

知覚能力に優れたリーシャの悲鳴染みた叫び声。それが何を意味するか、レオンは瞬時に理解し、大きく後ろに飛び退《の》いた。

刹那、レオンの首が、見えない刃物に切り裂かれた。後ろに飛び退いたおかげで胴体と分断されることはなかったが、赤い鮮血が首から噴き出す。死ぬ。自覚すると同時にスキルを発動。

聖騎士《パラディン》スキル《癒しの光《ライトヴエール》》。【聖騎士《パラディン》】にランクアップしたことで回復効果が増した《癒しの光《ライトヴエール》》が、レオンの首の傷を治す。致命傷を負いながらもスキルを発動できたのは〝天翼〟のおかげだ。レオンは生まれつき魔力の流れが常人よりも滑らかであるため、天翼──スキルの高速発動が可能なのである。

だが、傷が癒えたにも拘らず、レオンは膝を突いた。突かざるを得なかった。身体から、急速に力が抜けていく。

「こ、これは……」

毒、だ。さっきの斬撃には毒が込められていた。身体が動かせないどころか、呼吸もできない。スキルの発動も不可能だ。急速に視野が狭まっていく。そんな中で、姿の見えない敵の追撃を、レオンは直感的に理解していた。

「射貫《いぬ》けッ！　《必中着弾《ホーミングアロー》》ッ!!」「燃えなさいッ！　《烈火の翼《フレイムウィング》》ッ!!」

レオンの窮地に、二人の乙女の声が合わさる。【弓使い】系Bランク職能《ジョブ》、【鷹の眼《ホークアイ》】であるリーシャの無数の矢、そして、【魔法使い】系Bランク職能《ジョブ》、【魔導士《ウィザード》】であるヴェロニカの燃え盛る鳥が、同時に見えない敵へと放たれた。二人の乙女のスキルには、共に追尾機能が備わっている。

攻撃は過つことなく敵に直撃した。余波で地面が抉《えぐ》れ、爆風が巻き起こる。濛々《もうもう》と立ち込める砂煙の向こうには、漆黒のローブを纏《まと》い、短剣を携えた一人の男が立っていた。

「ちっちっちっ」

無傷だった背の高い痩せた男は、レオンたちを嘲笑《あざわら》うように舌打ちをしながら指を振った。次の瞬間には、ウォルフとローガンが男に襲い掛かっていた。【剣士】系Bランク職能《ジョブ》、【剣闘士《グラディエーター》】であるウォルフの二本の剣、そして【格闘士】系Bランク職能《ジョブ》、【闘拳士《モンク》】であるローガンの拳が、男に直撃する。――かに見えた。

男は二人の攻撃が直撃する寸前、地面を滑るかのように後方へと回避していた。攻撃を躱《かわ》された二人は追撃しようと身構えるが、急に身体を強張《こわば》らせ、その場に膝を突く。毒。レオンと同じ症状だ。男は回避と同時に、二人へ毒のカウンターを放っていた。

三人共、回復が間に合わない。毒消しを使おうにも、毒の種類がわからないと意味が無い。このまま終わりかと絶望した時、三人に細い鉄針が刺さった。

「レオン！　もう動けるよ！」

声の主はアルマだ。三人に鉄針を放ったのはアルマだった。そして、鉄針の先には、解毒薬が塗られていた。暗殺スキル《劇薬精製《ブラッドポイズン》》。血液から毒と薬を精製するスキルだ。アルマは三人の共通した症状から毒を特定していたのである。解毒薬の効果は覿面《てきめん》だった。

レオンたち三人は、すぐに立ち上がることができるようになる。

「おおおおっ《神聖波動《ディヴァイン・インパクト》》ッ!!」

立ち上がると同時にレオンの剣から放たれる光球。天翼によって高速発動した遠距離攻撃スキルは、男に回避する間すら与えず直撃した。満身創痍《そうい》、行動不能にすることこそできなかったが、全身を焦がす大ダメージを与えることに成功する。ウォルフとローガンが止《とど》めを刺すために駆け出した。レオンは慌てて二人を制止した。

「止まれ！　そいつはまだ動ける！」

急停止した二人の鼻っ面を、地面から飛び出した影の棘《とげ》が掠《かす》める。もしレオンの制止が遅れていたら、二人共が串刺しになっていたところだ。

「《影腕操作《シャドーアーム》》……。【暗殺者《アサシン》】……いや、その更に上の【死徒《デス》】か」

【斥候《スカウト》】系Aランク職能《ジョブ》、【死徒《デス》】。レオンが呟くと、男は正解だと言わんばかりに深い笑みを浮かべた。そして、笑った男の傷が癒えていく。治療スキルの対象となっている証拠だ。レオンが姿無き【治療師《ヒーラー》】を警戒した瞬間、【死徒《デス》】である男の背後の空間に、突如として無数の罅割《ひびわ》れが走った。

空間に大きな穴が開き、そこから見るからに猛者だとわかる軍勢が現れる。軍勢を率いるのは、赤い立襟のジャケットを着た銀髪の男だ。

「嵐翼の蛇《ワイルドテンペスト》、会いたかったぞ」

恋人を迎えるかのように、恍惚《こうこつ》とした笑みを浮かべ両手を広げる男の名は――

「ヨハン・アイスフェルト……」

宿敵と定めた人魚の鎮魂歌《ローレライ》が今、嵐翼の蛇《ワイルドテンペスト》の前に立っていた。

高ランク【魔法使い】のみが扱える集団転移スキルによって姿を現した人魚の鎮魂歌《ローレライ》。

その筆頭であるヨハン・アイスフェルトは、悠々とレオンたちを見回した。

「知らない顔が多いな。傭兵を雇ったか。賢明な判断だ。……蛇はどうした？」

レオンは答えない。答えないレオンに、ヨハンは肩を落とした。

「残念。まだ回復していないのか」

「だから言ったでしょう？　あれだけの力を使って無事で済むはずがありません」

ヨハンの隣に立つ褐色の青年――人魚の鎮魂歌《ローレライ》のサブマスターであるゼロが呆《あき》れたように言った。ノエルにやられたそうだが、ダメージが残っている様子は見られない。

「その通りだな。蛇はメインディッシュ。今は前菜を楽しむとするか」

不意にヨハンの眼が獰猛《どうもう》な光を帯びる。――来る。

「総員、戦闘行動を――」

開始せよ、と指示を出そうとした時には既に、ヨハンがレオンに迫っていた。

レオンは盾を構え、聖騎士《パラディン》スキル《聖盾防壁《ホーリーシールド》》と《鋼の意思《アイアンウィル》》を発動。不可視の防壁《バリア》が周囲に展開され、また盾を構えている間のみ耐久力を倍増させるスキルが、レオンの守りを一層強固にする。

ヨハンの職能《ジョブ》は【槍兵《そうへい》】系Aランクの【魔天槍《ルーンランサー》】。豊富な中距離攻撃スキルを持つ職能《ジョブ》だ。戦闘時には、腰に携えた短剣を槍《やり》に変形させると聞いている。接近する途中で槍を持ち、中距離攻撃スキルを発動する――それがレオンの予想したヨハンの行動だった。

「なにっ!?」

だが、ヨハンが槍を持つことは無かった。トップスピードを維持したまま滑らかにレオンの懐に入ったヨハンは、槍ではなく、黄金のチャクラを纏った右拳を振り抜く。

「《破門城砕《はもんじょうさい》》」

《破門城砕《はもんじょうさい》》とは、【格闘士】系Aランク職能《ジョブ》、【龍拳士《ハイモンク》】のスキルだ。【格闘士】は自身の魔力をチャクラ――身体能力を飛躍的に向上させるエネルギーに変換できる特性を持つ。そのチャクラを極限まで一点集中させた拳の一撃は、まさしく門を破り、城を砕く威力を秘めていた。あらゆる防御スキルを貫通し、通常攻撃の実に50倍ものダメージを必中させることができる。

「ぐうううっ!」

《破門城砕《はもんじょうさい》》の直撃を受けたレオンの盾は、粉々に砕け散った。最高級の白星銀《ミスリル》製だったにも拘らず、まるで飴細工《あめざいく》の如《ごと》く細かな破片となって宙を舞う。それどころか、盾を構えていた左腕の骨も粉砕されてしまった。

嘘だ!? ヨハンの職能《ジョブ》は【魔天槍《ルーンランサー》】だったはず!? 何故、【龍拳士《ハイモンク》】のスキルを使うことができる!? こいつはヨハンではないのか!?――驚愕《きょうがく》と痛みが全身を貫いたのも一瞬、レオンは全意識を戦闘に集中させる。偽物だろうと本物だろうと、これだけの戦闘能力を持つ者を放置するわけにはいかない。レオンが倒さなければいけない。

未《いま》だ懐にいるヨハンは、第二撃を放つために左拳を構えていた。距離が近過ぎるせいで、剣を自由に扱うことができない。剣での迎撃を諦めたレオンは、上半身を後ろに仰《の》け反《ぞ》らせ、その状態からヨハンに全力の頭突きを放った。

重い衝撃音の後、ヨハンがよろめく。額の硬さ勝負は、レオンに軍配が上がった。すかさず剣を振り抜く。だが、レオンの剣は、ヨハンを捉えることなく空を切った。頭突きのダメージでよろめいていたはずのヨハンが、跳躍して剣戟《けんげき》を躱すと同時に飛び後ろ回し蹴りを放ってきたからだ。

意表を突かれはしたものの、飛び後ろ回し蹴りはモーションが大きいため難無く回避することができた。レオンは蹴りを掻《か》い潜《くぐ》り、空中で身動きできないヨハンに改めて剣を向ける。だが、またしても剣は空を切った。単純な回避行動ではなく、ヨハンそのものがレオンの眼前から煙のように消えた。

消えたと認めた瞬間、レオンは後方に裏拳打ち《バックブロー》を放った。――天翼。高速発動された治療スキルが砕かれた骨を癒す。そして、完治した腕で放った裏拳打ち《バックブロー》が、レオンの後方に転移していたヨハンの顔面にめり込んだ。

空中で回転し地面に叩《たた》きつけられるヨハン。【格闘士】が使える転移系スキル、《縮地《しゅくち》絶空《ぜっくう》》を発動したのは、状況からすぐに理解できた。また、後方に僅かな空間の揺らぎを感知できたので、現れるポイントも予測できた。だからこその裏拳打ち《バックブロー》である。

レオンは倒れ伏しているヨハンに追い打ちを掛けようとし、だが不意にやってきた強烈な脇腹の痛みに苦悶《くもん》の表情を浮かべて足を止める。レオンの裏拳打ち《バックブロー》がヨハンの顔面に直撃した時、ヨハンの飛び蹴りもまたレオンの脇腹を捉えていたのだ。

「くっ、《癒しの光《ライトヴェール》》！」

レオンは脇腹に治療スキルを発動する。だが――

「そんな!?　傷が癒えない!?」

骨だけでなく内臓も損傷を負っているのは痛みの程度でわかる。すぐに治療しないと生死に関わる損傷だ。なのに、何度治療スキルを使っても、脇腹の痛みが消えない。

「龍拳スキル《暗夜行路《あんやこうろ》》。この攻撃を受けた者の傷は、決して癒えることがない。術者が死なない限りな」

倒れていたヨハンが、手を使わず足の力だけで立ち上がる。レオンの裏拳打ち《バックブロー》が直撃したにも拘《かかわ》らず、その顔面には鼻血の跡さえ見られなかった。

「おまえ、かなり良い感じだな。顔を殴られたのは二十年振りだ。だが、対人戦闘経験は少ない。対人スキルである《暗夜行路《あんやこうろ》》を知らなかったのが、何よりの証拠。偏った戦闘経験、偏った戦闘知識、おまえがどういう探索者《シーカー》なのかよくわかる。どれだけ優れたセンスを持っていても、俺の敵じゃないな」

尊大に言ってのけたヨハンは、笑って首を傾《かし》げた。

「どうする？　泣いて謝るなら、許してやってもいいぞ？」

レオンは答えず、片手を後ろに向けた。すると勢いよく盾が飛んでくる。盾を投げたのはヒューゴだ。傀儡《くぐつ》スキル《模造作成《イミテーション》》。レオンはヒューゴの複製した盾を構える。

「舐《な》めるなよ。勝つのは俺たちだ」

「くくく、良い答えだ。命懸けの死合い、たっぷり楽しもう」

レオンとヨハンは大きく息を吸い、仲間たちに号令を出す。

「「総員、戦闘行動を開始せよ！」」

大将の戦いを見守っていた両陣営が、弾《はじ》かれたように動き出した。


「来い！《軍団蹂躙《レギオン》》！」

千軍スキル《軍団蹂躙《レギオン》》。ヒューゴは戦闘が開始されると同時に、百体の人形兵を創出する。近距離型が六十体。遠距離型が二十体。支援型が二十体。それぞれが仲間たちと共に人魚の鎮魂歌《ローレライ》と激戦を繰り広げる。近距離型は戦況に応じて攻撃役と防衛役を務め、遠距離型は後方から敵を攻撃し、支援型は仲間たちを回復と防壁《バリア》で助ける。

特に人魚の鎮魂歌《ローレライ》側のAランクたちとの戦いは、熾烈《しれつ》を極めていた。ヨハンとゼロ以外の五人のAランク達成者。その戦闘能力は圧倒的だ。不意を衝かれたとはいえ、たった一人の【死徒《デス》】に、レオンとウォルフとローガンの三人が圧倒されたほどである。彼らを打ち倒すためには、ヒューゴの人形兵が必要不可欠だ。最強の職能《ジョブ》と評される【傀儡師《くぐつし》】だからこそできる戦い方で、仲間たちを勝利に導かなければいけない。

裏を返せば、ヒューゴが戦闘不能になった時点で戦いは終わる。その最大の弱点を、敵が見逃してくれるわけがなかった。

「ヒューゴ・コッペリウス、その首、この僕が貰《もら》い受けるぞ」

ヒューゴの前に、黒い鎌を携える褐色の青年が立つ。彼の声は静かでありながら、轟音《ごうおん》と怒声が飛び交う中でもはっきりと聞き取れた。

「やらせんッ！」

ヒューゴの護衛を務めていたコウガが、褐色の青年――ゼロに切り掛かる。電光石火の斬撃を、だがゼロは微笑を浮かべながら躱した。その背後――ゼロの影から、小柄な白い猛獣が飛び出す。アルマの《不意討ち《サイレントキリング》》。直撃すれば、いかにAランクであるゼロでも死を免れない。ナイフが背中に突き刺さる刹那、ゼロは後ろ蹴りをアルマに放った。

「がはッ！」

腹に強烈な蹴りを受けたアルマは、後方に吹っ飛ばされた。同時にゼロの大鎌が間合《い》いにいるコウガへと向けられる。コウガは紙一重で大鎌の一撃を回避した。だが、大鎌の攻撃は一撃で止まることなく、遠心力を活かして竜巻のように連続斬撃が放たれる。

ゼロの大鎌はスキルによって生み出された武器だ。暗黒スキル《死の大鎌《デスサイズ》》。膨大な魔力によって形成された大鎌は、敵を空間ごと断ち切ることができる。つまり、あらゆる防御は無意味。完全に回避しなければ致命傷を負うことになる。

【暗黒騎士】に関する情報は、ヒューゴが保有していたものだ。仲間内で共有済であるため、アルマとコウガも大鎌の脅威は十分に理解している。

コウガは巧みな身のこなしで連続攻撃を回避しているが、技量もスタミナもゼロの方が圧倒的に上だ。このまま反撃できなければ、いずれ両断されることになるだろう。

援護しようにも、近距離型では駄目だ。ヒューゴの人形兵は、ゼロの大鎌に対応できるほど素早くない。また、他の戦闘も成立させる必要があるため、安易に壁として消費するわけにもいかない。ノエルがいない今、魔力消費を抑えなければ、簡単に底をついてしまう。【傀儡師《くぐつし》】には魔力消費量が多いという弱点があるためだ。

つまり、援護するには、遠距離型の攻撃が必要だ。問題なのは、至近距離で繰り広げられる攻防の最中に、遠距離からゼロだけを狙うのは至難の業であること。必中スキルを持つ本職の遠距離職能《ジョブ》でさえ、仲間への被害を恐れて攻撃を躊躇《ためら》うほどだ。

だが、天才と呼ばれたヒューゴになら可能である。

ヒューゴは両者の動きを見極め、コウガが射線上から外れた瞬間、遠く離れた位置に待機させていた人形兵に命じた。

「撃て」

狙撃銃を武器とする人形兵は、戦闘が始まる前から狙撃ポイントに潜ませていた。音速を超える弾丸が、ゼロの眉間目掛けて飛来する。避けることは不可能だ。次の瞬間には、ゼロの後頭部から弾丸が飛び出しているだろう。――そう確信できるタイミングだったにも拘らず、ゼロはわずかに半身ずらすだけで弾丸を回避していた。

「化け物めッ！」

ヒューゴは思わず悪態を吐《つ》く。――だが、焦りは無かった。

「《氷の太刀》ッ！」

ゼロの連続攻撃が途絶えたことにより、コウガにスキルを発動する余裕が生まれていたからだ。瞬時に現れた氷の塊が、ゼロを閉じ込める。そして、その背後からは、弾丸をも超える速度で、白き閃光《せんこう》が迫っていた。

「《速度上昇《アクセル》》――二十倍《ヴィジンタプル》ッ！」「《居合一閃《いあいいっせん》》！」

アルマとコウガの攻撃が、全く同じタイミングで放たれた。神速の刺突と抜刀術が、氷塊に捕らわれているゼロを襲う。今度こそ殺《や》った。連携も威力も完璧。いかにAランクであるとはいえ、これで倒せないなら本物の化け物だ。――人ではない。

「馬鹿なっ!?」

ヒューゴは己の認識の甘さを知ることになった。【暗黒騎士】は対人特化の【剣士】系職能《ジョブ》。人に有効な攻撃スキルを習得できる一方、敏捷性《びんしょうせい》以外の身体能力補正値が低く、また強化できるスキルも覚えられない。もちろん、Bランクに負けるほど脆弱《ぜいじゃく》ではないが、同じAランクの近接系職能《ジョブ》内では、下から数えた方が早いレベルだ。

だからこそ、これはありえない結果だった。

「脆弱な縛《いまし》めだ」

ゼロを拘束していた氷塊が、内側から破壊されたのだ。自由になったゼロは大鎌でコウガとアルマを薙《な》ぎ払う。二人は両断されることこそ避けられたものの、腹を切り裂かれて傷口から多量の出血と腸を溢《こぼ》すことになった。

「癒せッ！」

ヒューゴは支援型の人形兵に指示を出し、二人を回復した。傷はすぐに塞がり、腸も腹に収まる。だが、ダメージのショックで、二人は膝を突いていた。ゼロは動けない二人に向かって、大鎌を振りかぶる。速い。攻撃の妨害が間に合わない。ここ以外の戦いにも意識を割いているヒューゴにとって、ゼロの攻撃速度は反応できる許容限界を超えていた。

ヒューゴには二人を救えない。

それがわかっていたからこそ——彼を導いたのだ。

「うおおおおおっ、《迅雷狼牙》《ボーパルソード》ォッ!!」

別のAランクと戦っていたウォルフが、紫電を纏《まと》いながらゼロに高速突進を仕掛ける。剣闘スキル《迅雷狼牙》《ボーパルソード》。電流で筋肉を強制的に動かし、更に前方へ形成した磁界レールが、驚異的な加速効果を与えてくれるスキルだ。

集団戦闘の基本は、敵を分散させ各個撃破すること。ヒューゴは幻影三頭狼《ミラージュ・トライアド》の最強戦力であるウォルフを自由にするため、乱戦の最中、敵にばれないよう人形兵を集中させていた。結果、ウォルフは人形兵と連携し、見事に敵のAランクの一人を討ち果たしたのだ。そしてヒューゴ、人形兵を介してここに来るよう伝えていたのである。

加勢するウォルフの攻撃を、ゼロは超反応で感知し回避行動を取ったが、その間に膝を突いていた二人が攻撃に転じた。

「《投擲必中《パーフェクトスロー》》！」「《桜花狂《おうか》咲《くるいざき》》！」

無数の鉄針と斬撃が、攻撃を回避した直後のゼロを襲う。

「ちぃっ！」

ゼロは上空に跳躍し斬撃を回避。すかさず大鎌を振るい、追尾機能を持つ鉄針の全てを撃墜した。二人の攻撃を防ぎ切ったものの、地面から足が離れ、なおかつ攻撃で体勢を崩した状態となる。――この時を待っていた。

「《魔導破砕《リンクバースト》》ッ!!」

遠距離型一体を犠牲にした超高威力遠距離攻撃は、今度こそゼロに直撃した。ゼロは大鎌を盾にし寸前で防いだものの、明らかなダメージを負っている。身体《からだ》の損傷が激しい。

――好機。ヒューゴは躊躇《ちゆうちよ》することなく、三人の仲間に指示を出す。

「奴《やつ》はただのAランクじゃない！　私たち四人で確実に仕留めるぞ！」

了解、と三人が応じた。

敵に情けは掛けない。好機があれば、確実に仕留める。ましてや、ゼロには不可解な点があった。【暗黒騎士】であるにも拘らず見せた、圧倒的な膂力《りよりよく》。仮に仲間から支援《バフ》を受けていたにしても、元の腕力が乏しければ、あんなにも驚異的な力を発揮できるわけがない。――何かがおかしい。

その答えがわからないからこそ、ここで確実に倒す必要があった。

レオンとヨハン、Aランク同士の戦いは、攻防を重ねる毎《ごと》に激しさを増していった。ヨハンの猛打を盾で受け流し、更にカウンターを当てるレオン。初撃こそ盾を砕かれる失態を犯したが、全ての攻撃を正面からではなく斜めの角度で受け流す絶技《パリイ》によって、【聖騎士《パラディン》】に相応《ふさわ》しい鉄壁の防御を実現している。

もちろん、無傷というわけではない。攻撃を受け流す度に、盾を構える腕にダメージが蓄積していく。治療スキルを常に使用しているが、気を失いそうになる痛みまでは消せない。ましてや、レオンの脇腹には癒えることのない傷が刻まれている。常人なら、とっくにショック死していただろう。だが——

「ウオオオオオオッ!!」

心と身体を削られても、レオンの闘志が衰えることはなかった。それどころか、剣術も盾術も際限無く冴《さ》え渡っていく。

覚醒。己の限界を問われる死地での戦いだからこそ、眠っていた潜在能力が否応《いやおう》無しに引き出されていく。そして、これまで培ってきた人間性をかなぐり捨て、猛獣のような苛烈さと俊敏さで戦い続けるレオンは、次第にヨハンを押し始めていた。

「ははは！　良いぞ！　もっとだ！　もっとおまえの力を見せてみろ！」

だが、対するヨハンもまた猛獣。レオンに押され始めているにも拘らず、その精神的優位が崩れることはない。

「《金色夜叉《こんじきやしや》》」

ヨハンの全身が黄金色のチャクラに覆われる。チャクラの生産量を肉体の限界まで増大させるスキルだ。このスキルを発動中、術者の身体能力はチャクラの量に比例して上昇する。ヨハンを覆っているチャクラ量から推測して、その上昇値は最低でも——60倍。

「簡単に死んでくれるなよ、レオン・フレデリク」

これまでとは根本的に異なる猛打がレオンを襲う。辛うじて盾で受け流すことはできているが、攻撃力と速度が桁違いに上昇しているため、防御スキルを発動していてもダメージが深刻だ。回復スキルも徐々に間に合わなくなってきている。

皮膚が裂け、肉が千切れ、骨が罅割《ひびわ》れる。自らの血で赤く染まったレオンは、だが冷静だった。どうすれば勝てるか、そのことだけに意識が集中している。

聖騎士《パラディン》スキル《絶対聖域《エクス・インビンシブル》》を使用するか？　いや、駄目だ。スキルを発動すれば、あらゆる攻撃を反射できるが、今のヨハンの速度なら反射された攻撃をも回避できるだろう。つまり、決定打にはならない。なにより、《絶対聖域《エクス・インビンシブル》》は二十四時間に一度しか使えない奥の手だ。確たる勝算なく使っていいスキルではない。

なら、どうする？　手持ちのスキルで、この状況を打破できるのか？　レオンはヨハンの攻撃を捌《さば》きながら何度も思考を巡らせるが、答えは得られなかった。——答えを得られなかったからこそ、一つの解に辿《たど》り着く。

無いなら、作ればいい。

人は厳しい修練を重ねる中で、新たなスキルを閃《ひらめ》くことがある。レオンはヨハンに勝つために、新たなスキルを必要としていた。

だが、それは意図して得られるものではない。空を飛びたいと望んで翼を生やせる人がいないように、水中を自由に泳ぎたいと望んでエラやヒレを持てる人がいないように、スキルもまた、望めば自由に得られるものではないのだ。

同じ職能《ジョブ》でも、才能と適正によって習得できるスキルは大きく異なる。故に人は、技術習得書《スキルブック》というアイテムを発明した。職能《ジョブ》が合致する限り、どんなスキルでも覚えられる英知の結晶だ。

だが、ここに技術習得書《スキルブック》は無い。レオンが新たなスキルを覚えるためには、自力で閃くしか方法は無かった。――不可能だ。そんなことはわかっている。わかっていても、漢《おとこ》には挑まなければいけない時がある。

欲するスキルのイメージは《暗夜行路《あんやこうろ》》。おそらく《暗夜行路《あんやこうろ》》は、術者のチャクラを敵に流し込むことで、回復を阻害するスキルのはずだ。だからこそ、術者が死ねば効果が消える。同じことを【聖騎士《パラディン》】でもできないだろうか？

【龍拳士《ハイモンク》】が魔力をチャクラに変換できるように、【聖騎士《パラディン》】は魔力を聖闘気《ライトオーラ》に変換することができる。身体能力を向上させるチャクラと違って、聖闘気《ライトオーラ》は悪魔《ビースト》に有効な属性エネルギーを生み出す特性ではあるものの、原理自体は同じだ。

イメージしろ。聖闘気《ライトオーラ》を対象に流し込み、何を望む？　破壊？　いや、破壊ではない。【聖騎士《パラディン》】は仲間を守り、悪魔《ビースト》と戦うための職能《ジョブ》。人を傷つけるスキルもあるが、それが本分ではないのだ。故に、破壊とはイメージが合致しない。少なくとも、レオンはそう考えている。スキルを閃くためには、自分の適正と合致しなければいけない。

レオンが望むのは――

「ボケっとしてんじゃねぇぞッ!!」

ヨハンの剛拳が、レオンの盾だけでなく剣も砕いた。丸腰となったレオンに、ヨハンは追撃の拳を構える。死、という明確な結末が脳裏をよぎった。そして、危機に瀕《ひん》したことで、新たな可能性の扉が開くのを感じた。

無手となったレオンは、ヨハンよりも速く、右拳を放った。拳がヨハンの胸を捉える。

レオンが望むのは――静寂にして絶対の決着。

「《天帝の理《ヘヴンズロウ》》」

新たに創造されたスキルが効果を発動する。

「なっ、何だこれは!?」

ヨハンは初めての狼狽《ろうばい》を見せた。その両手足には、十字架状の枷《かせ》がはまっている。光り輝く枷は、ヨハンを空中に固定していた。

「《天帝の理《ヘヴンズロウ》》……俺の新しいスキルだ」

「新しいスキルだと!?　こんなもので俺を止められると思っているのか!?」

ヨハンは全身の力を込めて拘束を破ろうとする。だが、十字架の枷は微動だにしない。

依然として、ヨハンを空中に固定していた。

「馬鹿な……。《金色夜叉《こんじきやしゃ》》状態の俺の全力で破れない……だと？」

「だからだよ。その枷は、おまえのチャクラを発動源にしている。《金色夜叉《こんじきやしゃ》》はチャクラの発生量を爆増させるスキル。つまり、その状態のおまえだからこそ、枷の力も強固になっているんだ」

聖騎士《パラディン》スキル《天帝の理《ヘヴンズロウ》》。対象に聖闘気《ライトオーラ》を打ち込むことで、チャクラ等の体内エネルギーを支配下に置き、枷として具現化するスキル。

「その枷を解きたいのなら、全てのチャクラを手放さなければいけない。だが、《金色夜叉《こんじきやしゃ》》の発動によって大半の魔力がチャクラに変換された今、それを手放すことは戦闘不能状態を意味する。戦いは終わった。俺の勝ちだ」

淡々と事実を伝えるレオンに、ヨハンは奥歯を噛《か》み締めた。周囲を見回すと、他の仲間たちも着々と勝利しつつあるようだ。戦力では人魚の鎮魂歌《ローレライ》が上回っていたが、やはりヒューゴの人形兵が強かった。幻影三頭狼《ミラージュ・トライアド》との連携によって、次々に人魚の鎮魂歌《ローレライ》の主要戦力が撃破されていく。残すAランクも、サブマスターであるゼロのみとなった。

「負けを認めろ、ヨハン・アイスフェルト」

レオンがヨハンに投降を促した時だった。――違和感。言葉にできない気もち悪さを感じたレオンは、思わず後退《あとずさ》ってしまう。

「ほう。良い勘をしている。ディエゴが負けたのも納得だ」

敗北に奥歯を噛み締めていたはずのヨハンが、何故《なぜ》か不敵な笑みを浮かべていた。それだけなら、ブラフだと思っただろう。苦し紛れに余裕を見せているだけだと断じていただろう。だが、レオンは気が付いていた。ヨハンに起こった信じ難い異変に。

「おまえは……誰だ？」

人魚の鎮魂歌《ローレライ》との戦いも、決着の時を迎えつつあった。ヒューゴの人形兵と幻影三頭狼《ミラージュ・トライアド》の協力により、戦力の大半が行動不能状態。しかも、大将であるヨハンもまた、レオンに敗北したようだ。残す大物は、サブマスターであるゼロのみ。そのゼロも、コウガとアルマ、そしてウォルフの猛攻には防戦一方の有様だった。

「戦力を集中させる！　畳み掛けるぞ！」

ヒューゴは分散させていた人形兵を集め、ゼロとの戦いに加勢させる。遠距離型人形兵の波状包囲攻撃が加わり、更にゼロを追い詰めていく。

「馬鹿二人、ボクに合わせて！」

「誰が馬鹿じゃ!?」

コウガは文句を言いながらも、ゼロに突っ込むアルマの援護をした。

「舞え、《秘剣燕返《ひけんつばめがえし》》！」

空間に固定されていた膨大な数の斬撃が、一斉にヨハンを襲う。

「主役はおまえたちだ！　全力で決めてやれ！」

ウォルフもコウガに続いてアルマを援護する。

「痺《しび》れろ、《霹靂閃電《フラッシュハザード》》！」

頭上に掲げられた二本の剣から、凄《すさ》まじい電撃が迸《ほとばし》った。

砲撃と斬撃、そして電撃、三人からの攻撃をゼロは辛うじて回避するが、その退路には
トップスピードで突進を仕掛けるアルマがいた。

「これで終わり。《隼の一撃《クイックアタック》》！」

アルマのナイフが、終《つい》にゼロを貫く。その刹那——

「調子に乗るなよ、凡夫共がッ!!」

憎悪に顔を歪《ゆが》めたゼロが、突如として異形化する。

「龍だと!?」

瞠目《どうもく》するヒューゴの前には、一瞬にして巨大な黒龍と化したゼロがいた。アルマのナイフはゼロの強靭《きょうじん》な鱗《うろこ》に阻まれ、僅かな傷をつけることしかできなかった。

「GUOOOOOO!!」

天を震わせる咆哮《ほうこう》を上げたゼロが、巨木のように太い腕で薙《な》ぎ払う。たったそれだけで、強烈な衝撃波が発生し、アルマとコウガ、それにウォルフも遥《はる》か彼方《かなた》に吹っ飛ばされてしまった。三人を一瞬で排除したゼロは、ヒューゴに向かって大口を開く。

「まずいッ！」

乱杭歯《らんぐいば》が並ぶ大口から放たれたのは、超高温の熱線——即《すなわ》ち龍の息吹《ドラゴン・ブレス》だ。山をも貫き融解させる龍の息吹《ドラゴン・ブレス》を前にしては、支援型の防壁《バリア》など無意味に等しい。回避も防御も不可能

だと悟ったヒューゴは、傀儡《くぐつ》スキル《移封流転《シフトチェンジ》》を発動した。

「《移封流転《シフトチェンジ》》ッ!!」

自身が操る人形兵と対象の位置を入れ替えるスキルによって、ヒューゴは龍の息吹《ドラゴン・ブレス》の射線から外れることに成功する。つい先ほどまで立っていた場所は、龍の息吹《ドラゴン・ブレス》の余波で一直線に融解していた。

「なるほど、あれが驚異的な膂力《りょりょく》の正体か」

まさか、ゼロの正体が黒龍だったとは。だが、既に大勢は決している。分散していた人形兵を集中できる今、黒龍が相手でも恐ろしくはなかった。

「来い。おまえの相手は、この私が――」

黒龍が相手でも恐れなかったヒューゴが、背筋を凍らせ、恐怖で言葉を失った。その視線の先にいたのは、チュニックを着た一人の女と無数の獣だ。

あれは――あの獣は――。

「Aランクしか警戒しなかったのは失敗でしたね」

女は艶《あで》やかに微笑《ほほえ》み、首に掛けていた笛を口に咥《くわ》えた。その澄んだ音色が響き渡った瞬間、女の周囲にいた獣たちから黒い雷が迸る。

「人工悪魔《デミ・ビースト》、戦闘状態《バトルモード》へ移行」

女は静かな声で獣たちに命じる。【話術士】系Bランク職能《リヨブ》、【魔獣使い】。それが女の職能《ジョブ》だ。主《あるじ》の命令に呼応して、人工悪魔《デミ・ビースト》たちの身体《からだ》が巨大化する。

「ＧＵＲＵＲＵ……」

Ｂランク相当の戦闘能力を持つ人工悪魔《デミ・ビースト》が、ヒューゴたちを取り囲んでいた。

「私が誰か、だって？　おかしなことを聞く。レオン・フレデリク、君は誰かもわからない相手と戦っていたのかい？」

答えをはぐらかすヨハンに、レオンは眉を顰《ひそ》めた。

「もう一度聞く。おまえは誰なんだ？　さっきの【龍拳士《ハイモンク》】も、俺の知っているヨハンとは違った。世間で知られているヨハンは、あんな闘争心の塊のような男ではなく、もっと神経質な男だったはずだ。そして今、おまえの気配は二人とも大きく違っている。おまえはいったい……何なんだ？」

「ふふふ、君の言う二人も、この私も、同じヨハン・アイスフェルトさ」

「同じ、だって？　まさか……そんなことが……」

漸《ようや》くヨハンの正体を知ったレオンは、ただ驚愕《きょうがく》するしかなかった。ヨハン・アイスフェルト、この男は常識を超えている。立ち尽くすレオンの傍らに、突然何かが落下してきた。

落下物の正体を認めたレオンは、更に驚愕することになる。

「ア、アルマ!?　どうして!?」

レオンはすぐに治療スキルを発動し、アルマの傷を癒す。傷が癒えたアルマは、苦しそうに眼《め》を開いた。

「あ、あの男、絶対に殺してやる……」

「あの男？　ゼロのことか？」

アルマは頷《うなず》き、自分が飛んできた方向を指差した。その先にいたのは、巨大な黒龍だ。

あんな巨大生物が、いつの間に戦場に現れたというのか？　疑問を抱いたのも一瞬、レオンはすぐに状況を理解した。

「あれが……あの黒龍が、ゼロなのか？」

「そう。あいつ、あんな奥の手を持っていた」

「コウガとヒューゴはどうした？」

「ヒューゴは範囲外にいたから大丈夫のはず。コウガは……わからない。ウォルフも一緒に吹っ飛ばされた」

ということは、戦場のどこかで気を失っているのか。

「わかった。コウガとウォルフを回収してから、全員で黒龍を仕留める。強大な敵でも、俺たち全員で挑めば——」

勝てる、と言い切る前に、レオンは異変を察知した。

「嘘《うそ》だろ……」

レオンの視界に入ったのは無数の獣。記憶が正しければ、あれは人工悪魔《デミ・ビースト》だ。

「人工悪魔《デミ・ビースト》は深淵《アビス》でしか力を発揮できないんじゃなかったのか!?」

狼狽するレオンを、ヨハンが楽しそうに笑った。

「いいや、その認識であっている。ただし、【魔獣使い】である仲間の命令があった場合、深淵《アビス》外でも戦闘状態《バトルモード》に移行できるのさ。生体への負荷こそ大きいが、私は既に鉄道計画から降りた身だ。これで人工悪魔《デミ・ビースト》を廃棄することになっても、何の問題もない」

笑い交じりに説明したヨハンに、レオンは歯噛《はが》みする。人工悪魔《デミ・ビースト》まで投入されるのは、完全に予想外だった。ヒューゴの人形兵と幻影三頭狼《ミラージュ・トライアド》の面々が応戦しているが、これまでの疲労もあるため戦況はほぼ互角。つまり、黒龍が暴れるだけで、決まっていたはずの大勢が覆ることになる。

そして、レオンの不安が的中した。黒龍が翼を羽ばたかせ、上空へと昇る。その周囲に、無数の黒い槍《やり》が出現した。暗黒スキル《誘死投槍《フェイタル・ストライク》》。即死効果を持つ槍だ。人工悪魔《デミ・ビースト》と戦っている状態で放たれたら、回避のしようがない。黒龍はレオンたちを一掃するつもりでいるのだ。レオンは迷うことなく、頭上に手を伸ばした。

「《絶対聖域《エクス・インビンシブル》》ッ!!」

聖騎士《パラディン》スキル《絶対聖域《エクス・インビンシブル》》発動。黒龍から放たれた《誘死投槍《フェイタル・ストライク》》の全てを反射することに成功した。――だが、同時に、致命的なミスでもあった。

「ごふっ……」

黒龍に意識を集中させていたレオンの口から、血の塊が零《こぼ》れ落ちる。腹部から突き出る剣は、背後に立っていたヨハンの得物だ。崩れ落ちるレオンを、アルマが抱き支えた。

「レオン、しっかりして！　回復スキルを発動するの！」

「ぐぅっ、ら、《癒しの光《ライトヴェール》》……」

発動した回復スキルが、レオンの傷を癒す。だが、既に疲労困憊《こんぱい》しているため、癒しの力は最低限しか働かなかった。出血こそ止まったものの、完治には至っていない。

「……お、おまえ、どうやって？」

「ああ、あの枷かい？　今の私は【龍拳士】じゃないからね。簡単に外すことができたよ。強力なスキルだが、効果対象が魔力変換型職能《ジョブ》に限定されるのは問題だね」

さも当然のように言ってのけたヨハンは、頭上に片手を上げた。

「《生命回帰《リザレクション》》発動」

それは、【治療師《ヒーラー》】系Aランク職能《ジョブ》、【大天使《アークエンジェル》】が使える全体回復スキルだ。眩《まばゆ》い光を帯びた癒しの風が、戦闘不能状態だった人魚の鎮魂歌《ローレライ》の全メンバーを完全回復させた。

「お、おまえは、全ての職能《ジョブ》スキルを使えるのか？」

息も絶え絶えなレオンの問いに、ヨハンは頷いた。

「その通り。それが、私の職能《ジョブ》、【救世主《メシア》】の特性だ」

「【救世主《メシア》】……だと？」

「そう、【救世主《メシア》】。もっとも、全職能《ジョブ》スキルを使えるのは、私ともう一人が表に出ている時だけだ。君が戦っていたディエゴは【龍拳士《ハイモンク》】しか使えない。まあ、それでも彼を倒せたのは本当に素晴らしいよ。……殺すには惜しいな」

言葉とは裏腹に、ヨハンが持つ槍には明確な殺意が込められていた。レオンもアルマも、ここで死ぬ。いや、二人だけじゃない。他の全員も殺される。

「安心したまえ。蛇もすぐに送ってやる」

ヨハンは冷笑を浮かべながら槍を構えた。アルマは応戦しようとナイフを構えるが、彼我の実力差を悟っているのか、闘志が消えそうになっている。レオンはまともに動くことさえできない。認めるしかなかった。レオンは敗北したのだ。

だが――

「器は十分に見せた」

レオンの視線の先、黒龍の更に上空から、青い影が猛襲を仕掛ける。その殺気を感知したヨハンが、慌てて黒龍に叫んだ。

「ゼロ、避けろッ！」

だが、ヨハンの声が届くよりも早く、黒龍の翼が切断される。飛行能力を失った巨体が墜落した瞬間、青い影は軽やかに着地した。そして、一陣の風となって戦場を駆け抜ける。風は鋭い刃でもあった。人工悪魔《デミ・ビースト》と復活した人魚《ローレライ》の鎮魂歌のメンバーの悉《ことごと》くが、為《な》す術《すべ》無く風に斬り伏せられていく。縦横無尽に暴力の限りを尽くした風は、最後の標的をヨハンに定めた。

だが、迫る疾風を、ヨハンは槍で軽々と受け止める。

「おおっ、やるぅっ！」

風は飄々《ひょうひょう》とした声を上げ、足を止めた。濃い青色のコートをはためかせ、美しい装飾が

施されたロングソードをヨハンに向ける。

「少しは楽しめそうで安心したよ」

対するヨハンは、忌々しそうに口を開く。

「玲瓏たる神剣《イノセント・ブレイド》、ジーク・ファンスタイン……」

帝都最強クラン、覇龍隊のサブマスターであるジーク・ファンスタインが、ヨハンと対峙《たいじ》していた。


昨晩、レオンは覇龍隊のクランハウスを訪れていた。もっとも、本来の目的は異なる。彼に呼び出された場所が、ここだったのだ。彼とは、帝都で個人最強の一角、EXランク到達者、ジーク・ファンスタインである。

人魚の鎮魂歌《ローレライ》との決戦に備えて、レオンは幻影三頭狼《ミラージュ・トライアド》を傭兵《ようへい》として雇うことに成功した。彼らは強力な助《すけ》っ人《と》だ。だが、彼らの協力だけで勝てる確率は低い。もっと強力な助っ人が必要だ。かといって、幻影三頭狼《ミラージュ・トライアド》以外に信頼できるクランは存在しない。

悩んだ結果、レオンは組織ではなく、個人を頼ることにした。たった独りで一軍にも匹敵する——いや遥《はる》かに超える戦闘能力を持つ者、即《すなわ》ちジーク・ファンスタインである。

レオンとジークの間に面識は無い。だが、マスターであるノエルとは親しい関係にあるようだ。討論会《シンポジウム》を開くにあたり、その名前を貸してくれたことから間違いないと思う。ノエルの性格からして、友人というよりは、裏の協力者といったところだろう。フィノッキオ・バルジーニと同じだ。

いずれにしても、ジークにとってノエルは重要な存在のはずだ。嵐翼の蛇《ワイルドテンペスト》が負ければ、ノエルの価値も無くなる。それはジークにとっても本意ではないだろう。つまり、人魚の鎮魂歌《ローレライ》との決戦で、協力関係を頼めるはずだ。

そう考えたレオンは、秘密裏にジークと交渉をすることにした。だが、当のジークが返事をするためにレオンを呼び出した場所は、覇龍隊のクランハウスだったのだ。

「自分たちの揉《も》め事《ごと》を解決するために、他のクランの力を借りようとするなんて、正気とは思えないわね。恥を知りなさい」

豪奢《ごうしゃ》な応接間、覇龍隊のナンバー3であるシャロン・ヴァレンタインは、凍るような声で言った。今この応接間には、覇龍隊の大幹部が揃《そろ》っていた。即ち、シャロン、ジーク、そしてクランマスターである、開闢の猛将《ビギニング・ワン》ことヴィクトル・クラウザーだ。

金色の髪をオールバックにしたヴィクトルは、還暦間近であるにも拘《かか》わらず、巌《いわお》のようにたくましい肉体をしている。戦場ではないためタキシード姿ではあるが、遠目でも歴戦の猛者だとわかるほどのオーラがあった。眼鏡越しにこちらを見据える金色の双眸《そうぼう》も、猛禽《もうきん》類《るい》の如《ごと》く鋭い。

覇龍隊の大物たちに囲まれているレオンは、生きている心地がしなかった。さながら、肉食獣の群れに放り込まれた草食獣の気分だ。実際、椅子に座っているのはレオンとヴィクトルだけで、ジークとシャロンはいつでもレオンを狩れるように立っている。僅かでも敵意を見せれば、気が付く間も無く物言わぬ屍《しかばね》と化しているだろう。

いったい、ジークはどういうつもりだ？　何故《なぜ》、レオンをクランハウスに呼び寄せただけでなく、シャロンとヴィクトルに引き合わせた？　レオンを亡き者にするつもりなのだろうか？

だが、ジークが本気でレオンを殺したいのなら、わざわざクランハウスに呼び寄せる必要は無い。ジークの真意がわからないレオンは、横目で様子を窺う。だが、いつも通り目を細めて人を食ったような顔をしているジークからは、何の感情も読み取ることができなかった。

「レオン君、と言ったか」

向かい合って座るヴィクトルが、ゆっくりと口を開いた。

「君の目的はジークから聞いている。なるほど、たしかに人魚の鎮魂歌《ローレライ》は危険だ。このまま暴れ回るようなら、排除する必要があるだろう。だが、私たちは官憲ではない。ただの探索者《シーカー》だ。陛下からの勅命があるならともかく、我々が動くべき理由は見当たらないな。なにより、彼らの狙いは君たちなんだろう？　だったら、なおのこと手を貸す理由が無い。君たちの問題は君たちだけで解決したまえ」

「ミスター、お言葉ですが――」

レオンがヴィクトルに反論しようとした時だった。その首元に、ジークの剣が突き立てられる。首を落とされることはなかったが、血の雫《しずく》が喉元を伝って落ちた。

「誰が勝手に喋《しゃべ》っていいと許可したんだい？」

ジークは本気だ。意に添わない行動を取れば、本気でレオンを殺すつもりでいる。極度の緊張のせいで、自然とレオンの喉が鳴った。

「君の言いたいことは想像がつく」

ヴィクトルは話を続ける。

「力を借りたいのはジーク個人、ということだろ？　だが、ジークは覇龍隊のナンバー2だ。ジークが動けば、必然的に我々も君たちに与《くみ》した形になる。実際のところ、クラン間の同盟は珍しくない。我々も過去に他のクランと行動を共にしたことがあるからね。問題なのは、君のやり口だ」

ヴィクトルの声には、静かな怒りが込められていた。

「ジークと個人的に接触を持とうとしたことは許す。最終的な判断を下すのはジーク本人だからだ。だが、君が密書でジークに提示した、報酬三百億フィルは許せないな。悪くない額ではあるものの、嵐翼の蛇《ワイルドテンペスト》のような新興クランに、七星《レガリア》の一等星である我々が金で与したと露見すれば、組織としての沽券《こけん》に関わる。君は誠意のつもりだったんだろうが、逆効果だったな。協力関係は時に、無償である方が丸く収まることもあるのだよ。無償であったのなら、我々にも大義のために戦うという正当性が生まれていた。金なんかのためではなくね」

ヴィクトルはジークに目配せをする。すると、レオンの首に突き立てられていた剣が降ろされた。

「レオン君、釈明があるなら言いたまえ」

「では、お言葉に甘えて」

レオンはヴィクトルを真《ま》っ直《す》ぐに見据えながら続けた。

「ミスター、たしかに貴方《あなた》の仰《おっしゃ》ることも一理ある。金が全てではない。ですが、私に言わせてもらえれば、貴方の考え方は傲慢だ。貴方が何と言おうと、世の中は金で回っている。金が無ければ人は生きていけない。これもまた真実なのです。だからこそ、私が提示した金額は、嘘《うそ》偽りのない誠意の証《あかし》でした。貴方が否定されるのは結構。ですが、それは頂点に立っているという驕《おご》りがあるからこそ言える台詞《せりふ》でもある。金なんかのため？　貴方はいったい、どれだけ金のことを知っているのですか？　ただの探索者《シーカー》に過ぎないと言った口で、何を語れる資格があると自惚《うぬぼ》れているのです？」

立て板に水を流すように、レオンはヴィクトルを非難した。ヴィクトルの言葉が間違っているとは思わない。また、先に礼儀を欠いたのはレオンだ。そのことを責められるだけなら、素直に頭を下げていただろう。だが、喉元に剣を突き立てられながら説教をされたのでは、流石《さすが》に頭にくる。

「貴方、調子に乗り過ぎよ」

シャロンの拳銃が、レオンのこめかみに向けられた。だが、恐怖は無い。あるのは、舐《な》められていることに対する怒りだけだ。

「言い負かされたら、また暴力に出る。これが帝国最強のやり方ですか？」

「なんですって？」

「俺だって馬鹿じゃないんだ。そっちの言い分が正しければ、暴力で脅さなくても大人しく引き下がるんですよ」

レオンはシャロンを睨《にら》み付ける。虎穴にいるからといって、虎の機嫌を窺《うかが》うつもりはない。こっちにもプライドがあるんだ。自分だけならともかく、組織のナンバー2が舐められるということは、嵐翼の蛇《ワイルドテンペスト》そのものも軽んじられている証拠。それだけは絶対に看過できない。レオンにはサブマスターとしての責任と義務がある。

「俺は嵐翼の蛇《ワイルドテンペスト》の副長です。ここまで虚仮にされて、怒らないわけがないでしょう？　ミス・ヴァレンタイン、俺は調子に乗っているのではなく、怒っているんですよ」

レオンは三人を警戒しながら腰の剣に手を伸ばした。

「それが何を意味するか、理解しているんでしょうね？」

シャロンの言葉を、レオンは鼻先で笑った。

「先に抜いたのは貴方たちですよ？」

もちろん、まともに闘《や》り合う気はない。武器に手を掛けたのは、暴力に屈しない意志を示すためだ。三人が構わず襲い掛かってくるのなら、全力で逃げる。こんな奴《やつ》らに、いつまでも付き合っていられるか。——そう、考えた時だった。

「あはははははっ！」

　不意にジークが声を上げて笑い出した。

「日和見主義の木偶《でく》の坊《ぼう》だと思っていたら、なかなか骨があるじゃないか。ノエル君がナンバー2として君を求めた理由がよくわかったよ」

　ジークは目元の涙を指で拭い、ヴィクトルに向き直った。

「マスター、僕は嵐翼の蛇《ワイルドテンペスト》に協力しようと思います」

「どういうつもり!?」

　驚愕《きょうがく》したシャロンが、金切り声を上げた。

「意味が分からないわ！　説明しなさい！」

「そもそも、僕は最初から彼らに協力するつもりだったんです。マスターと師匠もお察しかと思いますが、僕はノエル君と繋《つな》がりがあるんでね。彼に僕の望みを叶《かな》えてもらうためには、嵐翼の蛇《ワイルドテンペスト》が七星《レガリア》になる必要がある」

「……望みですって？」

「まだ公にできませんが、僕たちのためにもなる計画ですよ。――というわけでマスター、僕の自由を許してもらえませんか？」

　ジークが笑って首を傾《かし》げると、ヴィクトルは大きな溜息《ためいき》を吐《つ》いた。

「おまえ、最初からこれが目的だったんだな？」

「ご明察。手を貸すにしても、僕たちにビビるような雑魚じゃ話になりませんからね。その点、レオン君の啖呵《たんか》は良かった。マスターも痛いところを突かれたんじゃないですか？」

「ふっ、抜かせ。……彼らに協力することが、本当に役立つんだろうな？」

「僕は嘘が嫌いです。必ず面白いことになると確約しますよ」

「わかった。だが、自由には責任が伴うことを忘れるなよ？」

「心得ていますよ。感謝します、マイマスター」

恭しく礼をするジーク。レオンは狐《きつね》に化かされたような心境だったが、ジークの意図は理解できた。

「納得して頂けましたか、師匠？」

ジークの茶化すような声に、シャロンは鬼のような形相を見せた。

「これだから男って奴は！　非合理極まりない！　もう勝手にしなさいッ!!」

踵《きびす》を返して応接間を出ていったシャロンは、八つ当たりなのかドアを乱暴に閉めた。レオンが少しばかりの同情を感じていると、ジークが不敵な笑みを見せる。

「レオン君、手を貸すとは言ったが、無条件というわけじゃない。僕は気紛《きまぐ》れだ。つまらない戦いをしたら、その場で帰る。いいね？」

「わかりました」

レオンは頷《うなず》く。要するに、ジークの力を頼って楽をするな、ということだ。言われるまでもなく、そのつもりである。【剣聖】の力を借りられるかは、結局のところレオンたちの器次第。だが、それでいい、とレオンは覚悟を決めた。

「まさか、覇龍隊のサブマスターが出てくるとは思っていなかったな。他人の喧嘩《けんか》に首を突っ込むなんて、暇なようで羨ましい限りだ」

困ったように笑うヨハンに、ジークは凶暴な笑みを浮かべた。

「自分の立場がわかっていないのかな？　今の君たちは栄光ある七星《レガリア》ではなく、ただの盗賊団だ。民草の平穏を守るため、君たちを狩るのも立派な仕事なのさ」

「民草の平穏を守るためだって？　そんな邪悪な顔をしながら言う台詞じゃないな。だが、いいだろう。君と戦うのも楽しそうだ」

ヨハンは頭上に片手を上げ、スキルを発動する。

「《生命回帰《リザレクション》》」

先ほどと同じく、人魚の鎮魂歌《ローレライ》のメンバーたちの傷が消えた。だが、人工悪魔《デミ・ビースト》は倒れたままだ。おそらく、身体《からだ》の構造が違うため、回復スキルが効かないのだろう。

「総員、後方で待機！　私の指示があるまで動くなッ!!」

立ち上がった仲間たちに向かって、ヨハンは声を張り上げた。

「……承知致しました、マスター」

指示に従って、人の姿に戻ったゼロが、仲間たちを後方へ下がらせる。

「賢明な判断だ」

ジークが薄い笑みを浮かべながら言った。

「彼らを残したところで、僕の剣の前では壁にもならない。レオン君、それは君たちも同様だ。あいにく、地べたの蟻《あり》に気を付けながら戦えるほど器用じゃないんでね。死にたくなかったら、遠くへ離れた方がいい」

蟻、と評されたレオンは、悔しさに顔を歪《ゆが》めながらも頷いた。

「俺たちも下がるぞ！」

レオンに従って、仲間たちが人魚の鎮魂歌《ローレライ》とは逆の地点に下がる。途中、負傷したウォルフに肩を貸しながら歩いているコウガと出会った。

「おい、レオン。これはどういうことなんじゃ？」

「ジークも俺が雇った傭兵《ようへい》だ。ここから先は、彼に任せる」

レオンが苦い口調で答えると、コウガは何も言わず顔を背けた。言いたいことはわかっている。部外者に全てを任せてしまっては、これまでの戦いの意味が無くなるからだ。後ろを歩いているアルマも、口にこそ出さないが、不満が顔に表われていた。とはいえ、ジークがいなければ、レオンたちは全滅していたのも事実である。

レオンたちも離れると、ジークとヨハンは、互いに一歩近づいた。

「君、どうやら複数の職能《ジョブ》スキルを使えるようだね」

「ふっ、ずっと覗《のぞ》き見をしていたのか。良い趣味をしている」

「正直なところ、失敗したなと思っているよ。本当なら、戦いの中で知りたかった。推理小説のトリックと犯人を、読み始める前から知ったような気分だ」

ジークは肩を落とし、心から残念そうに首を振る。

「まあ、今更言ったところで無意味なんだけどね」

大きな溜息を吐いた次の瞬間、ジークの剣がヨハンの槍《やり》とぶつかり合っていた。その衝撃で、凄《すさ》まじい突風が巻き起こる。

「不意打ちが好きな奴だな」

「勝つことが好きなんだよ」

二人は互いに獰猛《どうもう》な笑みを浮かべ、同時に後ろへと飛んだ。

「《魔槍乱舞《ジャベリンレイン》》」「《風影剣舞《エアスラッシュ》》」

ヨハンの背後、その虚空から無数の槍が出現し、ジークへと一斉射出された。対するジークの周囲には、翡翠《ひすい》色の剣闘気《ブレイブオーラ》を帯びた風が逆巻いている。

【剣聖】は【剣士】系EXランク職能《ジョブ》だ。【剣士】が魔力を闘気《オーラ》という攻撃エネルギーに変換できるのに対して、更に風か雷の属性を持つ剣闘気《ブレイブオーラ》を扱うことができる。同系統Bランク、【剣闘士《グラディエーター》】のウォルフは雷属性だったが、ジークは風属性のようだ。剣闘気《ブレイブオーラ》によって刃と化した風が、ヨハンの槍と正面衝突した。

「《聖盾防壁《ホーリーシールド》》ッ！」「防げッ！」

嵐のような衝撃波から仲間を守るため、レオンとヒューゴが防壁《バリア》を展開する。防壁《バリア》は十分な魔力を込めたにも拘《かかわ》らず、風圧だけで酷《ひど》く軋《きし》みを上げた。

「恐ろしい破壊力だな」

隣に立つヒューゴが、青褪《あおざ》めた顔で呟《つぶや》いた。

「ヨハン・アイスフェルト、奴もまた神域《EXランク》に至りし者か……」

——子どもの頃から、他人に媚《こ》びるのが苦手だった。

適当に笑っておけばいいものを、面白くもないのに笑えるかと斜に構えていたせいで、親にも可愛《かわい》げのない子どもだと呆《あき》れられたものだ。そんな性格をしているためか、友だちと呼べる者はおらず、仲間外れにされるどころか暴力の標的にもなった。

目には目を、歯には歯を、やられたらやり返している内に、街一番の悪童だと呼ばれていた。両親すらも我が子に怯《おび》える始末だ。そんな生き方をしていたから、自分よりも強い奴がいるだなんて思いもしなかった。

「これに懲りたら、私には逆らわないことね」

全裸で木に吊《つ》るされて一週間。飲まず食わずで死にかけていた時、こんな仕打ちをした張本人である美しきエルフが言った。そして、こう続けた。

「覇龍隊に入りなさい、ジーク君。それが嫌なら、そのまま干からびなさい」

美しきエルフ——シャロン・ヴァレンタインは、覇龍隊の勧誘員《スカウター》だ。子どもだったジークの可能性を知り、将来のクランメンバーとして英才教育を施すためにやってきた。親に売られたと勘違いしたジークが悪態を吐くと、容赦なく木に吊るした鬼ババアでもある。怒りはあったが、死にかけのジークに拒否権は無かった。

思い返すと、誰かに負けたのは、あれが最初で最後だった。訓練を受け、実戦で活躍し、順当にランクアップしたジークは、シャロン以外の誰にも負けたことがない。師匠であるシャロンも、とっくに追い越した。シャロンはAランクだが、ジークが本気になれば秒殺できる。その実力差は出会った当時の二人よりも大きい。

気分が良かった。だが、それ以上につまらなかった。人も悪魔《ビースト》も、決してジークの脅威にはなりえない。どれだけ強大な力を持っていても、全力でぶつけられる相手がいないのでは意味が無い。ジークは虚無感に苛《さいな》まれながら、いつか自分の敵となれる相手が現れると信じて、孤独な研鑽《けんさん》を続けていた。

やがて願いは叶った。ジークと同じEXランク到達者、百鬼夜行のクランマスター、リオウ・エディンの登場である。また、それだけでなく、冥獄十王《ヴァリアント》が現界するそうだ。半ば諦めかけていたというのに、神はジークを見捨てなかったらしい。

だが、人というのは不思議な生き物だ。

願いが叶ったら、今度は自分の敵となりえる存在を疎ましく感じるようになってきた。自分よりも強いかもしれない存在が許せないのだ。

「この世界に、最強は僕だけでいい」

【剣聖】ジーク・ファンスタイン、その本質はどこまでも身勝手な悪童である。

†

魔天槍《ルーンランサー》スキル《魔槍乱舞《ジャベリンレイン》》と、剣聖スキル《風影剣舞《エアスラッシュ》》の破壊力は互角。ジークはヨハンの戦闘能力が自身と同じEXランクだと判断する。

このまま撃ち合っても埒《らち》が明かない。近接戦に持ち込むため、ジークは足に力を込めた。まさにその瞬間、直感が警鐘を鳴らした。直感に身を任せて飛び退《の》いたが、時既に遅く、ジークの周囲全方向に、ヨハンの槍が出現した。

「異なる職能《ジョブ》スキルを併用できるのか!?」

ヨハンが使用したのは、魔弾スキル《銃王の道《ロイヤル・ロード》》。攻撃距離を零にするスキルだ。ジークが気が付いた時には、全ての槍が肌に触れる寸前まで肉薄していた。回避することは絶対に不可能だ。――ならば、貫かれる前に斬り落とすまで。

「《旋風烈波《エアバースト》》ッ!」

剣闘気《ブレイブオーラ》を帯びた風が、ジークの身体から一気に放出された。風の刃は全ての槍を細切れにする。だが、不意に身体がよろめいた。手足が痺《しび》れ、思うように動かせない。

「《劇薬精製《ブラッドポイズン》》。槍の先端に猛毒を塗布しておいた。《銃王の道《ロイヤル・ロード》》による零距離攻撃を防いだのは見事だが、完全な無傷というわけには――」

ヨハンは最後まで言い切ることができなかった。勝利を確信して見せた隙を突き、ジークが間合いを詰めていたからだ。神速で振るわれた剛剣が、ヨハンの左腕を斬り飛ばした。

――追撃。今度は首を落とす。

「くっ、《不義法廷《トリックルーム》》!」

ヨハンが発動した不可視の結界が、ジークを閉じ込める。また、この結界内では魔力が暴走するため、スキルを発動できない。スキル効果を理解していたジークは、スキルに頼ることなく、全力で剣を振り抜いた。

「疾ッ!!」

白刃が閃《ひらめ》いた刹那、内部からは絶対の強度を誇るはずの結界が、いとも容易《たやす》く切断された。剣戟《けんげき》の後に発生するただの風が、ヨハンの頰を斬り裂く。

「おいおい、冗談だろ？」

ヨハンは頰の血を指で拭い、苦笑した。

「ただの剣戟で《不義法廷《トリックルーム》》を破壊するとはね。いや、それより、毒はどうしたんだ？【剣聖】に毒耐性は無かったはずだ」

「斬った」

「は？……何だって？」

「だから、斬ったんだ」

聞き分けの無い子どもを諭すように、ジークは続けた。

「血液中の毒素を、体内に流れる剣闘気《ブレイブオーラ》で無効化したんだよ」

「本気で言っているのか？　毒素だけを選んで斬ったと？」

「僕は嘘《うそ》が嫌いだ。なにより、こうして立っているじゃないか」

もちろん、簡単にできる業ではない。体内で剣闘気《ブレイブオーラ》を発動すれば、普通は全身がズタズタになるだけだ。効果範囲を血管にとどめるどころか、細胞単位でのコントロールを成功させるなんて、離れ業もいいところである。だがジークは、長年の修練によって、剣闘気《ブレイブオーラ》の完全なコントロールを物にしていた。

「さっきの攻防でわかったことがある。君は複数の職能《ジョブ》スキルを扱えるだけでなく、併用することも可能なようだ。それ自体は脅威であるものの、全てをEXランク水準で使えるわけではないね。魔天槍《ルーンランサー》スキルに対して、他のスキル精度は数段劣る。また、扱えない職能《ジョブ》スキルもあるようだ。もし全て使えるなら、ヒューゴ・コッペリウスの傀儡《くぐつ》スキルを使わないのはおかしい。血筋によってのみ発現する希少職能《レアジョブ》は対象外なんだろ？」

ジークの推理に、ヨハンは頷《うなず》いた。

「正解。まったく、頭が切れる相手はやりにくいな。手の内がすぐにバレてしまう。だが、底が見えたのは君も同じだ。ジーク・ファンスタイン、君には大きな弱点がある」

「へえ。それはなんだい？」

「慌てるなよ。今から教えてやる」

ヨハンは槍を地面に刺し、足元に転がっていた左腕を蹴り上げた。そして、キャッチすると同時に接合する。

「では、いくぞ。――《百色幻鏡《カレイドスコープ》》発動」

鮮烈なる闘志を剝《む》き出しにしたヨハンの身体が、四つに分裂した。死徒《デス》スキル《百色幻鏡《カレイドスコープ》》。実体を持った分身を生み出すスキルである。分身は実体を持っているだけでなく、自律思考とスキルの発動も可能だ。

四人のヨハンが一斉に槍を構え、ジークを襲った。文字通り四方八方から連続で放たれる槍の猛攻と《魔槍乱舞《ジャベリンレイン》》を、だがジークは涼しい顔で受け流した。それどころか、カウンターで確実に分身を撃破していく。――残るは一人。狂った獣のように牙を剝くジークの剣閃《けんせん》が、最後のヨハンを両断した。

そして、異変に気が付く。

「全て偽物だと!?」

本体はどこだ？　周囲を警戒するジークに、姿無きヨハンの笑い声が届く。

「分身する際に、死徒《デス》スキル《知覚遮断《ヴァニッシュ》》を使わせてもらった。君が私を認識することはできない」

「くだらない小細工を！　消えたところで逃れられると思っているのか!?」

激昂《げきこう》したジークは、《旋風烈波《エアバースト》》を発動。周囲全てを粉砕する作戦に出る。敵の姿が見えなくても、範囲攻撃なら関係ない。突風の刃が唸《うな》りを上げながら荒れ狂う。――その瞬間、ヨハンはスキルを発動した。

「《絶対聖域《エクス・インビンシブル》》」

あらゆる攻撃を反射する絶対防壁の力によって、ジークの放った風刃が術者本人を襲う。

――範囲攻撃を誘われていたのは、ジークも理解していた。

「《旋風烈波《エアバースト》》ッ!!」

更なる範囲攻撃によって、跳ね返された攻撃の全てを無効化する。これで、反射スキルは潰した。《絶対聖域《エクス・インビンシブル》》は二十四時間に一度しか使えないスキルだ。また、他の職能《ジョブ》に同種のスキルは存在しない。

つまり、ジークがヨハンの策に乗ったのは、《絶対聖域《エクス・インビンシブル》》を使わせるためだったのだ。それだけでなく、大量の魔力が消費されたことにより、ヨハンの位置を特定することができた。深淵《アビス》に潜る探索者《シーカー》は、練度が高いと肌で魔素《マナ》濃度を感じ取ることができるようになる。姿を消すことができても、放出した魔素《マナ》までは隠し通せない。

「そこかぁっ!!」

ジークは眼《め》を見開き、歓喜の声を上げた。禍々《まがまが》しい凶相を浮かべながら獲物に斬り掛かる姿は、まさしく狂獣そのものだ。小細工はもう使わせない。確実に斬り殺す。ヨハンが潜んでいる虚空に向かって、ジークは剣を振りかぶった。

だが、ジークの思考が一瞬停止する。

ヨハンがスキルを解除し、自ら姿を現したのだ。その理由がわからず、ジークは混乱してしまった。たったゼロコンマ一秒の逡巡《しゅんじゅん》、その間にヨハンが新たなスキルを発動する。

「愚かなる土くれよ、我が怒りを受けよ。《真黙示録《アポカリプス》》、開門」

「なっ!?」

ジークの剣がヨハンに届く寸前のことだった。突如として発生した謎の力が、ジークをヨハンから引き離す。力は強大で、同じ場所に立っているのもやっとの有様だ。剣を地面に突き刺し、後ろを振り返ったジークは、その先に信じられないものを見た。

「なんだ……あれは!?」

黒い球体が宙に浮いている。そして、ジークだけでなく周囲の全てが、その球体の持つ引力の影響を受けていた。木々や空を飛んでいた鳥、大地までもが引き寄せられ、球体の中心へと消えていく。遠くに離れている他の者たちも、吸い込まれないように防壁《バリア》を展開しながら耐えていた。

「《真黙示録《アポカリプス》》は、【救世主《メシア》】が使える終焉《しゅうえん》の力だ」

唯一、球体の影響を受けていないヨハンは、淡々とした声で言った。

「七つの異なる職能《ジョブ》スキルを、同時発動することによってのみ、《真黙示録《アポカリプス》》は開かれる。《真黙示録《アポカリプス》》から逃れることはできない。全てを吸い込み、分解し、事象の彼方《かなた》へと飛ばす。それこそが、全ての終焉《星の終わり》。ジーク・ファンスタイン、君も例外ではない」

ふざけるな、とジークは叫んだつもりだった。だが、その声すらも球体に吸い込まれ、ヨハンに届きはしない。

「君の弱点、それは強者との戦闘経験が不足していることだ」

ヨハンは地面にしがみつくジークを見下ろしながら告げた。

「戦い方を見ればわかる。順当に勝利を重ねてきた君は単に強いだけで、逆境を覆せるだけの想像力と独創性が欠如しているんだよ。だからこそ、こうも簡単に敗北するんだ。もっと多くの経験を積んでいれば、私を上回ることもできただろう。残念だよ、ジーク・

ファンスタイン。君は私の敵になれなかった」

本当に残念だ、とヨハンは繰り返し、両手を横へ広げた。

「獣よ、去れ。海よ、滅びよ。血よ、生を渇かせ。冒瀆者《ぼうとくしゃ》よ、炎に燃えろ。闇よ、苦痛をもたらせ。王よ、悪霊に繋《つな》がれよ――」

厳かな詠唱が紡がれる度に、球体の力が増していく。そして――

「天地よ、割れよ。ここに終焉は成された。《真黙示録《アポカリプス》》、閉門」

ヨハンの両手が胸の中央で合わせられた時、球体とジークは、完全にこの世界から消滅していた。――戦いは終わった。勝者となったヨハンは、ジャケットから取り出した煙草《たばこ》に火を付けた。紫煙が重い雲に覆われた空へと細く伸びる。

「こんなものか」

ヨハンが乾いた笑いを零《こぼ》した時だった。――その胸が、斜めに斬り裂かれる。

「なっ、なんだ!?」

噴き出す血を手で押さえながら、ヨハンは後ろによろめいた。呆然《ぼうぜん》と立ち尽くす眼前で、虚空に無数の光が走る。それが剣戟によるものだと悟ったのは、斬り裂かれた空間の奥から、満身創痍《そうい》となったジークが姿を現した時だ。

「く、くくく……死にそうになったのは、子どもの時以来だな……」

事象の彼方から世界に帰還を果たしたジークは、全身血だらけなだけでなく、左腕と右眼が潰れていた。目に見えない箇所も、深刻な損傷を負っているはずだ。立っているだけでやっとなどころか、次の瞬間には絶命していてもおかしくない。にも拘《かかわ》らず、ジークの気迫は先ほどよりも遥《はる》かに増していた。

「感謝するよ、ヨハン・アイスフェルト。君のおかげで、僕は更なる高みへと至ることができた。極限まで追い詰められてみるものだね。まさか、世界そのものを断つことができるようになるとは、自分でも思わなかったよ」

茫然《ぼうぜん》自失していたヨハンは、思い出したように吹き出した。

「ははははは、ここまで出鱈目《でたらめ》な奴《やつ》は初めて見たよ。――いいだろう、君を私の敵として認めよう。全力を出させてもらう」

胸の傷を癒し、槍《やり》を構えるヨハン。ジークもまた、剣を構えた。

「最初から全力で戦わなかったこと、後悔させてあげるよ」

「後悔？　いいや、私にあるのは歓喜だけだ」

人の姿をした二頭の獣が、殺意の咆哮《ほうこう》を上げる。

「「いざ、参るッ!!」」

神域の戦いは、一挙一動が災厄に等しい。端から見ているレオンたちは、余波で命を落とさないよう身を守ることしかできずにいた。幸いなことに、未《いま》だ犠牲者こそいないが、いつ荒ぶる神たちの気紛《きまぐ》れで命を落とすかわからないのだ。

「こんなの、もうボクたちの戦いじゃないよ……」

怒りと悔しさで苛立《いらだ》つアルマが、吐き捨てるように言った。

同感だ。ジークを雇ったレオンでさえ、ここまで蚊帳の外になるとは思っていなかった。もっとできることがあると信じていたのだ。――自惚《うぬぼ》れだった。今のレオンたちは、ジークが言ったように蟻《あり》でしかない。嵐翼の蛇《ワイルドテンペスト》も、幻影三頭狼《ミラージュ・トライアド》も、心が折れる寸前だった。人は神には勝てない。

「皆、巻き込んですまな――」

謝罪しようとしたレオンの口を、ヒューゴが塞ぐ。

「止《や》めろ。私たちは謝られるようなことをした覚えはない。望んで、この戦場に立ったんだ。レオン、おまえは最善を尽くした。自分を誇れ」

「だけど……」

「なにより、戦いはまだ終わっていない。反省は全てが終わってからだ」

「そうだな……。その通りだ……」

レオンが項垂《うなだ》れるように頷くと、隣にいたウォルフが溜息《ためいき》を吐《つ》いた。

「これじゃあ、ノエルがいてもいなくても同じだったな……」

「ワシはそうは思わん」

コウガは首を振って否定する。

「たしかに、あん二人は化け物じゃ。じゃけど、それでも……ワシはノエルなら、あん二人をも超えられると信じとる」

「コウガ……」

単なる忠誠心ではない。コウガにあるのは、揺るがない友情だ。心の底から、ノエルのことを信じている。レオンは失ったものを思い出して、胸が痛んだ。

「ウチもわかる気がするな」

リーシャが困ったように笑いながら言った。戦闘で負傷しているものの、リーシャの声は明るく透き通っている。

「他の誰に無理でも、ノエルなら、あの二人にも勝てる気がする。まあ、何の根拠も無いんだけどね」

照れ臭そうに頭を掻《か》くリーシャ。その視線が、不意に空へと向けられた。

「……嘘《うそ》？　本当に？」

驚愕《きょうがく》しているリーシャを見て、レオンは首を傾《かし》げた。

「どうかしたのか？」

「来たんだよ」

答えたのはリーシャではなく、アルマだった。

「ボクの〝蛇〟が来た」

「まさか……」

レオンが驚きで二の句を継げずにいると、誰かが空を指差しながら叫んだ。

「おい！　あれって、協会《ギルド》の小型強襲艇じゃねぇか!?」

指差した先に浮かんでいたのは、二人乗り用の飛空艇だ。実際には、船というよりも、〝機械仕掛けの馬〟という形状をしている。操縦しているのは、嵐翼の蛇《ワイルドテンペスト》の担当監察官である老紳士、ハロルド・ジェンキンスだ。

飛空艇は急速に高度を下げる。地上から約十メートルまで下がった時、飛空艇の後部座席から、棺を背負った黒髪黒衣の少年が飛び降り、ジークとヨハンの間に着地した。

「よお、楽しそうなことをしているじゃねえか。俺も交ぜてくれよ」

嵐翼の蛇《ワイルドテンペスト》のクランマスター、ノエル・シュトーレンがそこにいた。

クランハウスの医務室で眠っているノエルは、やはり目を覚まさない。だが、ロキはこれでいいのかもしれないと考え始めていた。仮に目を覚ましたところで、今からノエルにできることなど何も無い。何の準備も無く勝てるほど、人魚の鎮魂歌《ローレライ》は甘い敵ではないのだ。特に、ノエルは最弱の支援職《バッファー》。戦闘能力の弱さを、優れた頭脳と策略で補ってきたからこそ、今の地位に成り上がることができた男だ。つまり、策が通じる段階を超えた闘争には、全くの無力なのである。

正直なところ、自分でも弱気になっているのは理解している。任務に失敗して命を落とす覚悟はできていた。だが、自分が人質になったせいで、ノエルは昏睡《こんすい》する羽目になったのだ。責任を感じるな、という方が無理な話である。

ロキが椅子に座りながら大きな溜息を吐いた時だった。

「おや、あなたは……」

ノックも無しに医務室の扉が開かれ、燕尾服《えんびふく》を着た老紳士が入ってきた。老紳士は何故《なぜ》か、背中に黒い棺を背負っている。

ロキは思わず立ち上がった。最初、葬儀屋かと思ったが、そういう雰囲気ではない。それに、この老紳士の風体には心当たりがあった。たしか、嵐翼の蛇《ワイルドテンペスト》の担当監察官、ハロルド・ジェンキンスだ。

「ああ、警戒する必要はありません。あなたのことは聞いています。あなたも私のことを知っているのでは？」

ロキが躊躇《ためら》いがちに頷《うなず》くと、ハロルドは柔らかな笑みを浮かべた。

「結構。しかし、意外ですね。ノエルさんから聞いた話では、もっと冷徹な仕事人というイメージでした。まさか、ずっと付き添っているとはね」

「いや、俺は……」

「ご安心ください。あなたのイメージが損なわれるようなことを吹聴《ふいちよう》するつもりはありません。それと、ノエルさんは目を覚ましますよ。この薬を使えばね」

ハロルドが取り出したのは、金属製の注射器だ。

「ノエルさんは、こうなることを全て予測していました。そして、自分が昏睡状態の場合、指定した日時にこれを投与するよう私に頼んでいたのです。まったく、年寄使いが荒いクソガキで困りますね」

やれやれ、と首を振ったハロルドに、ロキは目を見開いた。

「よ、予測していたって、どういうことだよ？」

「正確には、あらゆる展開を事前に想定し、パターン毎《ごと》に解決手段を用意していたのです。常に用意周到なのですよ、この人は。バスクード領で始まっている戦いも、クランメンバーを成長させるための試練だと割り切っているようです」

「そ、そうだったのか……。いや、だとしても、その薬をもっと早くに使うべきだったんじゃないのか？　予測できる範囲にも限界があるだろ？」

「仰《おつしや》る通り。……本当なら、薬を使わずに目を覚ますのがベストなのでしょう。ですが、それは叶《かな》わなかった。全てが都合良く行くわけではないのですよ」

引っ掛かる言い方だった。ノエルに注射器の針を刺そうとするハロルド。その手を、ロキは慌てて止めた。

「待ってくれ。それは本当に、目を覚ますだけの薬なのか？」

「そんな都合の良い薬があるわけないでしょう？　これは、彼の命を代償に、絶大な力を与える薬ですよ」

瞬間、ロキは全てを理解した。この薬が、ゼロを倒せた力の正体だ。つまり、昏睡状態に陥らせた毒でもある。

「やめろ！　そんなものを使うな！」

ロキはハロルドの手を摑《つか》んだまま必死に叫んだ。

「命を削るだと!?　駄目だ、そんなこと！」

「駄目、と言われましても……。そもそも、この薬を作ったのはノエルさんです。私に投与するよう頼んだのもノエルさんです」

「だとしても、それを実行する必要は無いだろ！　いいから、それを渡せ！」

薬を奪い取ろうとしたロキを、ハロルドは押し飛ばした。そして、拳銃を抜き、躊躇《ちゅうちょ》することなくロキへと向ける。

「なるほど、あなたは……」

その先を、ハロルドは言わなかった。ただ意味深な笑みを漏らし、拳銃をホルスターに収める。

「あなたは正しい。ノエルさんが望んでいても、私が実行しなければ済む話だ。ですが私は、あえてノエルさんの願いを叶えようと思う」

「何故だ？　そんなことをして、あんたに何の得がある？」

「私はね、あの先を見たいんですよ」

ハロルドは暗い妄執を感じさせる声で言った。

「年老いれば、全てを諦められると思っていた。しかし、そうはならなかった。欲望は際限なく膨らんでいく。……私は、友が諦めた真の頂点に、ノエルさんが至ることを望んでいるのです。そのためなら……悪魔《あくま》と呼ばれても構わない！」

注射器がノエルの首に刺された。そして――蛇の眼《め》が開く。

ジークとヨハンの戦いは、次第にヨハンが押され始めた。損傷度合いで見ると、明らかにジークの方が弱っている。だが、気迫で勝っているのはジークだった。凄《すさ》まじい剣技を連続で振るい、徐々にヨハンを追い詰めていく。

「この程度が全力か!? ヨハン・アイスフェルトォッ!!」

「くぅっ!」

ジークの剛剣に吹っ飛ばされたヨハンは、そのまま膝を突いた。

「……はぁはぁ、素晴らしい。認めるしかないな。君は私よりも強い」

「ふっ、今更敗北宣言かい? さっきの威勢はどこにいった?」

「早まるなよ。私が勝てないのなら、勝てる存在を起こすまでのこと」

立ち上がり、深い笑みを浮かべるヨハン。その言葉がはったりでないことを、ジークはヨハンの底知れぬ殺気から察した。

「出番だ。起きろ――」

ヨハンが何者かを呼び覚まそうとした時、二人の間に漆黒の影が舞い降りた。

「よお、俺も交ぜてくれよ」

蛇、ノエル・シュトーレンだ。突如として現れたノエルに、二人は言葉を失う。いや、二人だけではない。この戦場にいる全ての者たちが、ノエルの持つ圧倒的な〝華〟に呑《の》み込まれていた。神域到達者の戦いなど無かったかのように、止まった時の中でノエルだけが愉悦に満ちた笑みを浮かべている。

「ふふふ、いつまで間抜けな面をしているんだ？　ここは戦場だぞ？」

何の恐れもなく二人を挑発するノエルに、ジークが剣を向けた。

「ノエル君、重役出勤は結構だが、少しは空気を読んでくれるかな？　今ここに、君如《ごと》きの居場所は無いんだよ。大人しく、お仲間たちと指を咥《くわ》えて見ているといい」

「空気を読むのはおまえの方だ、ジーク。これは嵐翼《ワイルドテンペスト》の蛇と人魚《ローレライ》の鎮魂歌の戦い。部外者が我が物顔をするなよ。前座は終わりだ。さっさと消えろ」

「なんだとッ!?」

激怒するジークに、ノエルは向けられた剣にも構わず歩み寄った。

「まだ遊び足りないというのなら、それでもいい。俺が相手になってやる」

ノエルの害意は、僅かなものだった。喧嘩《けんか》を売るなら買ってやる、その程度に過ぎない。にも拘《かか》わらず、ジークは大きく後ろへと飛んだ。

「ノエル君、君は……」

驚愕のあまり言葉を失うジーク。たしかに、ノエルのことは評価している。だがそれは、策謀家としての能力に過ぎない。前線で戦う能力に関しては、皆無だと考えている。なのにジークは、本能的にノエルを恐れてしまったのだ。戦えば命の危険がある、と頭の中で警鐘が鳴り続けている。

「……面白い」

命の危険があるからといって、戦いを止める理由にはならない。ノエルの挑発に乗り、このまま戦闘を続けるのも一興だ。だが、ジークは剣を納めた。

「やはり、君は興味深い存在だ。ここで戦うよりも、然《しか》るべき場所で戦うとしよう。……正直、僕も疲れたからね」

踵《きびす》を返したジークは、背中越しに言った。

「僕との約束、必ず果たしてくれよ」


ジークが去り、俺とヨハンは互いに視線を合わせた。

「さて、決着をつけようか」

「遅れてきたのに偉そうな少年だ。だが、否定する理由は無いな」

「一対一、正々堂々と戦おう」

「ほう、仲間は必要ないと？」

「あいつらに余計な戦いをさせる必要は無い。俺とおまえで白黒をつければ済む話だ。――ハロルド」

俺が呼ぶと、小型強襲艇から降りたハロルドが間に立った。

「お二方の決闘、協会の参号監察官である、このハロルド・ジェンキンスが、立会人を務めさせて頂きます」

恭しく礼をするハロルドに、ヨハンは鼻を鳴らした。

「乗せられている気もするが、いいだろう。もし、そちらに与《くみ》する動きを見せれば、協会の監察官とはいえ容赦はしない」

「心得ております」

話はまとまった。俺は仲間たちに向かって声を張り上げる。

「総員、そのまま待機！　この戦いは、クランマスター同士、一対一の決闘で決着をつける！」

俺に続いて、ヨハンも声を張り上げた。

「聞いての通りだ！　総員、そのまま待機！」

仲間に指示を出したヨハンが、遠方にそびえる台地を指差した。

「こちらからも条件がある。仲間を使わないのなら、戦場をあの台地の上に変えよう。君も、仲間を気にしながらでは戦いづらいだろう？」

「いいだろう」

俺が頷くと、ヨハンは虚空に手を向けた。虚空は罅割《ひびわ》れ、人が通れるほどの穴が開く。穴の奥は、白い雪が舞う台地の頂上に繋《つな》がっていた。

「先に行っている」

空間転移《ワープドライブ》スキルを発動したヨハンは、穴を潜《くぐ》って台地に移動した。俺とハロルドも続こうとした時、後ろから俺を呼ぶ声がする。振り返った先にいたのは、レオンだった。

「……ノエル、本当にヨハンと決闘するのか？」

　疲労の色が濃いレオンに、俺は笑って頷いた。

「状況は理解している。俺の代わりをよく果たしてくれたな。おまえは他の仲間たちと休んでおけ。後は俺が片づける。クランマスターとして、な」

「そうか……わかった。君が断言するのなら、俺は君を信じる。だけど、気を付けてくれ。ヨハン・アイスフェルト、奴《やつ》は複数の職能《ジョブ》スキルを使える。そして、多重人格者だ」

「へえ、なるほどね」

　だから、空間転移《ワープドライブ》を使えたのか。それに、雰囲気が異なるのも納得だ。

「貴重な情報、感謝する」

　俺はレオンから視線を切り、穴へと入った。僅かな浮遊感を抱いた後、雪が積もった台地の頂上に到着する。後ろには、ハロルドもいた。

「副長から私のことを聞いたようだね。ここまで声が届いていたよ」

　ヨハンは笑いながら指を鳴らした。すると、空間の穴が閉じる。

「君と直接会うのは、これが初めてだな。フォーマがいつも君への恨み事を吐いていたよ。だから、こうして出会えて嬉《うれ》しく思う」

「副長からネタ晴らしをしてもらったのは、おまえも同じだろう？　俺が現れても、まるで驚いている様子が見られなかったからな」

「ああ、聞いているよ。だから、君と戦いたかった」

　さあ、とヨハンが手を差し出す。

「使うといい、邪法の力を」

「後悔、するなよ」

ヨハンに促された俺は、コートから注射器を取り出し、首に刺した――。

†

「これが、頼まれていた薬ネ」

リガクは保冷箱を開き、中身を俺に見せた。保冷箱には、六本の注射器が入っている。赤い液体が三本、青い液体が三本だ。

「赤いのが現界用、青いのが浄化用ヨ」

「臨界時間は？」

「五分ネ」

「つまり、使用したら、五分間以内に浄化すればいいんだな？」

俺が尋ねると、リガクは笑いながら首を振った。

「ちょっと違うネ。合計で、五分。何故《なぜ》なら、この薬の効果中は、一分毎《ごと》に十年分の寿命が削られるからヨ。だけど、これはガバガバな計算。使用時の体調次第で削られる寿命は違ってくるヨ。五分はおおよそ、だと思ってネ。ノエルさん、今十六歳だから、五分ぐらいなら持つだろうな、という見込みヨ」

もちろん、とリガクは楽しそうに続ける。

「寿命が削られる分、効果は絶大ネ。ノエルさんの注文通り、薬の効果中は、素材となった真祖《ノーブル・ブラッド》と同じ力を得られる。時を止めたりはできないけど、膂力《りょりょく》とスピード、そして再生能力は真祖《ノーブル・ブラッド》に匹敵するネ。魔力に満ちた体内を深淵《アビス》に模し、真祖《ノーブル・ブラッド》の能力だけを現界させる仕組みは完璧ヨ」

「そうか」

俺は頷《うなず》き、保冷箱の蓋を閉じた。

「感謝する、リガク。これで必要なピースは全て揃《そろ》った」

「こちらこそ、楽しい仕事だったヨ。それ使っても生きていたら、またノエルさんの仕事をしたいネ！　どんなヤバい仕事も、ばっちこいヨ！」

「残念ながら、次はないな」

俺は微笑《ほほえ》みながら魔銃《シルバーフレイム》を抜き、リガクの額に向けた。

「おまえは用済みだ。ここで死んでもらう」

驚愕《きょうがく》したリガクの目が見開かれる。何かを叫ぼうとしていたが、それよりも早く引き金を絞った。乾いた銃声の後、頭を撃ち抜かれたリガクが倒れる。

「おまえに恨みはないが、これと同じ物を作られると困るんだよ」

静かに呟《つぶや》き、俺はリガクの地下研究所を後にした。

薬の投与によって、真祖《ノーブル・ブラッド》の力が俺を満たす。恍惚《こうこつ》たる万能感と充足感。それだけでなく、今すぐに全ての破壊衝動を解放したい欲求に駆られる。

だが、俺は暴走することなく、力を支配することに成功していた。【話術士】が持つ精神耐性のおかげだ。

もっとも、制限時間があることに変わりはない。これまでの使用時間は、ゼロとの戦いで一分。昏睡《こんすい》状態から覚醒するために使ったのが数十秒。つまり、残された時間は三分ほどだ。それ以上超えると、俺の身体《からだ》がもたない。

「素晴らしい！　完全に悪魔《ビースト》の力を支配している！」

ヨハンは歓喜の声を上げ、槍《やり》を構えた。

「見せてくれ、その力の全てを。――《魔槍乱舞《ジャベリンレイン》》」

虚空から現れた数えきれない槍が放たれる。俺は背負っていた黒塗りのケースを盾にし、ヨハンの猛攻を防いだ。ケースそのものは一瞬で砕け散ったが、中から現れた一本の斧《おの》が盾の役割を果たしてくれている。

「行くぞ」

無駄に時間を使うつもりはない。俺は斧を持ったまま、ヨハンに跳躍した。射出された槍が際限無く襲ってくるが、その全てを打ち落とす。――間合いに入った。俺は斧を振り被《かぶ》る。対するヨハンは、迎撃用スキルの発動準備に入っている。

だが、遅い。――遅過ぎる。

「喰《く》い殺せ、鬼神楽《おにかぐら》」

俺の殺意に呼応して、斧――鬼神楽《おにかぐら》が禍々《まがまが》しい光を帯びた。

かつて祖父が愛用していた戦斧《せんぷ》のレプリカである鬼神楽《おにかぐら》は、悪魔《ビースト》を素材に鋳造された武器だ。深度十二に属する魔王《ロード》、阿修羅王《あしゅらおう》が、素材として使用された。その巨体全てを溶かし、特殊な製法で圧縮鋳造されたのが鬼神楽《おにかぐら》だ。悪魔《ビースト》素材を使用した武器や防具は数多く存在するが、魔王《ロード》の全身を溶かして武器に作り変えたのは、鬼神楽《おにかぐら》だけである。

また、鬼神楽《おにかぐら》には、ある特殊な能力が備わっている。単に頑丈で再生能力を備えているだけでなく、鬼神楽《おにかぐら》そのものの重さを変えることができるのだ。羽根のように軽くすることも、巨石の如《ごと》く重くすることも、所有者の自由自在。振る時は軽く、インパクトに合わせて重くすれば、神速の攻撃と、甚大な破壊力を両立できる。

故に、鬼神楽《おにかぐら》こそが、個人の持ちえる最強の武器だと、俺は考えている。そして今、真　祖《ノーブル・ブラッド》の膂力で振り抜いた鬼神楽《おにかぐら》の重さは、一万トンを超えていた。

隕石《いんせき》の衝突に匹敵する破壊エネルギーが、台地を消し飛ばす。

ハロルドは辛うじてノエルの攻撃に巻き込まれず済んだ。巨大台地《テーブルマウンテン》は消し飛び、広大な地下洞窟へと着地する。地下洞窟は青々とした水が流れる水脈でもあった。繰り返される攻撃の余波によって、天上から射《さ》す光と水飛沫《みずしぶき》が虹を作っている。

ノエルとヨハンの戦いは続いていた。極限まで重くした鬼神楽《おにかぐら》の直撃を、ヨハンは

《霊化回避《ファントム》》の効果によって無効化していたのだ。間一髪のタイミングだったが、ヨハンのスキル発動の方が僅かに早かったのである。

　レオンが言っていたように、ヨハンは複数の職能《ジョブ》スキルを扱えるようだ。空間転移《ワープドライブ》と《霊化回避《ファントム》》以外にも、本来は【魔天槍《ルーンランサー》】が使うことのできないスキルを状況に応じて発動し、ノエルの猛攻を防いでいる。――そう、防いでいるのだ。

「防戦一方じゃないか……」

　ハロルドは慄《おのの》きながら呟いた。ヨハンの真の力は凄《すさ》まじい。間違いなくEXランクに匹敵している。複数の職能《ジョブ》スキルを使えるだけでも驚異的なのに、それを組み合わせて戦う技術にも長《た》けているためだ。実際、ヨハンには、あの【剣聖】に重傷を負わせるほどの戦闘能力がある。

　にも拘《かかわ》らず、ヨハンは一方的に押されていた。ノエルに対して、攻勢に出ることができずにいる。理由は簡単だ。――ノエルの方が圧倒的に強いからである。

　たしかに、薬の効果によって、今のノエルは真祖《ノーブル・ブラッド》と同等の身体能力を有している。凄まじい膂力とスピードだ。だが、真祖《ノーブル・ブラッド》の真骨頂である、時間停止能力を使用することはできない。それどころか、肝心の身体能力も、人型時の真祖《ノーブル・ブラッド》準拠であるため、強力ではあるものの、Aランク近接戦闘系職能《ジョブ》に毛が生えた程度の力だ。純粋な戦闘能力は、スキルの有無に拘らず、ヨハンの方が上だとハロルドは分析している。

　それでも、圧倒的に強いのはノエルの方だった。

「ブランドン、おまえはそこにいるんだな……」

ハロルドは自分の胸を強く摑《つか》む。ノエルの戦う姿が、かつての友と重なっていた。その荒々しくも美しい戦技は、間違いなく不滅の悪鬼《オーバーデス》そのものだ。真実、ブランドンは自らが学び得た全てを、愛する孫へと与えていたのである。

もちろん、後衛であるノエルに、ブランドンほどの戦技は必要ない。それを習得する労力を他に向けた方が、遥《はる》かに効率的だっただろう。だが、ノエルとブランドンは、楽な道を選ばなかった。選ばなかったからこそ、この圧倒的な強さがある。

祖父から孫へと受け継がれた、完全無欠の対人戦闘技術。それがヨハンを圧倒している、真の理由だった。

「そうだ……私は、これが見たかった！」

どんなスキルを使われようとも関係が無かった。発動時の溜《た》め具合から、容易《たやす》く次の行動意図が読み取れる。それを先回りして潰せば、一方的に嬲《なぶ》ることが可能だった。即《すなわ》ち、武術でいうところの、先の先だ。

「《誘死投槍《フェイタル・ストライク》》ッ！」

即死効果を持つ黒き魔槍《まそう》が、俺の周囲を取り囲む。――読んでいた。貫かれるよりも先に、極限まで軽くした鬼神楽《おにかぐら》で全てを薙《な》ぎ払う。また、防御と同時に、アルマの鉄針をヨハンに放っていた。脚を貫かれたヨハンが崩れ落ちる。――追撃。

「くっ、《潜影移動《シャドーダイブ》》！」

鬼神楽《おにかぐら》に頭を割られる寸前、ヨハンは影の中へと消えた。影に潜み、攻勢に転じるつもりなのだろう。《潜影移動《シャドーダイブ》》は魔力消費量が多いが、魔力の枯渇を恐れるよりも短期決着を優先したらしい。——賢明だな。今の俺は、出し惜しみをしていて勝てる相手ではない。仮にEXランクだろうと、死力を尽くす必要がある。

だが、死力を尽くそうと無意味だ。

「甘いな」

ヨハンが影に潜った時点で、俺は空中に閃光弾《せんこう》を投げていた。眩《まばゆ》い光が影を掻《か》き消し、ヨハンを外に引きずり出す。完全に無防備となったまさにその瞬間、俺は全力で鬼神楽《おにかぐら》を振り抜いた。

「ぐおおおおおおっ！」

ヨハンは槍で鬼神楽《おにかぐら》を防いだが、耐えることができず、岩壁へと叩《たた》きつけられる。確実な手応えがあった。戦闘時に何度も治療スキルで回復されたが、今の一撃でスキルを発動することもできなくなっただろう。

戦闘時間、およそ一分。もっと手こずるかと思っていたが、意外にあっさりと片がついたな。俺は止《とど》めを刺すべくヨハンに歩み寄り、鬼神楽《おにかぐら》を振り被る。

振り下ろす瞬間、ヨハンが笑みを浮かべながら呟いた。

「起きろ——シェーマス」

無数の光が走る。光の正体が斬撃だと気が付いた時には既に、鬼神楽《おにかぐら》が粉々に切断されていた。

「なっ⁉」

驚愕する俺の目の前から、ヨハンの姿が忽然《こつぜん》と消える。目にも留まらない速度で、俺の後ろへと移動したのだ。――慌てて振り返った時には、もう遅かった。

「さらばだ、強き少年よ」

先ほどまでとは違う、憂いを帯びた静かな声。

「くっ、そ……」

切断された俺の身体が、地面に崩れ落ちる――。

巨大台地《テーブルマウンテン》が消し飛んだのを、レオンたちは呆然《ぼうぜん》としながら見ていた。

「あれが、ノエルだと？」

ローガンが目を見開きながら呻《うめ》いた。距離は離れているが、巨大台地《テーブルマウンテン》を消し飛ばしたのがノエルであることを、この場にいる全員が目撃している。

「なんて凄まじい……。ですが、あの力は……」

ヴェロニカが右眼《みぎめ》に触れながら呟いた。右眼は義眼だ。本物の右眼は、魔導スキル《人身供犠《サクリファイス》》の効果によって、強大な力を得る代償に精霊へ差し出した。

おそらく、ノエルの力も同様の物だ。これまでの状況を考えて、寿命の大半を代償にした力なのだろうとレオンは予測する。

そこまでするのか。いや、そこまでするのが、ノエル・シュトーレンなのだ。

ノエルの覚悟の強さを知り、レオンは何も言うことができなかった。事情を察している他の者たちの間にも、重たい空気が張りつめている。特にコウガは、酷《ひど》い痛みに堪えるような顔をしていた。

「バカバカしい！」

沈黙を破ったのは、アルマの悪態だ。

「このまま指を咥《くわ》えて待っているなんて、ボクは絶対に嫌」

前へと歩み出したアルマの手を、レオンは慌てて摑む。

「待つんだ、アルマ！　加勢しようにも、俺たちじゃ――ぐっ!?」

突然の激痛と苦しみに、レオンは膝から頽《くずお》れる。アルマに股間を蹴られたせいだ。猛烈な股間の痛みが、レオンの身動きを封じていた。

「馬鹿？　ボクはボクの戦いがしたいだけ」

アルマは鼻先で笑った。そして、人魚の鎮魂歌《ローレライ》の陣営に大声を張り上げる。

「龍の男！　出てこい！　ぶっ殺してやるッ!!」

ゼロを煽《あお》るアルマ。レオンの額から、金的の痛みとは異なる汗が滲《にじ》み出す。

「しょ、正気か!?　君が完敗した敵だぞ!?」

「だから、ここで決着をつける」

アルマは断言し、更に前へと出た。すると、人魚の鎮魂歌《ローレライ》からも、ゼロが一人で歩み出てくる。

「面白い。受けて立つよ」

ゼロはアルマと戦うつもりなのだ。

「コウガ、ヒューゴ、アルマに加勢するぞ！」

レオンは立ち上がってアルマに続こうとした。だが、コウガに手で制される。

「あいつ一人で戦わせちゃろう」

「なんだって⁉」

驚くレオンに、ヒューゴも頷《うなず》いた。

「そうだな。アルマ一人の方が良いかもしれない」

「ど、どういうことなんだ？」

レオンが説明を求めると、コウガはアルマに視線を移した。

「ちこぉで戦っとったけぇわかる。あいつはたぶん、一人の方が強い。もともと、そう鍛えられたらしぃけぇの。仲間がいることで、あいつは本来の力を出せなくなったんじゃ」

コウガの説明に、レオンは唸《うな》る。仮にコウガの言うことが本当だとしても、アルマがゼロを単独撃破できる可能性は低い。悩むレオンの肩に、ヒューゴの手が置かれた。

「必ず勝つさ」

「……この戦いも、信じるしかないか」

レオンたちが見守る先で、アルマとゼロが対峙《たいじ》する。アルマはナイフで自分の手を切り、血を吸わせた。《劇薬精製《ブラッドポイズン》》。その猛毒は、Aランクのゼロにも通用するだろう。対するゼロは、黒龍に変化していた。最初から全力で戦うつもりだ。

勝負は一瞬で終わる。そう予感させる気迫が、両者の間には張りつめていた。小細工無しの正面衝突で、己の強さを証明したいのである。

ゼロの周囲には、既に無数の黒槍《こくそう》が浮かんでいる。《誘死投槍《フェイタル・ストライク》》。絶対死をもたらす暗黒スキルだ。膨大な魔力に物を言わせて出現させた夥《おびただ》しい数の魔槍《まそう》が、全てアルマに向けられている。

「まずいな……。いくらアルマが素早くても、あれだけの数は避け切れない。アルマは《霊化回避《ファントム》》をまだ使えるのか？」

レオンの質問に、ヒューゴが頷いた。

「ああ、使えるはずだ。《霊化回避《ファントム》》は二十四時間に一度しか使えないスキルだが、アルマはまだ使用していない。……ただ問題なのは、《霊化回避《ファントム》》でも《誘死投槍《フェイタル・ストライク》》は無効化できない点だ。あの槍は、か、か、霊体をも貫く」

「そうだった……。糞《くそ》っ、なんて厄介なスキルだ」

暗黒スキル《誘死投槍《フェイタル・ストライク》》は、掠《かす》っただけでも即死効果が発動する。ましてや、アルマはゼロよりも格下のBランクだ。抵抗《レジスト》によって無効化できる可能性も無い。

「同様に、《潜影移動《シャドーダイブ》》でも回避することはできない。影に潜んだところで、あの魔槍は本体を直接攻撃することができるからだ。つまり、アルマがゼロに勝つためには、全ての魔槍を掻い潜《くぐ》り、攻撃を当てるしかない」

「……そんなこと、可能なのか？」

「無理じゃな」

コウガは静かな口調で断言した。

「そもそも、速さもアルマよりゼロの方が上じゃ。仮に魔槍を全回避できても、カウンターの一撃で殺されるじゃろう。加えて防御力も高い。アルマの攻撃力じゃぁ貫けんほどにな」

「おい！　それじゃあ勝ち目が無いじゃないか!?」

驚愕《きょうがく》のあまり叫ぶレオンに、コウガは首を振る。

「いや、それでも勝つのはアルマじゃ。ワシも斬り込み役じゃけえわかる。手段を選ばなければ、ゼロを倒すことは可能じゃ。じゃけえ、ワシらは邪魔なだけなんじゃ」

「俺たちが邪魔？　それはどういう――」

意味なんだ、とレオンが尋ねようとした時、ヒューゴが鋭い声を発した。

「始まるぞ！」

最初に動いたのはアルマだった。

「《速度上昇《アクセル》》――二十倍《ヴイジンタプル》」

初手、全速力。スキル効果によってトップスピードに至ったアルマが、ゼロに猛襲を仕掛ける。迎え撃つゼロは、泰然自若としていた。アルマの速度を見極めているためだ。

だが、レオンもゼロも、認識を誤っていた。——不意に爆発するアルマの左足。左足は焼け焦げ酷《ひど》い損傷を負ったが、文字通り爆発的な加速を得ることができた。

レオンは瞬時に理解した。あの爆発には見覚えがある。——霊髄弾《ガルムバレット》。内部に込められた魔力伝導物質が対象の魔力を吸収し、暴発を引き起こす魔弾だ。

おそらく、アルマは霊髄弾《ガルムバレット》を左足のブーツに仕込んでいたのだろう。そして、自身の魔力をトリガーに、霊髄弾《ガルムバレット》を起爆させた。その爆発力が、アルマを更に加速させていたのだ。自傷を恐れない、捨て身の戦術だ。だが、それでもゼロが揺らぐことはなかった。虚空に浮かんでいた魔槍の全てが、アルマ目掛けて射出される。魔槍の速度はアルマより下回っているものの、数の暴力によって必中するのは明らかだった。

だが、揺らぐことがなかったのは、アルマもまた同じだった。

もはや、驚愕する暇も無い。ただ目の前の光景を理解するだけで限界だ。あろうことか、アルマは魔槍を回避しなかったのである。

急所への攻撃のみ、ナイフと《影腕操作《シャドーアーム》》で軌道を逸《そ》らし、他の全ては被弾覚悟で突き進んでいる。そのため、速度が落ちることはなかった。

アルマは死なない。《誘死投槍《フェイタル・ストライク》》の効果が発動するまで、まだ猶予がある。極限まで速度を高め、即死効果が発動するまでの間にゼロを戦闘不能状態にすることが、アルマの真の作戦だったのである。

たしかに、即死効果が発動する前にゼロの魔力を断てば、アルマが死なずに済むのは事実だ。ゼロを殺すことができなくても、行動不能にするだけでスキル効果は消失する。だが、だからといって、こんな作戦を実行するとは信じられなかった。

コウガの言った通りだ。アルマにとって、レオンたちは邪魔なだけだった。こんな作戦、仲間がいては実行できるはずがない。

「――死ね」

速度を考えれば聞こえるはずのない幻聴が届く。裂傷で血塗《ちまみ》れになりながらも、氷のように冷たい眼をしているアルマが、ゼロを間合いに捉えていた。ゼロは迎撃しようと構えたが、アルマの方が速い。

そして、アルマのナイフによる刺突が、龍の弱点――強固な鱗《うろこ》の中で唯一脆《もろ》い〝逆さ鱗〟目掛けて、トップスピードを維持したまま放たれた――。

俺の切断された身体《からだ》は、真祖《ノーブル・ブラッド》の再生能力によって、速やかに接合された。殺《や》られると理解した刹那、全意識を自己再生能力《リジェネレーション》に集中したからだ。僅かでも判断が遅れていたら、助からなかっただろう。

俺は再生が済むと同時に、奇襲を仕掛けた。鬼神楽《おにかぐら》はもう使えない。ナイフで切り掛かる。だが、ヨハンに慢心は無く、軽々と回避されてしまった。

「そうか。悪魔《ビースト》の再生能力も備えているんだな」

ヨハンは鋭く目を細め、槍《やり》を構え直す。

「ならば、再生できなくなるまで殺すだけのこと」

「やれるもんなら、やってみろよ」

俺はヨハンに向かって手招きをした。ヨハンは不快そうに眉を顰《ひそ》め、俺に突進を仕掛ける。やはり速い。――速いが、不意を衝かれなければ対処できる。

止まることなくぶつかり合う刃。激しい火花が散り、発生した衝撃波が洞窟内を揺らす。俺のやることは同じだ。スキルの発動を読み、戦技で圧倒する。――そのつもりだった。だが、今のヨハンの戦技は、俺を超えていた。

「こ、こいつッ！」

ヨハンはスキルの乱発で隙を見せることなく、近接戦のみで俺を圧倒しつつある。――強い。先ほどまでと、まるで動きが違う。攻撃を避けることができない。致命傷を負う度に、俺は再生に集中するしかなかった。そして、その隙に、また新たな斬撃を刻まれることになる。

もはや、後退することもできない状態だ。鬼神楽《おにかぐら》さえあれば反撃することもできたが、ただ頑丈なだけのナイフでは手も足も出ない。一方的に切り刻まれるだけだ。

「がっ、はっ……」

ナイフが砕け散るのと、再生能力の限界は、同じタイミングだった。俺は血の塊を吐き、膝を突く。

「これで、終わりだ」

ヨハンは槍を振り被《かぶ》る。俺に止めを刺す気だ。――やっと見せた大振りの瞬間。俺は腰のホルスターから魔銃《シルバーフレイム》を抜いた。

ヨハンの眼が笑う。魔銃《シルバーフレイム》は強力な武器だが、ヨハンのスピードなら着弾する前に躱《かわ》せるからだ。侮られることはわかっていた。

だからこそ、抜いたのだ。

俺は魔銃《シルバーフレイム》を撃つことなく、ヨハンに投げつけた。ヨハンは驚き、魔銃《シルバーフレイム》を躱す。当たったところで何のダメージにもならない物を、何故《なぜ》投げたのか？　敗北を察して自暴自棄になったのか？――ヨハンの微表情から、大きな戸惑いを読み取ることができる。その迷いに乗じて、俺はコート内に潜ませてある小型起爆装置を押した。

「なにっ!?」

ヨハンの背後で爆発が発生した。爆発したのは魔銃《シルバーフレイム》。他人に奪われた時を考えて、内部に遠隔操作できる爆弾を仕掛けておいたのだ。爆発の威力はヨハンを傷つけるほど強くないが、突然の爆風でヨハンの体勢が崩れた。

すかさず、俺は跳躍し、空中で一回転した。回転によって生まれた遠心力を乗せ、体勢が崩れているヨハンの心臓目掛けて蹴撃を解き放つ。

ヨハンは俺の意図を察し、迎撃のために槍を構えた。だが、回転に合わせて俺が腕を振り抜くと、ヨハンの手首が切断され、槍と共に宙を舞った。腕時計に仕込まれている超極細ワイヤーを、戦闘の最中に絡ませておいたのだ。

これで、攻撃を防ぐ手段は無くなった。不滅の悪鬼《オーバーデス》が考案した、スキルに頼らない対人戦闘技術の最強奥義が、ヨハンの胸を捉える。

その名は――

「轟雷《ごうらい》ッ!!」

回転蹴りが直撃した瞬間、その名の通り落雷のような凄《すさ》まじい音がした。真祖《ノーブル・ブラッド》の膂力《りょりょく》で放った蹴撃は、過つことなくヨハンの心臓を完全に破壊する。

「ぐっ、がはっ!」

今度はヨハンが血の塊を吐き、膝を突く番だった。俺は慢心することなく、ヨハンの頭部に止めの拳を放つ。――まさに、その瞬間の出来事だった。

「遅いッ!」

心臓を失ったはずのヨハンが、素早く俺の右腕を掴《つか》み、そのまま両足で挟んだ。――腕《うで》挫十字《ひしぎじゅうじ》固《がため》、腕を破壊するための関節技だ。逃れようにも時既に遅く、ヨハンが力を込めると俺の右腕が枯れ木のように折られた。

「ちぃっ!」

俺は拘束から脱出するため、左手でヨハンの右足首を鷲掴《わしづか》みにした。そして、全力で握り潰す。骨と腱《けん》を粉砕されたことにより、ヨハンが苦痛に満ちた叫び声を上げる。その隙を突いて、俺はヨハンの拘束から逃れた。

「はぁはぁはぁっ……。ぐぅっ……」

呼吸が激しい。なんとか立つことはできたが、今にも倒れそうだ。そして、それはヨハンもまた同様だった。俺と同じく、限界が訪れている。

「心臓が潰される寸前、君の真似《まね》をさせてもらった。意識を心臓の再生に集中したおかげで、なんとか生き残ることができたよ」

片足で立っているヨハンは、笑いながら続けた。

「まさか、シェーマスを倒されるとはね。彼は友を参考に生み出した、最強の人格だ。故に、敗北した瞬間に消え去った。やはり、君とは私が決着をつけないといけないようだ」

無駄な話だ。話をすることで、体力の回復を狙っているのだろう。だが、俺に休んでいる暇はない。あれから、どれだけの時間が過ぎた？――駄目だ。頭が働かない。何も考えられない。朦朧《もうろう》としていた時、鼻っ面を思いっ切り殴られた。倒れそうになるのを堪《こら》え、俺もヨハンの顔面に拳撃を放つ。直撃したヨハンは、大きく仰《の》け反《ぞ》った。

互いにもう限界だ。だが、決着だけはつけなければいけない。俺はヨハンを追撃し、ヨハンは俺にカウンターを放った。互いの拳が、互いの顔面を捉える。

「「おおぉぉッ！　くったばれえええぇぇッ！」」

限界の限界を引き出すための咆哮《ほうこう》。俺とヨハンは、雄叫《おたけ》びを上げながら一心不乱に拳骨《げんこつ》をぶつけ合う。スキルも戦技もまともに使えない今、これだけが勝敗を決める唯一の手段だった。身体の躍動の度に血と体液が飛び散り、思考力が更に削られていく。

押されているのはわかった。俺とヨハンでは、限界の性質が違う。寿命が際限なく削られていくのがわかる。たとえ、この戦いに勝ったとしても、生き残れるのか？　俺はいったい、なんのために戦っているんだ？

全てを諦めかけた時、声が聞こえた。それは俺の原点にして、存在理由《レゾンデートル》。

——約束する、爺《じい》ちゃん。俺は、最強の探索者《シーカー》になる。

「うおおおおおぉっ!!」

残された命を更に削り、右腕を修復。同時に、右親指でヨハンの左眼を潰した。使えないと思い込んでいた右手による攻撃を、ヨハンは回避することができなかった。そして、左眼を失った衝撃と痛みで混乱している間に、俺は眼窩《がんか》に指を引っ掻《か》けながら、頭を引っ張り込み、後頭部から地面に全力で叩《たた》きつけた。

この投げ技の名を、祖父はこう呼んでいた——。

「——苛龍《かりゅう》ッ!!」

龍の爪に蹂躙《じゅうりん》され、倒れ伏すヨハン。残された眼《め》からは、完全に光が消えている。頭蓋と共に脳を砕いたのだ。もう再生することはできない。

「はぁはぁはぁっ……勝っ、た」

勝利の余韻に浸る間は無い。俺は浄化用の注射器を取り出そうとコートを探った。だが、手が震えて注射器を摑むことができない。

「ノエルさん！　意識をしっかり保ってください！」

戦いを見守っていたハロルドが、血相を変えて走り寄ってくる。そして、俺を抱き支えると、代わりに注射器を取り出して首に刺した。

「戦闘時間は四分三十秒です！　まだ間に合う！」

体内で疑似深淵《アビス》が浄化されていくのがわかる。だが――

「ぐあああっ、だ、駄目だっ……」

完全な浄化ができない。全身が引き裂けそうな痛み。肌に走る罅《ひび》割《わ》れが増えていく。臨界点を超えたせいで、俺の身体が崩壊していく。ハロルドが必死に俺の名前を呼んでいるが、意識を保てない。暗闇の中に、落ちていく――。

「《生命回帰《リザレクション》》発動」

死に瀕《ひん》していた俺の身体を、暖かな風が包む。痛みが和らぎ、意識が明確になってきた。肌の罅割れも徐々に消えていく。

「お、おまえ……」

俺を救ったのは、ヨハンだった。傍らに立ち、治療スキルを発動している。

「……どうして？」

「戦いに勝ったのは君だ。私は直に死ぬ」

ヨハンは大きな溜息《ためいき》を吐《つ》き、それから困ったように笑った。

「二人とも死ぬ必要はない、そう思っただけさ」

俺が呆然《ぼうぜん》としていると、ヨハンは地面に腰を下ろし、煙草《たばこ》を咥《くわ》えた。

「治療は済んだ。長くは生きられないだろうが、まだまだ暴れられるはずだ」

そして、行きたまえ、と天上を指差す。

「君の顔はもう見飽きたんだ。最後ぐらい、静かに逝かせてくれ」

どう受け止めるべきなのか、俺はわからなかった。倒すべき因縁の敵だった。死力を尽くして勝つことができた。なのに、俺を救ったのは、この男なのだ。

「ノエルさん、肩を貸します。行きましょう」

ハロルドに支えられて、俺は立ち上がる。

「ヨハン、俺は――」

ヨハンを見据えながら、その先を紡ぐ。

「最強の探索者《シーカー》になる」

目を丸くし、吹き出すヨハン。愉快そうに笑い、紫煙が揺れる。

「せいぜい励みたまえ。――英雄」


ノエルとハロルドが去り、ヨハンは一人で洞窟に残った。美しい場所だ。清らかな水が流れ、壁の光苔《ひかりごけ》が淡く幻想的な光を放っている。

穏やかな気もちだった。死に瀕しているというのに、痛みは無く、ただ心地良い眠気だけがある。こんな気もちで死ねるのなら、何も不満は無い。

ヨハンは紫煙を燻《くゆ》らせながら、暖かな光が差す天井を眺めていた。

すると、光の奥に黒い影が見えた。影は巨大な龍だった。翼をはばたかせ、ヨハンのいる場所に降りてくる。

「ゼロ、おまえも負けたのか？」

黒龍――ゼロは、明らかに弱っていた。その喉元には、小さな刺突痕がある。黒龍は頷《うなず》き、ヨハンに鼻を擦り寄せた。

「二人共、負けてしまったな。……だが、悪い気分じゃない。全力を出せたんだ。後悔は何も無い。蛇の顔面を、思いっ切り殴ることもできたしな」

ヨハンが肩を揺らして笑うと、ゼロがその巨体を横たえた。

「友よ、これまでよく支えてくれた」

ゼロの鼻先を、ヨハンは優しく撫《な》でる。心地好さそうに目を閉じたゼロは、そのまま動かなくなった。

「さて――」

ヨハンは立ち上がり、一点を見つめた。そこには一匹の蝿《はえ》が飛んでいた。

「悪いが、私たちの身体《からだ》を渡すつもりはないよ。――《真黙示録《アポカリプス》》、開門」

救世主《メシア》スキル《真黙示録《アポカリプス》》。黒い球体はヨハンとゼロを呑《の》み込み、そして消えた。後にはもう、何も残らない。

天上の穴から降り注ぐ雪だけが、淡い光の中で舞っていた。

エピローグ

貧民街の廃墟《はいきょ》、虚空に浮かぶ鏡は遠く離れた洞窟内の光景を映し出していたが、ヨハンの自爆のせいで漆黒の闇となった。〝眼《め》〟として機能していた〝蟲〟が消失したためだ。今はもう、何も映すことがない。

「ははははは、素晴らしい！　実に素晴らしい！」

鏡を通して監視していたマーレボルジェは、溺れんばかりの哄笑《こうしょう》を上げる。

「まさか、ヨハンが蛇に道を譲るとはね！　いやはや、これは予想外だな！」

愉快そうに笑い続けるマーレボルジェ。その背後に立っていた白い外套《がいとう》姿の青年――エンピレオが、不愉快そうに鼻を鳴らした。

「くだらん茶番だな。あの男の血縁者だと聞いていたから期待していたのに、寿命の大半を費やしてもこの程度の結果か。まるで話にならない」

吐き捨てるように言ったエンピレオに、マーレボルジェが振り返る。

「たしかに、我々にとっては茶番さ。だが、人の真価は個の力にではなく、集団の力にこそある。自らの命をも犠牲にできる男が頭として機能する集団、その脅威を見くびらない方がいい。なにより、人魚《ローレライ》の鎮魂歌を屠《ほふ》った嵐翼《ワイルドテンペスト》の蛇は、以前とは比べ物にならないほど強くなっている。舐《な》めて対処できる敵じゃないよ」

「戯言《たわごと》だな。死を恐れないのは最低条件だ。一つや二つの死線を生き抜いたところで、俺たちの敵と呼べるほど成長できるとは思えない。蛇がヨハンに勝ったのも、実力差ではなくヨハンの心が弱かったからだ。自らの死期を悟り、我を貫き通すよりも、後進に未来を託す道を選んでしまった。軟弱極まりない。とても〝兵《つわもの》〟とは呼べない最期だ」

苛立《いらだ》つエンピレオは、踵《きびす》を返すとそのまま部屋から去っていった。

「直情的な子だ。ヨハンが後継者として認めた重要性、そしてその恐ろしさを、何故《なぜ》理解しないのかな。――ベル、君はどう考える？」

ベル、と呼ばれた黒衣の怪人は、ゆるゆると首を振った。

「……ヨハンの決断はともかく、蛇の活躍によって人魚の鎮魂歌《ローレライ》が崩壊したのは事実だ。その結果、嵐翼の蛇《ワイルドテンペスト》が強くなったとしても、人魚の鎮魂歌《ローレライ》ほど厄介な敵にはなりえないだろう。全ては君の望んだ通りじゃないか。……望み通り過ぎて恐ろしいほどだ」

たしかに、蛇は強かった。ヨハンと一対一で戦える条件を整えただけでなく、敗北寸前にまで追い詰めることもできた。だが、最後の最後で余力が残されていたのは、明らかにヨハンの方だった。つまり、ヨハンは最初から全力で戦っていなかったのだ。

いや、全力だったのかもしれない。少なくとも、最初から負ける前提で戦っていたとは思えない。負けてもいい、そう思える相手だったからこそ、道を譲ったのだろう。余人にはわかりえない、ヨハンだけの信念だったとも言える。

そう、余人にわかるはずがなかったのだ。

「マーレボルジェ、君は本当に、この結末を予想していなかったのかい？」

黒衣の怪人が静かに問うと、マーレボルジェは薄い笑みを浮かべた。

「予想外だったと言っただろ？　私は全知全能の神じゃないんだ」

そして横を通り過ぎ、部屋の出口へと向かう。

「私は神じゃない。神を創造する側さ」

甘い香りだけを残して、マーレボルジェも部屋から消えた。

「予想外、ね」

黒衣の怪人は、重い声で独り呟《つぶや》く。

「今は君の言葉を信じよう。……今はね」


帝都内にあるヴォルカン重工業の工場では、巨大な機関車が組み立てられている。最新式の魔導機関《エンジン》を搭載した機関車は、最高時速二百五十キロメートル、また七百トンもの貨車を牽引《けんいん》することも可能だ。

既に数両の機関車が完成間近。各駅に線路が通れば、いつでも運行を開始できる状況である。もちろん、機関車と線路を守る人工悪魔《デミ・ビースト》の増産も急がれており、来月には全ての駅に配備されるとのことだ。

人魚の鎮魂歌《ローレライ》との戦いが終わって一ヶ月。俺は戦いの反動で、その内の半月を寝て過ごす羽目になった。目覚めた時、人魚の鎮魂歌《ローレライ》は解散し、所属していた者たちも散り散りになっていた。ある者は他のクランに引き抜かれ、またある者は行政府に雇われたらしい。いずれにしても、人魚の鎮魂歌《ローレライ》が再興されることはないだろう。ヨハンだけでなくゼロまでも死んだ今、彼らが義理を立てるべき相手はどこにもいないのだ。

人魚の鎮魂歌《ローレライ》の所有財産は、金やクランハウスだけでなく飛空艇も含めて、全てが行政府に没収された。襲撃を受けた街の再建費用に当てられると聞いている。

残念ながら、俺が介入する余地は無かった。下手に首を突っ込んで、俺たちの責任まで追及されたら目も当てられない。実際、行政府の怒りは凄《すさ》まじく、御咎《おとが》め無しで済んだのは、時勢が味方してくれたおかげだ。普通なら、こうはいかなかっただろう。

戦いは終わった。勝ったのは俺たちだ。仲間たちも勝利を受け入れ、〝次〟に進む覚悟を決めている。ゼロに勝利したアルマは重傷を負ったものの、類稀《たぐいまれ》な生命力のおかげで全快済だ。また、死闘を制した結果、ランクアップすることも可能となった。斥候《スカウト》系Aランク職能《ジョブ》【死徒《デス》】。それがアルマの新しい職能《ジョブ》だ。

そして、この俺も——

「ノエルさん」

声がして振り返ると、ハロルドが立っていた。

「あなたの秘書から、ここにいると聞きました」

ハロルドは俺に歩み寄り、一通の手紙を取り出す。

「皇室、並びに探索者協会《シーカーギルド》から、あなたへの通知です。——【話術士】ノエル・シュトーレン。貴君のクランである嵐翼の蛇《ワイルドテンペスト》を、七星《レガリア》の三等星に認めます」

「わかりきっていた結果だが、やはり七星《レガリア》という名には心が躍るな」

俺は笑って手紙を受け取った。人魚の鎮魂歌《ローレライ》を排除したことにより、俺たちが七星《レガリア》になることは既定路線だった。人魚の鎮魂歌《ローレライ》と問題を起こした俺たちに、何の御咎めも無かったのは、皇室と協会が新たな帝国の顔に泥を付けたくなかったからだ。

「正式な授与式の日取りは、後日また連絡があるでしょう」

ハロルドは朗らかに笑いながら続ける。

「創設して半年未満のクランが七星《レガリア》になるとは。やはり、あなたは素晴らしい」

「かなり無茶《むちゃ》はしたがな」

俺は煙草《たばこ》を咥《くわ》え、火を付けた。紫煙がゆらゆらと揺れる。

「医者の精密検査を受けたところ、俺の余命は十年だそうだ。もちろん、常に安静を保っていればの話で、探索者《シーカー》を続けるなら更に短くなると言われたよ」

「……それで、あなたはどうするつもりなんですか？」

「愚問だな」

答えなど、迷うまでもなく、最初から決まっている。

「俺の覇道に退却は無い」

「ふっ、あなたらしい答えですね」

ハロルドは笑って、自分も煙草《たばこ》を吸い始めた。

「ヨハンも浮かばれるでしょう」

「奴《やつ》がしつこいせいで、俺の余命は大幅に削られたんだ。浮かばれてもらっては困るな。地獄でたっぷりと苦しんでもらいたいよ」

俺が苦笑混じりに言うと、ハロルドは声を上げて笑った。

「あちらも同じように思っているでしょうね。彼があなたを助けたのは、決して善意ではない。自分の背負っていたものを無理やりに押し付けただけだ。あなたが拒めない性格であることを知っていた上でね」

「奴の遺志は背負ってやるさ。それが他者を喰《く》らうってことだ」

ヨハンと俺は敵だった。だが、戦いが終われば、互いを憎み合う理由は無くなる。少なくとも、俺はそう考えている。そして、その価値観はヨハンも同じだった。失ったものは大きいが、悪い気はしない。ある種のカタルシスさえあった。

「そういえば、おまえは人工悪魔《デミ・ビースト》の正体を見たか？」

話を変えると、ハロルドは神妙な顔で頷《うなず》いた。

「ええ。人の死体、ですね」

俺が悪魔の力を得て戦ったように、ヨハンは人の死体から人工悪魔《デミ・ビースト》を製造していたのだ。工場自体は行政府の管理下に置かれたものの、今も人工悪魔《デミ・ビースト》の製造は続いている。材料となっている死体は、全て身寄りの無い者たちに違いない。身寄りの無い死体ならば、内部から告発者が出ない限り、誰にもバレることはないからだ。

「人工悪魔《デミ・ビースト》は倫理的に許される存在ではない。だが、帝国の発展のためには欠かせない存在でもある。だから、行政府も製造を続けている。おそらく、バレた時の根回しも済んでいるはずだ」

「聖導十字架教会、ですね」

俺は紫煙を燻《くゆ》らせながら頷いた。聖導十字架教会は、帝国民の大半が信仰している宗教団体だ。死体の扱いに関して問題視されたとしても、聖導十字架教会が認めると発表すれば、誰も文句を言うことができなくなる。聖導十字架教会に石を投げるということは、自身だけでなく、家族や先祖の死後の救いをも、否定することに繋《つな》がるからだ。

「結局のところ、人も物でしかないんだよ。倫理的に否定するのは簡単だが、それで誰かが幸せになるわけでもない。個人の生き方も同じことだ。正しく生きたところで、望みが叶《かな》うかは別問題。だったら俺は、夢のために命を削っても後悔は無い。いや、命を削らなければ、踏み入れない領域があるんだ」

俺はハロルドに向かって右手の甲を見せた。そこには、本の形をした紋様が浮かんでいる。すなわち、ランクアップできる証《あかし》だ。

「悪魔の力を使い、人の限界を超えたことで、俺の新たな扉が開いた。今の俺は、更に先へと進むことができる」

後悔などするわけがない。俺の手は今まさに、全てを掴《つか》み取《と》ろうとしている。

「ハロルド、初めて会った時に俺が言った言葉を覚えているか?」

「……ええ。覚えていますとも」

眩《まぶ》しそうに目を細めるハロルドに、俺は改めて断言した。

「この俺こそが、最強の探索者《シーカー》になる男だ」

OVERLAP

最凶の支援職【話術士】である俺は
世界最強クランを従える 3

発　　行　2021 年 2 月 25 日　初版第一刷発行
　　　　　2024 年 9 月 1 日　　　第二刷発行
著　　者　じゃき
発 行 者　永田勝治
発 行 所　株式会社オーバーラップ
〒141-0031　東京都品川区西五反田 8-1-5
校正・DTP　株式会社鷗来堂
印刷・製本　大日本印刷株式会社

Printed in Japan　ISBN 978-4-86554-802-0 C0193